Les santons
de granite rose

FRANÇOISE LE MER

Les santons de granite rose

ÉDITIONS DU PALÉMON
ZI de Kernevez - 11B rue Röntgen - 29000 - QUIMPER

CE LIVRE EST UN ROMAN.
Toute ressemblance avec des personnes, des noms propres, des lieux privés, des noms de firmes, des situations existant ou ayant existé, ne saurait être que le fait du hasard.

DU MÊME AUTEUR

n°1 - Colin-maillard à Ouessant
n°2 - La lame du tarot
n°3 - Le faucheur du Menez Hom
n°4 - L'oiseau noir de Plogonnec
n°5 - Blues bigouden à l'Île Chevalier
n°6 - Les santons de granite rose
n°7 - Les ombres de Morgat
n°8 - Le Mulon rouge
n°9 - L'ange de Groix
n°10 - Buffet froid à Pouldreuzic
n°11 - Amours sur Bélon
n°12 - Maître-chanteur à Landévennec
n°13 - Maux-de-tête à Carantec
n°14 - Les âmes torses
n°15 - Arrée sur image
n°16 - Le baiser d'Hypocras
n°17 - L'extinction des cougars
n°18 - Famille, je t'haime
n°19 - Autopsie d'un mensonge

Remerciements :

À Michelle Le Mer ma maman

À monsieur Hervé Le Reste, grâce à qui il a été permis à chacun de trouver sa place au collège et d'y travailler dans un climat chaleureux et serein.
Au nom de nous tous, merci.
À mes amis et collègues de la Tour d'Auvergne.

BIBLIOGRAPHIE :

La Fleur des Saints, d'Omer Englebert - Albin Michel

I

C'est seulement lorsqu'elle eut gravi les quelques marches usées du perron que Marie sentit l'angoisse l'étreindre. Avant d'appuyer sur la sonnette - sésame à la haute porte vernissée - elle tenta de discipliner son souffle. Enfin, elle allait savoir… Elle vérifia une fois encore les plaques dorées scellées au mur de l'ancien hôtel particulier. En pure perte.

Elle connaissait l'édifice et ne se trompait pas d'adresse. Un endocrinologue et un cardiologue se partageaient le rez-de-chaussée. Deux avocats associés tenaient leur cabinet au premier étage. Seule, l'étude de Maître Bertivot régentait le second.

L'excitation de la veille avait laissé place nette à une inquiétude métissée d'incrédulité. Que pouvait bien lui vouloir le notaire ? En tant que cliente, Marie ne l'avait rencontré qu'une seule fois dans sa vie. Il y avait dix ans de cela…

La fraîcheur du hall d'entrée dallé de plaques de marbre la saisit. Face à elle, un choix possible : l'ascenseur ou l'escalier ? Marie opta pour le second, espérant ainsi mettre à profit les quelques secondes chipotées pour réfléchir encore.

Parvenue au premier palier, elle s'arrêta. L'évidence, enfin, s'imposait à elle. Le bref coup de fil de Maître Bertivot l'invitant à passer à l'étude pour une obscure question testamentaire trouva là une réponse raisonnable.

On devait la confondre avec une autre Marie Demelle. Même si, sur les pages de l'annuaire, Châteauroux ne reconnaissait qu'elle, le département de l'Indre pouvait recéler un patronyme semblable.

Rassérénée, la jeune femme poursuivit sa brève ascension.

L'un des quatre clercs qu'employait l'étude vint lui ouvrir. Il la conduisit directement vers une porte capitonnée. Pourtant sur la gauche du couloir au parquet ciré de frais, Marie avait entraperçu deux personnes dans la salle d'attente.

Un inconnu se tenait debout près du vaste bureau en acajou derrière lequel était assis Maître Bertivot. Ce dernier se leva pour saluer la jeune femme d'une forte poignée de main.

— Madame Demelle ? Je vous présente un confrère, Maître Mallevoy, notaire à Lannion.

Autre poignée de main, moins rustique celle-là…

Certes, un notaire peut en cacher un autre, mais Marie afficha un air détendu qu'elle était loin d'éprouver.

Après une brève œillade confraternelle, ce fut Maître Yves Mallevoy qui se décida à parler.

— Madame Demelle, vous êtes bien née à Cayenne en Guyane, le 25 juin 1968 ?

Marie acquiesça d'un signe de tête, trop émue pour demander une explication. Le notaire poursuivit la lecture de son mémento.

— Vous êtes écrivain, vivez de votre plume et vous habitez à présent seule à Châteauroux avec vos deux enfants, Valmont et Bertille. C'est cela ?

La jeune femme se racla la gorge avant d'émettre un « oui » qui tenait plus d'un couac. S'entendre résumer ainsi sa propre vie par un parfait étranger fit jaillir en elle le souvenir de Ragdalam le fakir dans *Tintin et les 7 boules de cristal*.

Elle se pinça les lèvres pour réprimer un rire nerveux, tandis que Ragdalam le notaire, sans doute rassuré sur son identité, sortait une liasse de papiers d'une enveloppe kraft.

— Madame Demelle, connaissez-vous un certain Maurice Verrat ?

L'air ahuri de Marie, aussi perplexe qu'une pintade ayant pondu un œuf de Pâques, divertit le notaire, content de ses effets oratoires. Il esquissa un sourire avant de préciser :

— Peut-être le nom de Maurice Malloc'h vous parle-t-il davantage ?

— Maurice Malloc'h ? bredouilla la jeune femme. Le grand Malloc'h ? Enfin… je veux dire l'écrivain ? Heu… oui, bien sûr… de nom… Qui ne connaît pas Maurice Malloc'h ? J'ai eu le bonheur de le croiser lors de salons littéraires. Mais nous parlons bien du même Maurice ?

— Tout à fait, Madame… répliqua le notaire. Comme vous pouvez vous en douter, s'appeler Verrat lorsque l'on a le désir de se faire publier, n'offre guère de perspectives réjouissantes…

— En effet, crut bon de ponctuer Marie. C'est prêter le flanc aux critiques du genre : « Il écrit comme un cochon. »

Maître Mallevoy observa un instant la jeune femme déjà horriblement gênée de sa bévue et poursuivit sans autre forme de commentaire :

— Il y a donc plus de quarante années de cela, mon client a choisi comme pseudonyme le nom de sa mère. Or, vous l'avez peut-être appris par la presse, Maurice Malloc'h est décédé voilà quinze jours.

Madame Demelle opina du chef. Depuis sa mort, plusieurs chaînes de télévision avaient consacré un reportage au grand écrivain.

Sans se sentir vraiment chagrinée par la disparition de cet homme dont elle reconnaissait le talent littéraire, la jeune femme s'était émue de la nouvelle.

Toutefois, elle se demandait surtout ce qu'elle faisait dans ce bureau, face à ces deux notaires.

Maurice Malloc'h l'aurait-il élue pour écrire son éloge funèbre ? Elle se pinça la cuisse à travers le tissu de sa jupe pour se rappeler à davantage de modestie. Le roi du polar noir français ne l'avait sans doute seulement jamais lue…

Maître Mallevoy jeta un coup d'œil à son confrère berrichon avant d'asséner à Marie le choc de sa vie.

— Madame Demelle, si nous vous avons demandé de passer aujourd'hui à l'étude de Maître Bertivot, c'est pour vous annoncer, conformément aux voeux testamentaires de mon client, que vous héritez de lui.

Marie Demelle bondit de son fauteuil.

— Quoi ? C'est une plaisanterie ? Vous vous moquez de moi ? Ce n'est pas drôle ! Ce monsieur ignorait mon existence, bafouilla-t-elle, le feu aux joues.

Maître Mallevoy fit le tour du bureau et tapota l'épaule de Marie avec paternalisme.

— Vous vous trompez, Madame. Maurice Malloc'h, grand lecteur, semblait vous tenir en estime... Cependant, ne vous méprenez pas, le principal légataire de mon client reste son fils adoptif. Avant de vous donner lecture du passage testamentaire vous concernant, je dois vous préciser que vous êtes libre d'accepter ou de refuser le legs qui vous est fait.

Abasourdie, Marie fut incapable de se concentrer sur la lecture de Maître Mallevoy. Les phrases alambiquées, le jargon notarial, son propre stress, tout contribua à la dérouter.

Lorsque la voix de l'officier publie se tut, à peine fut-elle certaine d'avoir compris qu'elle héritait d'une maison en Bretagne...

Tel un élève rétif, elle demanda au notaire de lui expliquer à nouveau la situation.

Les codicilles, surtout, la laissaient dans l'embarras.

— Si j'ai bien saisi, Maître, l'une des villas de Maurice Malloc'h, située à Perros-Guirec, m'appartiendra dans un an et un jour à condition que, durant ce laps de temps, je termine le roman qu'il n'a pas eu le temps de finir ?

Les deux notaires hochèrent la tête de concert.

— Mais c'est ridicule ! poursuivit la jeune femme en frottant ses paumes moites contre le velours des accoudoirs de son fauteuil. Comment savait-il, d'abord, qu'il ne parviendrait pas au bout de sa tâche ? Et pourquoi ce roman revêt-il pour lui autant d'importance ? Il en a écrit tellement !

— Je peux répondre à votre première question. Quant à la seconde, soupira maître Mallevoy, elle me laisse aussi perplexe que vous. Même si je me targue d'avoir été l'homme de confiance - voire l'ami - de Maurice Malloc'h, je n'étais pas dans le secret des dieux. Lubie d'artiste, je suppose...

Le notaire expliqua ensuite que son client avait entamé la rédaction de ce manuscrit trois années auparavant. Maurice Malloc'h souffrait déjà de la maladie cardio-vasculaire qui aurait raison de lui. L'écrivain n'ignorait pas la gravité de son état. Se sachant menacé, il avait pris ses précautions.

Encore choquée par le contrecoup de cette nouvelle singulière, Marie prenait pour argent comptant les explications du notaire, quand un éclair de lucidité la ramena à une réalité toute pragmatique : jamais elle n'aurait les moyens d'hériter de cette maison qu'on lui offrait pourtant sur un plateau d'argent. Sentant déjà poindre en elle les prémices de la déception, elle rétorqua :

— C'est bien gentil votre histoire mais, si mes romans me permettent de vivre de façon correcte, jamais je ne pourrai payer les droits de succession ! Je ne suis pas, selon votre expression, un ayant-droit direct ni même indirect ! Je reste une étrangère pour monsieur Malloc'h ! Avez-vous une idée de la somme que je devrais verser à l'État ? 60 % du prix de la valeur estimée d'une villa dans une station balnéaire... Avec cet argent, que je ne possède d'ailleurs pas, il me serait possible de faire construire, ici, une somptueuse maison !

Maître Mallevoy dodelina de la tête et émit un bruit de succion. Le regard de connivence qu'il lança à son confrère acheva de mettre Marie dans une humeur rogue. « Gentille... mais un peu demeurée... » semblaient se dire ces deux-là.

Tel un instituteur zélé s'adressant à un bambin qui n'a pas l'électricité à tous les étages, Maître Bertivot prit le relais et, d'une voix lente, recommença les explications de son alter ego.

— Chère madame Demelle, je ne suis pas certain que vous ayez compris, tout à l'heure, la lecture qui vous a été faite quant aux dispositions testamentaires de monsieur Malloc'h…

Vexée, Marie dut admettre néanmoins son impéritie en matière de droit.

Le notaire s'éclairait la voix espérant peut-être faire jaillir la lumière dans l'esprit de son vis-à-vis.

— Comme vous le disiez justement, Madame, personne ne peut échapper aux droits de succession. Si vous héritez de la villa, vous serez donc tenue de les payer… Mais, monsieur Malloc'h a tout prévu. Il y a deux ans, après avoir fait expertiser la maison, il a souscrit une assurance-vie dont vous bénéficiez également. Le capital de cette assurance-vie, exonéré des droits de mutation, correspond aux 60 % du prix de la maison. Et le tour est joué…

— Maurice Malloc'h était-il donc si riche pour se permettre ce genre de fantaisie ?

— N'oubliez pas, Madame, répondit le notaire de Lannion, que mon client est traduit dans trois langues européennes. Il est presque aussi célèbre en Angleterre qu'en France ! À votre place, j'accepterais la gageure ! J'ignore la teneur du manuscrit en question mais je suppose qu'il n'est pas bien sorcier de terminer un roman policier commencé par un autre auteur.

*

— Maman ! Je peux avoir une tranche de jambon ? demanda Bertille, la bouche pleine.

Débusquée de sa rêverie, Marie tressaillit et acheva d'essuyer l'assiette qu'elle tenait entre les mains depuis un bon bout de temps.

— Pas question, ma chérie. Tu manges trop de protéines. Une seule tranche suffit. Si tu as encore faim, ressers-toi en salade.

— J'suis pas un lapin ! protesta la fillette.

Valmont, fort de sa position d'aîné, crut bon d'intervenir et, du haut de ses neuf ans, de seconder sa mère :

— Petite sœur, tu vas grossir ! Après, tu iras encore te plaindre que tous les garçons de l'école te trouvent moche ! Il faut manger équilibré ! Ta maîtresse ne t'en parle pas en classe ?

La fillette, dodue comme un joli poulet de grain, haussa les épaules. Le sourire de Marie enveloppa ses deux petits d'un halo d'amour.

Le téléphone sonna. Raclement des pieds de chaises, bousculade dans la cuisine.

— C'est papa ! C'est papa ! Moi d'abord !

— Non, moi ! C'est toujours toi !

Restée seule dans la cuisine, la jeune femme jeta un œil sur l'horloge murale. L'heure de Jacques… En effet… Déjà, dans la salle attenante, lui parvenait le babil joyeux des enfants qui racontaient, par le menu, la kermesse de leur école.

Elle saisit sur le buffet son paquet de cigarettes, en alluma une et s'appuya contre le meuble. Une boule d'angoisse lui serrait la gorge. Chaque fois qu'il téléphonait, c'était la même chose… La vieille douleur qu'elle croyait assoupie se ravivait.

Elle préférait, de loin, que ce soient les enfants qui l'appellent. Au moins, elle était préparée... Les souvenirs ne la prenaient pas d'assaut... Un seul inconvénient, cependant, songea Marie en arrondissant les lèvres pour exhaler un rond de fumée. Quand c'était « Gérontine » qui décrochait, elle ne supportait pas la politesse des enfants à son égard...

Valmont ou Bertille ne manquerait sûrement pas de la réclamer tout à l'heure afin qu'elle parle à leur père.

Elle ne pouvait pas toujours trouver de prétexte pour se dérober. Peiner les enfants lui semblait inconcevable. En même temps, discuter de choses et d'autres avec son ex-mari sans lui asséner une vacherie tenait du sport de combat...

Au moins, ce soir, elle ne se sentirait plus transparente aux yeux de Jacques. À défaut de lit, un admirateur la couchait sur son testament... On a le plaisir qu'on peut...

— Maman! claironna Bertille... Papa voudrait te dire un mot!

— J'arrive, ma chérie... répondit Marie en écrasant sa cigarette d'un geste si brusque que le filtre se rompit.

Dix minutes plus tard, elle rejoignait la cuisine, un sourire d'autosatisfaction aux lèvres. Les enfants finissaient leur dessert.

Ce soir, elle écourterait la sacro-sainte histoire. Le notaire de Maurice Malloc'h lui avait confié une enveloppe cachetée de la part de son client. À remettre après sa mort en mains propres. Sans doute, quelques directives concernant la poursuite du fameux roman, pensait-elle. Quoi qu'il en fût, elle avait hâte de l'ouvrir et attendait d'être seule pour en prendre connaissance.

Elle se serait bien plongée aussitôt dans la lecture du manuscrit mais celui-ci, conformément aux dernières volontés du mourant, restait à l'abri, dans le coffre-fort de l'étude notariale de Lannion.

— Maman ! Tu t'es arrangée avec papa pour les vacances ? Lui et Véronique voudraient qu'on aille avec eux en Irlande au mois de juillet ! C'est trop top, hein ? Mais c'est où l'Irlande ? En France ?

En guise de réponse, Marie caressa les cheveux de son fils.

Il lui était curieux de constater combien l'éclatement de sa famille l'affectait, elle, bien plus que les principaux intéressés : les enfants.

Valmont et Bertille semblaient en avoir pris leur parti. Ils éprouvaient même une sympathie certaine pour « Gérontine », alias Véronique, cette horrible mémère.

Anticipant le plaisir de ses petits, Marie, après avoir débarrassé la table, partit chercher l'atlas. Elle l'ouvrit à la carte de l'Europe. Tandis que les enfants s'extasiaient sur la forme de l'Irlande, la jeune femme cherchait des yeux, plus bas, un petit point sur la côte nord de la Bretagne.

Les chaleurs de ce début de juin auguraient un été caniculaire. Comme toujours, en pareille saison, les enfants rechignaient à se mettre au lit, prétextant un ciel encore limpide.

Quand elle n'entendit plus, de leur chambre, que murmures étouffés, rires jugulés, Marie s'installa dans l'étroit salon, devant une infusion aux fruits rouges.

Ses doigts tremblaient un peu lorsqu'ils décachetèrent la lettre de Maurice Malloc'h, remise par le notaire. Depuis l'échec de son mariage, elle appréhendait les émotions trop fortes, joies comme peines.

Les sentiments pastel lui convenaient mieux à présent. Au moins, la déception était-elle aussi en demi-teinte.

« Chère Marie,

Permettez-moi de vous appeler par votre prénom, même si, de mon vivant, je n'ai pas eu l'honneur de vous connaître. À présent que les frontières terrestres sont abolies, nous allons partager ensemble l'intimité nue des liens cosmiques. »

Surprise par cette entrée en matière, la jeune femme laissa tomber la feuille de papier sur ses genoux. Malgré la tiédeur de la soirée, elle frissonna.

— Je me disais bien qu'il y aurait un lézard… murmura-t-elle. Si même l'au-delà abrite des pépés pervers qui font des effets d'imperméable…

Sa réticence première passée, Marie poursuivit sa lecture.

« Expérience intéressante pour moi que celle de vous écrire, alors que j'aurai quitté ce monde quand vous lirez ces lignes… Mais, venons-en au fait. À présent, grâce aux bons soins de mon notaire, vous n'ignorez plus rien de ce que j'attends de vous.

J'ai la coquetterie de croire que vous avez déjà parcouru certains de mes romans ! Or, convenons-en tous deux, bien des choses nous séparent dans l'art de concevoir le polar. »

Marie interrompit une fois encore sa lecture. Sur ce dernier point, force lui fut d'adhérer pleinement à l'analyse de son aîné.

Si elle se complaisait dans des thrillers psychologiques, Maurice Malloc'h, pour sa part, était le pur-sang du roman noir. Écriture épurée et incisive.

Inspiration puisée dans les scandales politico-financiers ou sociaux. Rejet convulsif de toute mièvrerie. C'était cela le style Malloc'h. Rien à voir avec le sien…

Un doute soudain envahit la jeune femme. Jamais elle ne parviendrait à se mettre dans la peau de son illustre confrère…

« *Néanmoins, Marie, si je vous ai choisie, vous, pour poursuivre mon œuvre et non l'un de ces auteurs talentueux de ma propre chapelle, ce n'est pas sans raison. Vous saurez être, j'en suis sûr, le deus ex machina de cette entreprise peu banale, il est vrai. Vous possédez ce talent de sonder les âmes, blanches ou noires, avec l'intuition d'une Cassandre et une précision toute chirurgicale.*

Mais, trêve de flagorneries… Je travaille actuellement sur trois manuscrits différents.

J'ignore quand le glas sonnera pour moi mais il est raisonnable de penser que je n'en terminerai aucun. Intéressez-vous à celui qui porte le titre de : Ite Missa Est.

Ce roman doit être achevé. Il revêt à mes yeux une importance capitale. Laissez dans l'oubli des ombres les deux autres textes.

Vous comprendrez très vite, hélas, que vous ne sauriez être le démiurge de cette œuvre. C'est elle qui vous guidera tout comme elle a dirigé mes pas d'aveugle. Vous n'éviterez pas la chute…

Soyez sans concession ! Je vous lègue à la fois une belle maison et les affres de l'Enfer.

Bien à vous.

Maurice Verrat. »

Sceptique, Marie Demelle relut la lettre avant de la ranger dans le tiroir de son bureau.

Massant ses reins endoloris, elle s'approcha de la fenêtre qu'elle ouvrit, partagée entre une envie de rire et la consternation.

Un énorme chat castré, maître des lieux, vint parcourir son gymkhana rituel entre ses jambes. Marie se baissa pour caresser l'animal.

— Eh bien… Pépère… nous voilà bien… Cardiaque, sans doute, le Maurice… Mais ses méninges ont dû souffrir aussi d'un manque d'irrigation… Ou alors, il a l'impression d'avoir pondu un chef-d'œuvre… Qu'en penses-tu, gros chat ? Tu vois où ça conduit de pontifier de la sorte ? L'emphase du cerveau entraîne irrémédiablement une rupture d'anévrisme ! À part plagier le bruit du tracteur, tu n'as aucun conseil à me donner, Pépère ? Tu as envie de connaître la mer ?

II

Lannion, 5 mois auparavant.

Marie-Madeleine Moreau, en cette fin d'après-midi froide et pluvieuse, souriait à la psyché qui avait la politesse de lui renvoyer un reflet flatteur de sa somptueuse poitrine mise en valeur dans cet amour de petit pull rose. Malgré ses cinquante-deux ans, dont trente-six passés à servir la cause de la pêche côtière, cette patronne de café se targuait d'être encore une fort belle femme. Tandis qu'une voix off invitait les chalands de l'hypermarché à se rendre au rayon poissonnerie où trois tonnes de coquilles Saint-Jacques venaient d'être débarquées à un prix défiant toute concurrence, la vendeuse du prêt-à-porter féminin observait le même reflet rose d'un regard plus critique…

— Madame, vous devriez essayer le 44. À mon avis, le 40 vous moule trop.

— Faut ce qu'il faut, Mademoiselle, pas plus, pas moins… J'ai horreur des pulls amples ! Et puis, celui-ci me découvre le nombril. C'est la mode, pas vrai ? Faut savoir rester dans le coup !

— Si vous tenez absolument à cette taille, Madame, insista la jeune vendeuse qui croyait encore en sa vocation, prenez le noir ! Avec vos cheveux blonds et votre teint pâle, ce sera un peu mieux…

Marie-Madeleine se retourna, ébahie, vers la fille.

— Du noir quand on est blonde ! Vous n'y êtes pas du tout, ma pauvre petite. Ça fait pute !

Un sexagénaire fluet, les mains croisées dans le dos lorgnait les deux femmes, tandis que la sienne derrière le rideau bleu de la cabine d'essayage, à en juger par les convulsions de la tenture, se battait elle aussi contre un pantalon parcimonieux.

Ayant intercepté un regard de cet homme, Marie-Madeleine le sut gagné à sa cause. Aussi, le prit-elle à témoin.

— S'il vous plaît, Monsieur ! Me voici tout à coup bien embarrassé, soupira-t-elle d'un ton de sucre d'orge. J'aimerais un avis masculin… Soyez franc. Ce petit pull rose me va ou pas ?

Tandis que le pauvre homme rougissait en avouant à mots couverts qu'il n'avait jamais rien vu d'aussi joli, le chef de rayon s'approcha de la vendeuse et lui glissa à l'oreille :

— Laisse tomber, Vanessa. C'est un ordre de Ken, le porte-parole de la ligue pour les droits des Barbies ménopausées…

Vingt minutes plus tard, Marie-Madeleine Moreau poussait un caddie à la panse bouddhique vers les caisses.

Pendant qu'elle faisait la queue, elle consulta une dernière fois sa liste de courses, longue comme une langue d'iguane. N'avait-elle rien oublié ? Les petites meringues de René... Le chocolat noir de Jean-Louis... Les noix de pécan de Marcel... Tout y était, excepté bien sûr, les pralines pour Dédé. Rupture de stock.

En ouvrant la porte de *La Flibustière*, chacun de ses fidèles clients savait qu'il trouverait dans l'estaminet chaleur et compréhension. La patronne veillait au grain.

Ils pouvaient, en toute quiétude, devant un verre de rouge ou un demi, raconter des blagues salaces sans se faire disputer, jouer aux cartes en pariant un peu d'argent, ou confier à l'oreille attentive de Marie-Madeleine les misères quotidiennes que leur faisait leur bonne-femme.

Ah ! Elle en avait entendu des histoires pas croyables !

Pauvre Raymond, par exemple... Depuis deux mois, sa Thérèse logeait à l'hôtel du cul tourné sous prétexte qu'il était rentré un peu chaud le soir du réveillon... Si un homme n'est plus maître chez soi !

— Vous avez oublié de peser les bananes, Madame.

— Tant pis, Mademoiselle, je ne les prends pas. Pas envie de refaire la queue.

En rechargeant son caddie, Marie-Madeleine prit soin de séparer des victuailles son pull neuf qu'elle plia dans un sachet en plastique. Elle l'étrennerait aujourd'hui au café en l'honneur de l'anniversaire de René. Une crème d'homme, René ! S'il traînait ce soir un peu plus tard que d'habitude, c'est lui qui l'aiderait à passer la serpillière après la fermeture... Le pauvre. Il avait droit, lui aussi, à une gâterie... En épousant sa mégère, en route pour le septième ciel, il s'était arrêté au ciel de lit. Aussi chaude qu'un petit pot Motta, celle-là ! Et avec ça, un de ces culots ! Oser venir à *La Flibustière* chercher René, un samedi, avec sa tête de troisième vendredi de carême ! Ah ! Ils avaient bien ri, les copains, quand elle avait pris la défense de René et avait traité sa femme de « figure de vent-de-boute » !

— Cela fait un total de deux cent trente-huit euros cinquante, Madame. Vous avez la carte fidélité ?

— Non, je l'ai laissée chez moi.

Gentille, la caissière, pensa Marie-Madeleine en récupérant sa monnaie. Pas très jolie, mais aimable... Elle n'aurait pas été déplacée à *La Flibustière* !

Jamais, bien-sûr, Marie-Madeleine n'avait interdit aux femmes d'entrer dans son bistrot !

Pourtant, au fil des années, la ségrégation s'était faite petit à petit, de façon naturelle.

Bien vite, elles s'imprégnaient de la philosophie de l'établissement illustrée sur une assiette trouvée autrefois dans une foire aux puces.

La blonde platine avait placé l'objet en évidence, derrière son comptoir. Chacun de ses clients et amis pouvait alors lire ces mots : « Ici, l'homme a droit au repos. »

Marie-Madeleine Moreau fit une halte à la sortie de l'hypermarché. Où avait-elle déjà garé sa voiture ? Le parking, à présent bondé, ne lui offrait plus ses repères.

Elle se souvint, tout à coup, du manège d'enfants. À son arrivée, une mère, à l'air revêche, entraînait son petit garçon loin de cette convoitise. Le pauvre bambin en pleurait.

Il ne pleuvait plus mais l'heure se partageait entre chien et loup. Il était temps de rentrer. Marie-Madeleine détestait conduire de nuit.

Elle repéra vite la carrosserie rouge de son véhicule mais, en s'approchant, elle crut s'être trompée. Une silhouette, de noir vêtue, s'appuyait contre le capot de la 104 Peugeot.

Marie-Madeleine ouvrit avec bruit son coffre, signalant ainsi à l'intrus son arrivée.

Comme prise en faute, la silhouette se redressa, si tant est qu'elle pût le faire tellement elle était voûtée. Marie-Madeleine entraperçut alors les traits de l'inconnue. C'était une très vieille femme ; de la campagne, à en juger par son accoutrement. À ses pieds, une miche de pain dépassait de son cabas. Ses mains, rougies par le froid, s'agrippaient au pommeau d'une canne tremblotante. De droite à gauche, la vielle promenait un regard hagard. Marie-Madeleine la sentit perdue.

— Vous avez un problème, Madame ?

— Voui… C'est Vévé. Il m'a dit d'attendre près du manège quand j'aurais fini mes courses. Il me ramènerait en auto. Pour sûr, ça fait une heure déjà… Ou alors, j'ai pas bien compris…

Après quelques explications embrouillées, Marie-Madeleine saisit que « Vévé », le petit-fils de la dame, avait conduit sa grand-mère à Lannion car lui-même avait rendez-vous au centre-ville. Au lieu de l'accompagner à l'intérieur de l'hypermarché et de patienter, le temps pour elle d'effectuer ses menus achats, cet inconscient avait préféré prendre aussitôt la poudre d'escampette.

— Où habitez-vous, Madame ?

La vieille femme vivait dans un hameau, à quelques kilomètres de Perros-Guirec. C'était la route de Marie-Madeleine. À peine devrait-elle faire un détour pour regagner *La Flibustière*, à l'entrée de Perros. N'écoutant que son grand coeur, la blonde platine proposa donc à la vieille femme de la reconduire chez elle.

— Ça serait une bonne chose, rétorqua la dame. Mais si Vévé arrive et ne me voit pas ? Ça va lui donner du souci !

— Votre Vévé est un grand garçon. Il se débrouillera. Et puis, ça lui fera les pieds ! Y'a pas idée d'agir de la sorte !

Ses dernières réticences vaincues, la grand-mère monta auprès de Marie-Madeleine.

Affligée d'une légère myopie, la patronne de *La Flibustière* conduisait prudemment, d'autant plus que la nuit hivernale était à présent tombée, les feux de croisement des véhicules venant de face l'éblouissaient.

Concentrée sur sa route, elle n'échangea que de brèves paroles avec sa passagère. D'ailleurs, celle-ci avait dû prendre froid sur le parking. Elle se raclait souvent la gorge et de fines gouttelettes de sueur perlaient à la racine de ses cheveux blancs. Durant tout le trajet, ses mains restèrent croisées sur le pommeau de sa canne.

La conductrice apprit que madame Moallic — c'était son nom — vivait à présent de peu dans son penty. Quelques lapins et les légumes de son jardin suffisaient à son bonheur.

Un seul lien semblait unir les deux femmes que les choix de vie opposaient. Toutes deux, en effet, étaient veuves depuis de nombreuses années. Avec un brin de nostalgie, Marie-Madeleine dépoussiéra un peu le souvenir de son défunt époux. En quittant la route principale, elle se rendit compte qu'elle pensait de moins en moins souvent à Simon. Le mari trépasse et les hommes passent. Ainsi va la vie. Pourtant, Simon avait été un merveilleux amant. Il fallait lui rendre cette justice. Menteur, buveur et fainéant. Incapable de conserver un emploi, il ne se sentait à son aise que dans un lit. Le seul problème : il les avait tous testés. Son truc, quoi…

— Madame, vous tournerez bientôt. Au deuxième chemin. Sur votre droite.

Marie-Madeleine ralentit et mit son clignotant. En s'engageant dans le sentier, elle faillit percuter l'arrière d'un véhicule stationné sur le bas-côté. Elle ragea :

— Encore une bonne femme en panne et qui se gare n'importe où !

La 104 Peugeot brinquebalait sur le chemin caillouteux, secouant ses passagères. Elle craignit pour ses pneus. Entourée de champs, si elle crevait ici, elle aurait l'air malin… Elle n'aurait même pas su par quel bout prendre un cric !

— C'est encore loin ?

— Non, Madame. La maison est juste au bout, derrière le bouquet d'arbres.

En effet, les feux de la voiture happèrent dans leur halo la façade décrépite d'un penty aux volets clos. Sans arrêter le moteur, la conductrice mit au point mort et serra son frein à main.

— C'est où la poignée, Madame ?

— Attendez, je sors et je vous aide. Vous n'arriverez pas à vous extirper de la voiture toute seule.

Marie-Madeleine fit le tour du véhicule et ouvrit la portière à sa passagère.

— Laissez là votre canne pour l'instant. Appuyez-vous sur moi.

Madame Moallic obtempéra. Mais en tendant une main contre l'épaule de la conductrice, la manche de son manteau se releva un peu. Interloquée, Marie-Madeleine fixa l'avant-bras posé à présent sur elle. Il était vigoureux et recouvert de poils noirs…

Une demi-seconde suffit à la passagère pour se rendre compte de sa bévue et réagir. Déjà, Marie-Madeleine reculait, le regard hébété. Tout se passa alors très vite. La silhouette tout à l'heure cassée par l'âge se déploya d'un coup, comme si elle fracassait sa chrysalide. Avec la souplesse d'un chat, elle bondit hors de la voiture. Marie-Madeleine, hypnotisée par l'horreur, marchait toujours à reculons. Enfin, elle hurla. Un long cri hystérique qui s'effilocha dans la nuit. L'homme, au sourire doux, s'avançait à pas lents vers sa proie. Il entra dans la lumière des feux.

À présent, son visage grimé transpirait abondamment d'excitation. De lourdes gouttes de sueur coulaient de ses tempes, charriant avec elles des miasmes grisâtres de fard. Du revers de la manche, il s'épongea le front, dérangeant ainsi l'ordonnance de sa perruque blanche.

Tétanisée, la femme hoqueta dans la nuit :

— Pitié… Au secours… Qu'est-ce que vous me voulez ?,

— Ton âme, Marie-Madeleine, juste ton âme… susurra la voix. N'aie pas peur. Tout va bien se passer…

Soudain, il arrêta sa progression et fit demi-tour vers la portière de la voiture restée ouverte. Cette volte-face eut le mérite de stimuler les défenses de Marie-Madeleine. Enjambant un fossé, elle se mit à courir. Devant elle s'étendait un champ labouré.

Mais sa course fut très vite entravée par un flot d'urine qu'elle ne put contrôler. Le liquide, d'abord brûlant, plaqua le tissu de son pantalon contre ses cuisses, glaçant ses chairs presque aussitôt.

À bout de souffle, elle tourna la tête. Il tentait d'entrer dans le champ, ralenti lui aussi, par des ronces qui s'étaient accrochées à sa jupe. Au bout de son avant-bras gauche, se balançait le cabas qu'il avait oublié dans la voiture.

Elle se mit à espérer. Peut-être avait-elle une chance d'échapper à ce dément…

Elle reprit sa course, avec l'impression cauchemardesque que chaque foulée l'engluait davantage au sol. La terre meuble, alourdie par les récentes ondées…

Les talons de ses escarpins… Il fallait se débarrasser de ses chaussures… Ce qu'elle fit en se retournant une fois encore.

La lune blafarde éclairait la silhouette. À présent dans le champ, il gagnait du terrain.

— Mon Dieu, implora-t-elle, épargnez-moi!

Pieds nus, elle eut l'impression de retrouver une certaine autonomie.

Sur sa gauche en contrebas, les phares d'une voiture balayèrent l'obscurité.

La nationale! Bien sûr… Elle devait regagner la route!

Négociant un angle droit, elle dévala la légère pente. Cette tactique aurait pu se révéler fructueuse si Marie-Madeleine n'avait oublié un détail… l'indifférence de la lune quant aux drames d'ici-bas. Tendue par l'idée fixe de distancer son poursuivant, elle ne se rendait pas compte qu'elle aussi, pouvait être vue ni que sa veste jaune faisait d'elle une cible de choix.

La femme escaladait le talus qui bordait la nationale, insensible au martyr de ses pieds écorchés, lorsqu'elle se sentit projetée en arrière. Il s'était agrippé à ses cheveux.

Le corps à corps fut bref, ponctué de halètements. Allongée sur le dos, les bras écartelés et maintenus au sol sous la pression des genoux de l'homme, elle tenta encore quelques coups de reins pour le désarçonner. Ces tentatives dérisoires ne firent qu'accentuer le poids de l'autre assis sur son thorax. Alors, épuisée, les poumons compressés dans un étau de chair elle cessa toute résistance.

Une lueur d'espoir venait de poindre dans son cerveau affolé. Peut-être après tout n'avait-il l'intention que de la violer…

« Il fredonne à présent… Une curieuse chanson… Non, ce n'est pas une chanson… Qu'est-ce qu'il a à farfouiller dans son cabas ? Une clochette. Il fait tinter une clochette… »

Des larmes lui brûlent les yeux. Elle a compris le rite. Il ne la violera pas… Tout est perdu.

Une fois encore il cherche dans son grand sac un autre objet qu'il garde derrière son dos.

Le bruit d'un moteur. À cinq cents mètres d'eux, les feux d'une voiture balaient les buissons.

— Au secours !

Le véhicule est passé…

La voix douce la sermonne :

— Ne fais pas l'enfant, Marie-Madeleine. Tu en as de la chance !

Pour lui parler, il s'est penché contre son visage. À travers ce regard d'illuminé qu'elle ne lui a jamais vu, elle reconnaît ses yeux… tente de l'appeler par son prénom…

Ce sera le dernier mot qu'elle prononcera.

La lame du couteau lui tranche la carotide.

III

Perros-Guirec, le 25 juin.

En avait-elle pourtant rêvé de cette arrivée à Perros ! Sa dernière nuit dans le Berry avait été peuplée de cauchemars récurrents. Non pas de ces bons cauchemars bien effrayants qui vous réveillent en sursaut, vous laissent pantelants au creux de votre lit et vous font rire de vous-mêmes lorsque la lampe familière a chassé les démons des pénombres. Non, ce fut une rêvasserie somnolente et assommante. Toute la nuit, elle avait fait, défait, refait une valise sans fond. Celle de son ex-mari qui la regardait, la houspillait : « Dépêche-toi, donc, Marie ! Je vais être en retard. Ma femme m'attend ! »

La lueur crépusculaire l'avait cueillie nauséeuse, l'arrachant à la moiteur malsaine de ses draps.

Aussi fatiguée que si elle avait passé une nuit blanche, elle s'était préparé une grande cafetière.

Seule dans la cuisine, attablée devant un bol fumant et une carte d'état-major, Marie Demelle profitait de ce moment de répit, avant de réveiller les enfants, pour vérifier une fois encore son itinéraire.

Depuis la veille au soir, les bagages attendaient dans la voiture. Tout en savourant son café, la jeune femme se félicita de cette initiative. Elle n'aurait pas supporté d'avoir à boucler ne serait-ce qu'un sac ! Elle sourit malgré tout en cherchant la clef de ses songes. La réalité avait été bien différente. Lorsque Jacques, mal à l'aise, lui avait annoncé qu'il la quittait pour une autre femme, faire sa valise avait été un jeu d'enfant. En moins de dix minutes, pantalons, chemises, robe de chambre, chaussons et dossiers pliaient bagage par la fenêtre du premier étage, sous le regard ahuri des voisins. Aujourd'hui, Marie regrettait un peu sa réaction hystérique, mais elle l'assumait.

L'aurore chassait l'aube et diaprait le ciel de volutes roses. Il était temps de réveiller les enfants. La route serait longue jusqu'aux Côtes-d'Armor.

Avant d'inonder de lumière la chambre de son petit garçon, elle s'approcha du lit et murmura :

— Valmont, mon chéri, c'est l'heure de partir.

Nulle réponse. Son fils devait être profondément endormi. Pourtant, la veille, lui et sa sœur étaient si excités à l'idée de ce départ en vacances que Marie avait eu du mal à les coucher.

— Valmont ! Réveille-toi, mon grand !

À tâtons, elle chercha sur l'oreiller la tête de son fils. Puis, son geste se fit fébrile. La couche était froide.

Elle alluma la lampe. Vide, la chambre…

Sans doute, Valmont avait désiré poursuivre ses conversations sans fin avec sa petite sœur et s'était endormi auprès d'elle ?

Oui, l'explication était sûrement là.

La mère ouvrit, sans précaution cette fois, la porte de la pièce attenante. Elle crut défaillir.

— Valmont ! Bertille ! Où êtes-vous ? hurla-t-elle. Elle n'est pas drôle votre blague !

C'est à peine si ses jambes la portaient lorsque Marie, quelques instants plus tard, sortit dans la rue. Un objet brillait sur la portière de sa voiture. Ses clefs ! Que faisaient-elles là ?

Exsangue, elle rejoignit la Peugeot bleue garée de l'autre côté de la rue.

C'est seulement lorsqu'elle aperçut, à l'arrière de l'habitacle, les deux silhouettes blotties l'une contre l'autre que des larmes de soulagement ruisselèrent sur ses joues.

Elle n'eut même pas la force de les gronder.

Bon an mal an, ils prirent la route une demi-heure plus tard. Fourrer le chat Pépère dans un panier acheté pour l'occasion ne fut pas une mince affaire. Marie avait craint la monotonie du trajet. Elle fut détrompée au-delà de ses espérances. Les enfants, qui avaient craint de ne pas se réveiller à temps pour cette grande aventure familiale, refusèrent de se rendormir. D'habitude raisonnables, ils s'ingénièrent à martyriser les tympans de leur mère. Tandis que Bertille écorchait par le menu les nouveaux succès de la Star Academy, Valmont, dérangé dans sa concentration « nintendesque », hurlait à sa sœur de changer de vocation.

Marie crut obtenir le dernier mot en poussant à fond la radio. C'était sans compter les miaulements désespérés de Pépère, révulsé par toute cette mélomanie maniaque.

Épuisée, Marie Demelle arriva enfin à Lannion. La densité de la brume eut raison de son sens de l'orientation. Bien qu'elle eût le plan de la ville, elle se trompa à plusieurs reprises avant de trouver l'adresse du notaire de Maurice Malloc'h, chez lequel elle avait rendez-vous.

Avec une ingratitude consommée, elle abandonna les fauves dans leur zoo, le temps pour elle de sonner chez maître Mallevoy et de récupérer le manuscrit ainsi que les clefs de la maison. Le notaire, durant leur bref entretien, fut charmant, insista pour que son premier clerc l'accompagne jusqu'à Perros-Guirec, à Ploumanac'h plus exactement, lieu de sa nouvelle résidence.

Marie suivit donc la voiture du jeune homme en question, tout en écarquillant les yeux afin de ne pas perdre les feux de son véhicule dans cette purée de pois. À l'arrière, le moral des troupes faiblissait.

— Maman, c'est quand qu'on arrive ?

— Maman, pourquoi il fait pas beau ici ? J'ai froid. Où est mon pull bleu clair ?

— Dans une valise, ma chérie. Armez-vous d'un peu de patience ! On va bientôt s'arrêter. N'oubliez pas. Je vous ai promis un déjeuner à la crêperie si vous êtes sages !

Même cet engagement n'eut pas l'heur de distraire les enfants de leur maussaderie nouvelle. À présent, ils boudaient. « Au moins, ils se taisent… » songea Marie. Malgré qu'elle en eût, force lui était d'admettre elle aussi une certaine déception.

Ils avaient déjà traversé le port de Perros-Guirec et gravissaient la route de la corniche. La côte, comme enveloppée d'étoupe, ne laissait rien paraître de sa superbe. À peine devinait-on les façades fantomatiques des villas, proches pourtant de quelques mètres. Par deux fois, Marie perdit son éclaireur. Elle faillit même le doubler sans le voir alors qu'il s'était arrêté sur le bas-côté pour l'attendre.

Enfin, le clerc de notaire se gara sur le port de Ploumanac'h, imité par Marie qui coupa son moteur.

Les enfants sortirent de la voiture, presque intimi-dés. On pouvait regarder, en face, le disque solaire, protégé derrière sa gangue laiteuse. Le moindre son, comme décuplé dans la brume prenait des proportions insolites.

Cri affûté d'une mouette. Plainte rauque de la corne de brume. Écho d'un pas sur le bitume, là-bas, quelque part…

— Donnez-moi vos deux valises les plus lourdes, Madame. Votre maison n'est pas très loin. Il me semble préférable de se garer ici. La venelle est peut-être encombrée. On prévoit des arrivées ce week-end.

— C'est gentil, remercia Marie. Vous connaissez bien le coin ?

— Oh, oui… Mes parents habitent Perros.

D'instinct, Valmont et Bertille, dépaysés et désorientés, se pressèrent contre le jeune homme.

— Monsieur ? Elle est loin, la mer ? demanda la fillette en trottinant derrière lui.

Un éclat de rire argentin fusa.

— Environ à quatre mètres de toi, sur la gauche. Derrière le parapet, petite. Mais la marée est basse et, de toute façon, tu ne verras pas grand-chose. Sois patiente ! La brume va se lever.

Bien que dubitative, Marie n'osa contrarier l'optimisme météorologique du clerc.

Après avoir parcouru un entrelacs de ruelles et de venelles, l'homme posa les valises devant un jardinet clos d'une barrière blanche.

— À vous l'honneur, Madame, dit-il en tendant un trousseau de clefs à Marie. Je vous présente « Ty Rozig », une charmante vieille dame en pierre, née en 1928.

C'est avec une émotion teintée d'appréhension que l'écrivain ouvrit la porte de la maison…

Aussitôt, une odeur de moisi, d'humidité âcre et de renfermé s'exhalèrent. Mais même ces remugles ne rebutèrent pas la jeune femme. C'était « sa » maison… Enfin… peut-être.

Son premier geste fut de tâtonner contre la paroi, à la recherche de l'interrupteur.

Lorsqu'une douce lumière inonda la pièce, les enfants bousculèrent leur mère qui obturait le passage.

— Ouah ! T'as vu, Val, cette superméga baraque ! C'est plein de vieilles choses !

— Génial ! ponctua son frère d'une voix surexcitée. On dirait un repaire de pirates ! Je suis sûr qu'il y a un trésor caché ! Viens, Bertille ! On va le chercher !

Ils n'étaient pourtant que deux, mais ils s'égaillèrent telle une volée de moineaux.

D'un geste empreint de solennité, Marie ouvrit grand fenêtres et volets du séjour.

En matière d'ameublement et de décoration, les goûts du défunt écrivain se portaient vers le style « marine ».

Les peintures au mur, la commode en acajou aux ferrures de cuivre, une cantine d'officier de la Royale en guise de table de salon, une longue-vue, une antique mappemonde, un sextant ; tous ces objets desquels émanait, à la traversée des temps, le parfum suranné de la poudre à canon et du tabac à priser, conféraient à la pièce une atmosphère virile. Nonobstant, les petits rideaux de dentelle agrémentés de perles aux fenêtres, ainsi que les coussins de soie sauvage mollement alanguis sur le canapé blanc apportaient à l'ensemble une touche de féminité.

Qui était donc le véritable Malloc'h ? se demanda la jeune femme en époussetant du doigt le globe d'une lampe à pétrole.

Pour avoir lu cet auteur à succès, Marie l'aurait volontiers imaginé dans un décor contemporain, rigide et dépouillé.

Elle se souvint d'un article à son sujet qu'elle avait parcouru l'année précédente. Au chroniqueur qui taxait ce célibataire endurci de misogynie, Malloc'h avait rétorqué que le mariage s'opposait à l'état d'écrivain comme à celui de prêtre.

D'après ses propos il fallait : « Choisir entre méditer et écrire ou baiser et lapiner. » Pour sa part, la cause était entendue…

— Madame, on descend peut-être à la cave ? Je dois vous montrer le fonctionnement de la chaudière.

— Heu… oui, bien sûr.

Une heure plus tard, la petite famille déjeunait dans une crêperie du bord de plage de Saint-Guirec.

Marie avait insisté pour inviter Max Obrion, le clerc de notaire, afin de le remercier de sa diligence.

Les deux adultes buvaient leur café lorsque Valmont s'exclama :

— Regardez ! Là-bas ! Des paquebots débarquent sur la plage !

Max Obrion faillit s'étrangler en avalant de travers. Il eut une longue quinte de toux entrecoupée de rires avant de réussir à articuler :

— Mon bonhomme, je t'avais bien dit que la brume allait se lever… Pas assez, cependant ! Mais laisse le ciel faire son travail et, dans cinq minutes, je te montre tes paquebots ! Ensuite, ajouta-t-il à l'adresse de Marie, je me sauve. Je ne m'ennuie pas mais je dois retourner à l'étude.

À la torpeur ouatée du ciel succédait, en effet, un remue-ménage atmosphérique. Très haut des masses d'air boucanées se télescopaient, se déchiraient. De ce combat titanesque la terre recevait les miasmes de leurs exhalaisons en volutes de brume torturée. Déjà, une lueur jaunâtre, saturée d'eau, coulait de la blessure éthérée. La chair du ciel, mise à nue, dévoila alors son azur dans un puits de lumière.

Et ce fut, pour Marie le prélude à un profond enchantement.

Elle eut l'impression que la nature s'était moquée d'elle, l'étrangère.

— La mariée est trop belle, murmura-t-elle à son compagnon.

— Pardon ? Je n'ai pas entendu…

— Est-ce à cet endroit qu'on a inventé les cartes postales ?

Le jeune homme esquissa un sourire et hocha la tête.

— Je comprends ce que vous voulez dire… On est tout petit devant ça, hein ?

— Dans la Bible, le poète prête à Dieu cet aphorisme : « *Je suis celui qui suis.* » Le divin ne peut se désigner que par sa propre tautologie. Votre bled devrait prendre cette définition comme devise.

L'homme arrêta sa marche pour regarder Marie Demelle en face.

— Excusez-moi, je ne vous suis plus. La manière dont vous avez prononcé « bled » me déconcerte. Regardez un peu ce qui nous entoure. Vous ne trouvez pas ce paysage magnifique ?

Marie bafouilla en envoyant valdinguer un caillou du pied.

— Si, justement. C'est même au-delà des mots... Mais, voyez-vous, depuis quelques mois, je suis un peu fâchée avec le divin... Je crois que je vais me sentir décalée, ici. C'est trop...

La jeune femme ne termina pas sa phrase. Son regard erra au bord de l'eau où jouaient ses enfants. Un tendre sourire flotta alors sur ses lèvres.

— Vous êtes fatiguée. Le voyage... La tension qu'a provoquée chez vous cette aventure incroyable. Vous verrez... Dans quelques jours, vous vous sentirez en harmonie ici. Moi, je trouve que ce pays vous va bien, ajouta-t-il, plus timidement.

La sollicitude de cet homme qu'elle ne connaissait pas deux heures auparavant réchauffa le coeur de Marie Demelle. D'un geste amical, elle lui tapota la main.

— Vous allez être en retard à l'étude, Max.

— Ne vous inquiétez pas. Maître Mallevoy m'a envoyé en service commandé. Il tient personnellement à ce que tout se passe bien pour vous. Je fume une cigarette en votre compagnie et je me sauve. Profitez de ces instants pour trouver un défaut à ce panorama ! Cela vous fera du bien !

La boutade du clerc amusa la jeune femme. Elle tenta de jouer le jeu.

La petite plage de Saint-Guirec descendait en pente douce vers la mer. À sa gauche, s'élevait un hôtel cossu, le « Castel Beau Site », dont le charme désuet rappelait l'univers proustien. Un feston de granit et de pins abritait l'anse, à droite. Mais tout paraissait équivoque, irréel à Marie. Il est de ces beautés qui se méritent. L'œil exercé apprend alors à les reconnaître et donc à l'aimer.

Ce n'était pas le cas ici. L'évidence vous faisait l'effet d'une gifle, aussi puissante que l'alliance d'une sainte et d'une fée.

Si la tessiture du sable était grossière, sa teinte rose miellée d'abricot saumoné vous déroutait.

Le regard de Marie se porta sur l'échancrure liquide où des mastodontes de granit, comme pétrifiés par quelque chaos cosmique, semblaient s'être échoués dans l'outremer.

— Vous regardez les paquebots de votre fils? Marie hocha la tête.

— Venez, levez-vous. Vous allez faire un vœu!

La jeune femme était si intriguée par l'îlot qui leur faisait face, surmonté d'un château de style néo-gothique, qu'elle n'avait pas remarqué, à même le sable, l'édifice vers lequel Max Brion la conduisait à présent.

Il s'agissait d'un antique oratoire, pourvu de deux colonnes de granit rose, conçu à la manière de certaines fontaines votives. Pour y accéder, Marie et son compagnon durent escalader les rochers. Max présenta alors à la jeune femme le saint du lieu.

— Voici Guirec. Depuis le temps avec toutes les vertus qu'on lui prête, il aurait dû obtenir le Nobel de médecine!

— On connaît le dicton sur les cordonniers... Votre saint devrait consulter un confrère spécialisé dans la chirurgie esthétique! Il a bien besoin qu'on lui refasse le nez.

— Maladie professionnelle, Marie! L'acupuncture, c'est son truc... Depuis des siècles, les jeunes femmes lui plantent une aiguille dans le nez pour obtenir de beaux enfants. Et encore, il a subi un lifting complet! Autrefois, c'était une statue en bois polychrome.

*

Lorsque le clerc repartit pour Lannion, Marie fut pressée de retourner à Ty Rozig. Elle avait hâte de s'installer dans cette maison et d'y trouver ses repères. Entraîner les enfants exigea d'elle patience et diplomatie. N'ayant jamais eu l'occasion de voir la mer, ils désiraient naturellement rester sur la plage.

D'ailleurs, en chemin, Valmont, d'un ton grave demanda à sa mère :

— Dis, maman, comment a-t-on pu vivre sans elle ?

— Sans qui, mon chéri ? reprit Marie distraite.

— Ben... Sans la mer, tiens !

En guise de réponse, la jeune femme, serra fort la main de son fils. Il se dégagea presque aussitôt. En effet, ils croisaient des promeneurs et, à neuf ans, on a ses pudeurs...

Non loin de la capitainerie, ils tournèrent pour obliquer vers une voie sans issue : la venelle des Hortensias, lieu de leur résidence.

Marie poussait la barrière de bois blanc, lorsque, du jardin contigu, une femme occupée à soigner ses potées de géraniums la héla :

— Bonjour ! fit-elle, aimable. Alors c'est vous notre nouvelle voisine ? Madame Demelle... C'est bien ça ? Ah ! Et puis voici les enfants ! Comme ils sont mignons ! Pierrot ! hurla-t-elle en levant le nez vers une fenêtre ouverte au premier étage de sa maison. Descends un peu pour voir ! Viens saluer tes nouveaux petits copains !

Étonnée, Marie s'approcha de la haie mitoyenne. Ses connaissances berrichonnes l'avaient prévenue du caractère peu expansif des Bretons. L'exception qui confirmait la règle sans doute…

La femme, entre deux âges, se présenta aussitôt, sans l'ombre d'une afféterie.

— Émilie Le Naour… Je ne vous tends pas la main. Elles sont pleines de terre. Mais le coeur y est. Si vous avez besoin de quoi que ce soit, n'hésitez pas ! On manque toujours de tout quand on s'installe.

— C'est très gentil à vous, bafouilla Marie. Mais comment connaissez-vous mon nom ? Maître Mallevoy ?

— Oh, non ! Vous savez, dans les petits pays, tout se sait. Paco est passé hier m'apporter de la graine pour des semis.

— Paco ? répéta la jeune femme, de plus en plus interloquée.

— Oui… Paco. Vous n'avez peut-être pas eu l'occasion de le rencontrer. Mais, à mon idée, ça ne tardera pas. Paco… le fils à Maurice ! Vous vous remettez maintenant ?

« Mais de quoi suis-je censée me remettre ? » se demanda Marie, en offrant à sa voisine un visage dénué d'expression. Tandis que le Pierrot de la fenêtre, un petit rouquin à l'air déluré, posait aux enfants, prélude à une conversation future, la première question existentielle qui lui vint à l'esprit, à savoir si Valmont et Bertille possédaient une Game-Boy, sa mère prit le temps d'expliquer la situation à la pauvre touriste exténuée. Paco, le fils adoptif de Maurice Malloc'h, l'avait prévenue que la nouvelle propriétaire de Ty Rozig allait arriver sous peu. Soudain très gênée, Marie se mit à rougir. Pour la première fois, elle se faisait l'effet d'être une captatrice d'héritage. À brûle-pourpoint, elle décida de confier ses doutes à cette femme qui éclata de rire…

— Paco ? On voit bien que vous ne le connaissez pas ! Il n'a même pas trouvé loufoque l'idée de son père. Et puis, pour tout vous dire, Paco est riche comme Crésus. Vous verriez sa villa à Perros, c'est autre chose que Ty Rozig ! Il n'aurait même pas besoin de travailler. S'il jardine, c'est par passion, uniquement !

— J'aime mieux ça, soupira Marie, soulagée.

Cinq minutes de conversation à bâtons rompus suffirent pour que Marie apprenne les événements majeurs de la vie d'Émilie : l'existence de ses deux fils, son accident de travail dans la biscuiterie qui l'avait employée autrefois, ainsi que son veuvage lorsqu'elle était enceinte du second.

L'écrivain fut incapable, après réflexion, de se rappeler ce qu'elle avait pu dévoiler d'elle-même.

Il est de ces gens naturellement doués pour vous tirer les vers du nez.

Toujours est-il qu'Émilie Le Naour invitait Marie et ses enfants le soir même, chez elle, à un barbecue. La jeune femme, fatiguée à l'avance, ouvrit la bouche pour refuser, quand elle lut, dans les yeux de ses petits, un ravissement excité à l'idée de cette fête.

— Laissez-vous tenter, Marie ! Vous verrez chez moi, c'est à la bonne franquette ! C'est une façon de se retrouver entre nous, Perrosiens… Avec les beaux jours, on n'a plus le temps de se rencontrer quand tous les touristes débarquent. Aujourd'hui, c'est à mon tour d'organiser la soirée. Samedi prochain, le barbecue aura lieu chez les Dubacq. Là, c'est pas la même ambiance… Plus « col remonté », comme on dit… Mais, enfin, sympa aussi…

Marie Demelle jugea plus prudent d'accepter l'invitation. De toute façon, le jardin de sa voisine serait envahi… Difficile de se reposer dans ces conditions-là.

Quand elle put s'échapper et rentrer chez elle, la jeune femme, tout en défaisant les valises, réfléchit à sa récente conversation avec Émilie. Une chose la mettait mal à l'aise. Sa voisine aurait-elle tant insisté pour l'inviter si Marie n'avait fait que louer la maison ?

« On se retrouve entre nous… » Les mots de cette phrase anodine dansaient devant ses yeux. Elle détestait l'esprit de caste. Bah… Après tout, un seul dîner ne l'engageait à rien… Les enfants paraissaient si contents…

Marie déposait une paire de draps sur son lit quand elle se rendit compte que la maison était devenue tout à coup silencieuse. À quoi, diable, pouvaient s'occuper Valmont et Bertille ?

Délaissant son linge, elle passa dans la chambre que les enfants s'étaient octroyée. Tous deux, affalés sur le grand lit, s'étaient endormis contre le chat Pépère. Elle referma la porte et s'éloigna sur la pointe des pieds.

C'est à ce moment-là que la jeune femme se sentit elle-même épuisée. Elle se souvint alors de l'enveloppe déposée par le clerc, en bas, sur la table d'acajou.

Le fameux roman de Malloc'h… Si elle l'emportait dans sa chambre et y jetait un coup d'œil ? Après tout, ce manuscrit était la raison sine qua non de sa nouvelle existence !

Bien calée contre deux oreillers dodus, Marie décacheta l'enveloppe. La première chose qui l'étonna fut son peu de poids. Elle ne devait contenir que peu de feuillets… En effet.

— La barbe ! maugréa Marie en comptant les pages. Eh bien, Maurice ! En voilà un joli cadeau ! Terminer ton manuscrit ? Tu parles… Il est à peine entamé. Quarante-deux feuilles, en tout et pour tout ! Sûrement les prémices d'un chef-d'œuvre, mais tout de même !… Bon, ma petite Marie, de la méthode… Où est son plan ?

La jeune femme eut beau inspecter les pages une à une, elle ne retrouva pas la feuille recherchée.

Or, elle était au fait des méthodes de travail de son confrère. Avant même de rédiger le premier chapitre d'un livre, il en connaissait les tenants et aboutissants.

Il suivait toujours à la lettre un canevas échafaudé au préalable.

Marie dut se rendre à l'évidence. Pour son roman posthume, Maurice Malloc'h n'avait pas établi de plan. « Bizarre… », songea la jeune femme.

Un peu contrariée, comme le serait un funambule sans perche, l'écrivain n'eut d'autre choix que de se laisser guider au fil des pages.

Le premier chapitre débutait par un long *incipit* de Paul Claudel. Marie le lut :

« Cent quarante-quatre, c'est douze fois douze : douze qui est trois multiplié par quatre, le carré multiplié par le triangle. C'est la racine de la sphère, c'est le chiffre de la perfection. Douze fois douze, c'est la perfection multipliée par elle-même, la perfection au cube, la plénitude qui exclut toute autre chose qu'elle-même, le paradis géométrique… »

Perplexe, Marie se racla la gorge.

— Tu commences fort, Momo ! Rien de tel qu'une joyeuseté mathématique pour enflammer un lecteur de polar !

Mais la toute première phrase du roman la laissa sans voix. « *Ils sont treize.* »

Fronçant les sourcils, elle relut l'*incipit*. Avait-elle laissé passer un message subliminal ou Maurice Malloc'h était-il particulièrement vasouillard le jour où il avait commis ces lignes ?

Marie décida de museler son esprit critique et de parcourir ce chapitre dans son intégralité avant de se forger une opinion.

« *Ils sont treize. Emmanuel Hinry a tenu à recevoir ses hôtes au restaurant le* Golf Stream, *à Perros-Guirec. En bout de table, il préside. Il profite d'un instant de diversion pour les observer tous, à loisir. Le patron prend les commandes. Les visages des douze hommes sont tendus vers lui. Mines composées, gourmandes ou sybarites, c'est selon. Ils savourent à l'avance les plats évoqués, se gargarisent du nom des grands crus. Alchimie du verbe. Les mains aussi, sagement posées sur la nappe immaculée, trahissent leur attente. Le regard d'Emmanuel s'attarde sur celles de Pierre, assis à sa droite. Mains rouges, calleuses, qui triturent un petit pain exquis. La croûte craquelle, finit par céder, délivre le fruit de ses entrailles sur la nappe. Une mie bistre, tiède encore, gorgée de raisins de corinthe, d'amandes, de noisettes et de pulpe d'abricot sec.*

En face de Pierre, il y a Jeannot. Le plus jeune. Emmanuel sourit au profil. Bouche entrouverte, yeux mi-clos, il boit les paroles du restaurateur. Jeannot n'a pas l'habitude de ce genre d'endroit. Les autres non plus, d'ailleurs. Emmanuel a voulu les régaler, tous, une dernière fois. Il les aime ces hommes. Des gars simples, rudes au travail.

Armateur et patron de la Marie-Joseph, *il a navigué avec chacun d'eux. Avec le grand Jacques, là-bas, endimanché, droit comme un mât sur sa chaise. Il a fière allure, pourtant, aux commandes du* Boarnergès*! Face à lui, André, le frère aîné de Pierre. Un brave parmi les braves. Quand Emmanuel l'appelle, il accourt aussitôt. Et puis Thaddée… S'il n'est pas breton, il a le courage de ceux de sa race. Philippe, qui ne tarit pas d'éloges sur ses trois filles, Iris… surtout. Et les autres… Oui, il les aime tous*

Emmanuel Hinry réprime un haut-le-cœur. Il ne pourra pas partager le repas avec ses amis. Il fera semblant. Un peu de pain et une gorgée de vin, peut-être. Il doit porter un toast. À présent que les bouteilles sont sur la table, ils attendent tous cela. Les yeux allumés de plaisir se tournent vers lui. Oh! Comme il souffre…

Ne pas leur montrer sa souffrance… Dire simplement les choses. Il leur doit la vérité. Toute nue. Il se lève, tend son verre.

— Mes amis, je vous remercie d'avoir répondu à mon invitation.

Murmures dans la salle. Rires étouffés. « Pas trop long, Manu, s'il te plaît… » « Quand est-ce qu'on boit le coup, Manu ? » « Mais laissez-le parler, enfin ! » « Chut! Chut! »

Emmanuel Hinry attend. Comme toujours, celui qui dit « chut » fait le plus de bruit. Le silence… Presque. Simon tousse.

— Mes amis, j'ai quelque chose à vous dire… Ce n'est pas facile à entendre. Alors, voilà… Nous sommes jeudi. Je voulais tous vous revoir ensemble, une dernière fois. Demain, je serai mort…

Pierre se lève, jette sa serviette sur la nappe. Sa chaise tombe.

— Si c'est une plaisanterie, Manu, tu te la gardes ! Tu pourrais trouver plus drôle !

Mine consternée des autres. Un maladroit, en voulant venir vers lui, renverse la salière. Il se rassied, tente de réparer les dégâts.

Emmanuel hoche la tête.

— Non, mes amis, je ne me permettrais pas ce genre de plaisanterie avec vous.

Au tour de Philippe de l'interpeller. Sa voix est colère.

— Personne ne peut savoir quand il va mourir, Manu ! Sauf s'il décide de se suicider ! C'est quoi cette mascarade ? Tu nous invites au restau pour nous annoncer que tu vas mettre fin à tes jours ? Bonjour le cadeau !

Thaddée, sur les traces de Philippe, renchérit :

— Pourquoi tu te découvres à nous ? Pourquoi pas au monde, tant que tu y es !

Emmanuel les comprend, fait tinter son verre.

— Je vous en prie, mes amis, écoutez ce que j'ai à vous dire, sans vous fâcher… Non, Philippe. Tu me connais suffisamment, j'espère, pour savoir ce que je pense du suicide…

La voix de Jeannot tremble quand, lui aussi, interrompt le patron.

— Mais alors quoi ? Manu… On t'a menacé ? On te fait chanter ?

Sa voix s'est déchirée. Partie en sanglots.

Toute la joie s'est évaporée comme de l'éther… Emmanuel ne veut pas cela pourtant… Comment leur faire comprendre ? Il a si mal…

— Écoutez-moi… Nous avons peu de temps à passer ensemble… Faisons de ce dîner une parenthèse

de bonheur. Mais non, Bart, je n'ai rien gâché… Les choses sont comme elles sont. On ne peut rien y changer. Bientôt vous saurez la vérité. Je lève mon verre à notre amitié!

Les douze hommes imitent le patron. Leur geste est grave. Personne ne trinque.

Emmanuel a quelque difficulté pour déglutir. Il s'essuie la bouche.

— Alors voilà… J'ai mis mes affaires au clair chez un homme de loi. Vous le savez, je n'ai pas d'enfant. Ma famille, c'est vous. Nous avons navigué ensemble. Nous avons connu des campagnes de pêche souvent fructueuses, souvent difficiles aussi. Les quatre bateaux, je vous les lègue. En parts égales. À vous de vous arranger. Tout se passera bien, je le sais… Pierrot est le plus âgé. Je lui confie le soin de diriger les opérations.

Emmanuel baisse la voix. Le serveur apporte un somptueux plat de poisson. Un silence lourd accueille ce mets de roi. »

*

— Prenez encore une saucisse, Marie! Vous ne mangez rien.

— Merci, Émilie, je n'ai plus faim. La côte de porc et le taboulé suffisaient amplement! C'est très bon.

Une délicieuse odeur de grillades embaumait le jardin. Le soir tombait.

Parfois, des touristes s'égaraient dans la venelle où jouaient les enfants.

Ils lançaient à la cantonade un « Bon appétit… » gourmand.

Certains, parmi les hôtes d'Émilie, leur répondaient, d'autres non.

Marie avait craint le pire. Elle fut agréablement surprise. L'ambiance du cénacle était chaleureuse, bon enfant.

Tout en dégustant le reste de son verre de bordeaux, la jeune femme observait les invités à la dérobée et s'amusait : que ce fût de par leurs professions, leurs choix de vie, leurs conversations, tout semblait les opposer. Un seul lien unissait cet aréopage de Perrosiens : l'amour de leur pays.

Si tout le monde l'avait accueillie avec gentillesse, personne, pour l'instant, ne s'était vraiment intéressé à elle. Et c'était tant mieux !

Un homme brun, au visage hâlé, s'approcha de la table de pique-nique où elle s'était assise. Ses mains, larges comme des battoirs, tentaient de rétablir l'équilibre d'une assiette en carton qui gondolait sous le poids de la nourriture. Un bel appétit…

« Dans un instant, se dit Marie, ma robe neuve va servir de garde-manger à cet ogre… »

Ce ne fut que médisance. L'homme fit montre d'adresse.

— Il y a une place de libre… Je peux m'asseoir en face de vous ?

— Si vous ne craignez pas le ridicule, je vous en prie. Mais je vous préviens : cette chaise de poupée va rendre l'âme ! Nous allons tous les deux chavirer.

L'homme eut un doux sourire.

— Ne vous en faites pas. Il est solide, ce matos ! En revanche, surveillez votre vocabulaire ! Je suis un peu superstitieux et il y a des mots à bannir devant un marin !

Pour le coup, Marie fut enchantée de l'aubaine qui se présentait. Tant de questions sur les techniques de pêche et la vie à bord d'un bateau se posaient à elle qu'elle ne sut par où commencer. Elle s'embrouilla.

— Ce n'est pas très clair votre histoire, l'interrompit son vis-à-vis. Si j'ai bien compris, vous êtes écrivain et votre roman se passe ici, dans le milieu de la pêche. Excusez-moi... cela ne me regarde pas... Mais pourquoi choisir un tel sujet si vous n'y connaissez rien ?

La remarque était abrupte, atténuée cependant par la gentillesse du ton.

Marie expliqua alors la raison de sa venue à Perros, l'étrange héritage de Maurice Malloc'h, sa mission si elle avait l'intention de garder la maison.

— J'ai toujours trouvé ce type un peu bizarre... fut le commentaire du marin. Surtout ces dernières années... En plus, pour un homme du pays, son choix est curieux. On peut écrire un polar sur bien des trucs ici... Le paysage s'y prête ! Mais sur la pêche ! Il aurait pu trouver un autre port... Entre Ploum, Perros et Trégastel, on nous compte sur les doigts d'une main ! La plaisance, le transport maritime, ça oui... Ou alors, votre roman se passe autrefois ? J'ai connu. l'époque bénie où il y avait encore une trentaine d'embarcations.

— Non, d'après le second chapitre, l'histoire se déroule de nos jours. Mais...

La voix tonitruante de l'hôtesse coupa leur conversation.

— Mes amis, j'ai à mes côtés deux mignons petits agneaux qui m'annoncent que c'est l'anniversaire de leur maman aujourd'hui ! Levons-nous pour porter un toast à Marie Demelle ! Et vous ne savez pas la meilleure ? Cette jeune femme ravissante passe son temps à tuer ! Mais non… C'est une blague. Elle écrit seulement des romans policiers !

Si Marie avait pu être une taupe, elle aurait creusé la galerie la plus profonde et s'y serait tapie à demeure… Déjà, on faisait cercle autour de sa table.

Devinant l'embarras de sa compagne, son voisin lui adressa un clin d'œil de connivence.

— Courage ! lui chuchota-t-il… Ils ont maintenant un os à moelle à ronger… Mais ce sont de braves toutous. Méfiez-vous toutefois des crocs de la jolie blonde à chignon. Sous ses airs de caniche-toy, elle cache un caractère de pitbull… Ah ! Au fait. Un détail. Je m'appelle Simon. Simon Arnicol.

Parmi les sept ou huit personnes qui s'intéressèrent alors à l'écrivain, l'une d'elles avait lu ses trois derniers romans.

Il s'agissait d'un homme d'une cinquantaine d'années, partagé entre une timidité dévorante et une passion pour le genre policier.

Sa culture, en ce domaine, se révéla surprenante. Marie, elle-même, ne connaissait pas le tiers des auteurs qu'il citait.

L'exaltation de cet homme, d'ordinaire effacé, n'eut pas l'heur de plaire à son épouse qui s'entretenait avec un couple, à l'écart. De loin, elle l'interpella :

— Voyons, Antoine ! Tu monopolises la conversation avec tes histoires morbides ! Il y autre chose dans la vie que des crimes, non ?

À ses côtés, la jolie blonde à chignon dont avait parlé Simon, prit la balle au bond.

— Élisabeth a raison. Déjà, la télé nous inonde avec ses séries insipides ! Je me demande quelle place on donne à la véritable littérature, dans tout ce galimatias…

— Je vous avais prévenu… susurra le marin à l'oreille de Marie. Claire Dubacq a la dent dure. Elle ne vous lâchera pas tant qu'elle n'aura pas réussi à devenir le point de mire. Elle va vous mettre en pièces !

— C'est ce qu'on va voir ! répartit Marie, piquée au vif.

La romancière détestait par-dessus tout la grossièreté enrobée de mondanité sucrée. Alors, la joute oratoire commença entre les deux femmes. Marie choisit la même arme que son adversaire : le poison au miel.

— Qu'appelez-vous au juste la « véritable » littérature, Claire ?

Elle eut une certaine réticence à prononcer son prénom, mais comme c'était l'usage dans ce cénacle, elle se plia au rite.

— Que sais-je ? répliqua l'autre. Celle qui nous donne à réfléchir, à élargir notre horizon intellectuel… ou bien des œuvres qui ne tiennent que par le style… En tout cas, pas le polar ! Excusez ma franchise, je ne vous ai jamais lue… Mais il m'est arrivé, lorsque je prenais l'avion, de parcourir certains ouvrages de vos confrères. C'est positivement édifiant ! Ils n'ont rien à dire et, qui plus est, ils le disent mal ! Non… sans vouloir vous offenser, le polar est à la littérature ce que le cousin Pons représente pour la famille — le parent pauvre, si vous préférez…

— Merci, inutile de le préciser ; je connais mes classiques, rétorqua Marie dont l'humeur tournait au vinaigre.

La voix pétassante de Claire Dubacq commençait à lui porter sur les nerfs. Aussi décida-t-elle de l'attaquer sur son propre terrain.

— « Excusez ma franchise », Claire, mais « sans vouloir vous offenser » non plus, vous faites chorus à tous les topiques, les truismes, les banalités, « si vous préférez », de ces pseudo-intellectuels empalés par le fondement et qui méprisent la culture populaire. Roland Barthes a écrit des choses fort « pénétrantes » sur le polar. Mais peut-être ne l'avez-vous pas lu…

— Et toc ! reprit Simon Arnicol qui comptait les points.

Surprise, Claire Dubacq se tut, préparant sans doute une bombe à retardement. Sa voisine, Élisabeth Messager, plus pour contrecarrer son mari, le timide Antoine qui souriait béatement à Marie, que par véritable sympathie, voulut aider la jolie blonde.

— Moi, je suis de l'avis de Claire. Je préfère les romans d'amour ou les contes de fées à ces histoires horribles.

— Les genres ne sont pas incompatibles, concéda Marie. Le polar, c'est la faille de la littérature blanche. Imaginez le malaise du public si, par exemple, Barbara Cartland était apparue à un dîner, tout de noir vêtue et le visage dépourvu de maquillage… Ou, si vous préférez, prenez Cendrillon. À minuit, elle s'enfuit du bal du 14 juillet. Son prince, un chic type qui travaille chez Renault court à sa poursuite. Il ne sait rien d'elle, si ce n'est qu'elle est employée dans un magasin de chaussures. Le lendemain, il parcourt toute la ville à la recherche de sa belle. Mais la pauvrette s'est enrhumée au bal et n'est pas venue au boulot. Il croit qu'elle s'est fichue de lui et, comme c'est un maniaco-dépressif, le polar peut commencer.

Travestir ainsi les contes parut amusant aux hôtes d'Émilie Le Naour. Beaucoup voulurent s'y essayer, avec plus ou moins de succès, d'ailleurs. Des éclats de rire saluèrent la prestation d'Antoine Messager et sa « belle qui boit en dormant ». Malgré sa réserve naturelle, il se révéla un homme d'esprit. Seule, Élisabeth, sa femme, levait parfois des sourcils excédés ou l'encourageait à se taire.

Le bibliothécaire racontait comment au bout de cent ans, son héroïne se réveillait d'un profond coma éthylique, lorsque les Dubacq sonnèrent le rassemblement.

Aussitôt, trois têtes blondes, parfaitement éduquées, se précipitèrent vers leurs parents.

Marie Demelle glissa un mot à l'oreille de son voisin pêcheur.

— Une chose est sûre, Simon ! Ces gens-là ne m'inviteront sûrement pas samedi prochain à leur barbecue…

— Vous vous trompez… je suis certain du contraire… Ils voudront prouver à tout le monde leur largesse d'esprit.

Simon Arnicol eut raison. En passant devant Marie, Claire Dubacq, de sa voix haut perchée, lui déclara qu'elle comptait absolument sur elle le week-end suivant. Puis, se désintéressant aussi brusquement d'elle, la jolie blonde parut avoir oublié quelque chose. Ses yeux bleus scrutèrent le jardin.

— Guirec, où donc est passé Jean-Nicolas ? Cet enfant est impossible ! Jean-Nicolas ! Nous partons !

Le Jean-Nicolas en question, un grand adolescent aussi brun que le reste de la nichée était blonde, arriva de la venelle, les mains dans les poches, le pas traînard.

Marie croisa le regard du jeune homme et fut surprise d'y lire autant de tristesse que de fausse soumission.

— Le vilain petit canard de la famille, je suppose ? demanda-t-elle à Simon, dès que les Dubacq, au grand complet, eurent quitté le jardin.

— Je pense, oui… Il fait de la peine, ce gamin… Vous avez remarqué combien il ne ressemble pas aux autres ? En fait, Jean-Nicolas est le fils que Guirec a eu d'un premier mariage. Une mésalliance, comme ils disent encore dans ce milieu-là… Guirec est issu d'une famille de commerçants très huppée, originaire de Perros mais qui a assis sa fortune à Paris. Son grand-père, peintre amateur, a eu le nez d'acheter des toiles d'artistes qui se sont inspirés de notre côte : Maurice Denis, Maufra, Buffet, Matisse et d'autres, à l'époque où les cours n'étaient pas prohibitifs.

Marie Demelle aurait pu deviner la suite de l'histoire racontée par Simon. Guirec, un beau parti déjà convoité par la famille de Claire, mais qui, bridé par des parents au catholicisme rigide, s'éprend follement d'exotisme social, en la personne d'une étudiante radieuse et boursière… Le ver est dans la pomme. Crise de nerfs de madame Mère. Sermons chuchotés dans la ouate du cabinet paternel sous la houlette de l'oncle, un père dominicain. Guirec a vingt ans, il est donc pur pour quelque temps encore… Devant tous ces génufléchisseurs et crucisignataires il se tient droit.

Certes, le mot « avortement » n'existe pas dans l'encyclopédie familiale. Mais on murmure. On se surprend à rêver de fausse couche, toujours possible… À défaut, on suggère l'idée d'une confortable réparation… Rien à faire ! Le ver grossit et Guirec épouse ! C'est dit !

Alors, en dépit de tout, les yeux rougis, la famille marche vers son purgatoire : l'insignifiante brunette. Au début, on tentera même de fouiller les branchages enchevêtrés de son arbre généalogique et d'y dénicher une brindille de qualité. En vain.

De la belle sève prolétarienne coule dans les veines de Paloma. Et l'enfant paraît. Guirec n'a pas terminé ses études et doit se soumettre aux exigences parentales. Vivre avec sa femme et son fils sous le toit de la maison-mère. On va alors s'amuser à guider les premiers pas du petit comme ceux de sa maman.

« Jean-Nicolas ! On n'interrompt pas une conversation entre adultes ! » « Paloma ! Ne vous obstinez pas à vouloir mettre la table ! Laissez ce soin à Lucie, elle est là pour cela. Elle vous aurait expliqué que les couverts à entremets se placent toujours à l'intérieur ! »

Les amours adolescentes résistent mal à ces menus quotidiens.

Les sourires encourageants de Guirec, de mois en mois plus crispés, étiolent la fleur des champs. Un soir d'hiver, elle ne rentrera pas. Un batelier repêchera son corps le lendemain, dans les eaux grises de la Seine. On retrouvera une lettre dans sa chambre, un mot d'excuses.

Jean-Nicolas a cinq ans.

IV

Trois jours plus tard, Marie Demelle et ses enfants, attendaient, sur le port de Ploumanac'h, l'autorisation d'embarquer. Bertille et Valmont piaffaient d'impatience à l'idée de cette partie de pêche. C'était, en outre, la toute première fois qu'ils montaient à bord d'un bateau. Enfin, Simon Arnicol vint les chercher à la prame. Il fit deux tours. Marie observa ses petits du quai.

Le trajet, d'ordinaire fort bref, fut ralenti par un caprice des enfants, chacun d'eux voulant s'essayer à la godille. Les poings sur les hanches, le marin s'amusait ou leur prodiguait des conseils. Puis, il les aida à grimper à bord de la « Mouette Rieuse » et revint prendre Marie.

— J'espère qu'on ne vous a pas fait perdre votre temps. Il est déjà tard. Sans nous, vous seriez déjà parti...

— Arrêtez de vous excuser à tout bout de champ, Marie. Et puis asseyez-vous ou on va boire le bouillon. Je souhaite que, dans quelques mois, vous ayez appris à consulter un horaire des marées !

Plus avancé d'être sur la digue avec un haveneau à six heures du matin ! On ne pourra emprunter le chenal qu'à 9h45. C'est-à-dire dans cinq minutes.

— Oh... je vois, bredouilla la jeune femme. Vous devez me trouver bien gourde.

— Oui... et très jolie aussi.

Bien qu'elle fût en apnée sentimentale depuis plus d'un an et qu'elle comptât le rester, ce demi-compliment la toucha.

À la fin de la soirée donnée par sa voisine, alors qu'elle prenait congé de Simon Arnicol, ce dernier lui avait proposé de l'emmener avec ses enfants à la pêche. C'était, selon lui, le seul moyen pour Marie de pouvoir parler de cette activité dans son futur roman.

Comme ils franchissaient l'étroit chenal balisé, le marin leur désigna, sur la droite, la maison blanche de Gustave Eiffel dont la façade regardait de l'autre côté du bras de mer, l'extravagant château faraud de Costaéres assis sur son îlot comme un seigneur féodal à qui l'on fait serment d'allégeance.

Puis, bercés par les borborygmes du moteur diesel, ils longèrent la côte jusqu'au phare de *Min-Ruz*.

Le spectacle fut si magique que, même les enfants, envoûtés par la beauté du site, se turent. Le bleu laiteux du ciel, ce matin-là, exaltait encore le rose des chaos qui semblaient débouler sur eux, telle une armée en marche, tout à coup pétrifiée.

Ces mastodontes granitiques, pétris par l'érosion, surprenaient par le contraste qu'offrait leur masse barbare alliée à la délicatesse de leur teinte. C'était aussi invraisemblable qu'une marquise douairière élue chef d'une tribu de Huns. Et si, plus au large, la couleur de l'eau s'enfonçait dans l'outremer, dans la frange de la côte, moirée par le rose des rochers, la mer se diaprait d'ombres violettes.

Du doigt, Simon montra aux enfants des chaos aux formes suggestives.

— Attention, nous passons devant la méchante sorcière ! Regardez la bouteille renversée qu'elle lorgne ! Le jour où elle réussira à agripper son élixir de vie éternelle, tous les rochers reprendront leur forme originelle.

— Tu nous prends pour des bébés ! déclara Bertille, en frissonnant tout de même un peu.

Après avoir franchi la ligne du phare, le pêcheur mit cap sur les Sept-Îles, à quelques milles de là. À distinguer nettement ces îlots à l'horizon, les enfants crurent qu'ils étaient à portée de rames et que la plate aurait suffi à leur expédition. Simon Arnicol, le sourire aux lèvres, se garda bien de les détromper.

— Vous voyez la dernière ? La plus à l'est ? C'est là que nous nous rendons. L'Île Rouzic.

— L'une de ses faces est toute blanche ! observa Marie. Les fientes des oiseaux, sans doute ?

En guise de réponse, le marin conserva son sourire énigmatique.

Au bout d'une vingtaine de minutes de navigation, les enfants commencèrent à soupirer. La terre promise leur semblait si lointaine à présent ! Ils furent d'autant plus dépités, qu'une vedette, transportant son flot de touristes, les doubla sans vergogne. Le roulis du côtier provoqué par ce passage, ajouté à l'odeur prégnante de marée et de gasoil, eut raison du stoïcisme de Valmont. Plus pâle qu'un plat de blanquette, il se pencha par-dessus bord et rendit à Dieu ses vocalises, sous l'œil condescendant et supérieur de sa sœur.

— C'est ton baptême de mer, petit ! le consola Simon. Avant ça, il n'y a pas de bon marin !

Arriver sur les lieux de pêche ragaillardit les enfants.

Lorsque Simon vida le contenu de ses casiers dans les caisses de plastique, ce furent des cris de Sioux. D'un geste exercé, le marin tria les araignées des crabes-mousses et sépara les cinq homards auxquels il ligatura les pinces. Il brandit un spécimen vers Marie.

La bête, à la carapace d'un bleu luisant sertie de minuscules coquillages, se débattait à coups de queue.

— Ce grand-père est pour vous. Il doit faire dans les 2 kilogrammes 800.

Afin de remercier Simon Arnicol de ce somptueux cadeau, Marie invita le pêcheur à partager leur dîner.

L'homme accepta d'un hochement de tête, sans manière.

Après avoir appâté à nouveau ses casiers de boette, le marin les remit à l'eau tandis que Marie photographiait un couple de macareux et des petits pingouins attirés par cette manne.

— Si vous voulez un portrait de famille, Marie, je vous propose de contourner l'île.

Quelques minutes plus tard, la face nord-est de Rouzic offrit à la jeune femme et aux enfants un spectacle digne d'Hitchcock.

Par milliers, les fous de Bassan colonisaient la moindre parcelle de roche. Une centaine d'autres, les ailes blanches déployées, balayaient le ciel de leur raid aérien.

De très haut, l'un d'eux plongea dans la mer, à la vitesse d'une torpille.

Simon expliqua que ces gracieux oiseaux à tête jaune étaient plus de trente mille à venir se reproduire ici. Chaque couple était locataire à vie des quelques centimètres carrés attitrés. Gare à celui qui squattait son voisin ! La saison des amours terminée, chaque individu repartirait, ivre d'azur, mais retrouverait, l'année suivante, le même conjoint dans le même nid.

Marie ne put s'empêcher de commenter les propos de Simon.

— Les hommes devraient prendre des leçons auprès de ces oiseaux, décréta-t-elle, un brin amère. Je ne vois pas pourquoi on les appelle des fous…

— Si vous aviez vu l'un d'eux remonter à la surface après avoir plongé, vous auriez compris. On pensait autrefois que sa pêche avait été vaine. En fait, il n'en est rien. Le poisson qui peut faire sa taille, il l'a déjà avalé dans l'eau.

Pour retourner au port de Ploumanac'h, Simon Arnicol longea l'archipel.

Les enfants voulurent débarquer sur l'île Malban après avoir dérangé deux phoques gris de leur sieste sur un rocher. Le marin eut du mal à leur faire admettre l'interdiction d'accoster, même en cachette, sur ces sites naturels protégés. Près de Bono, la jeune Bertille connut quelques déboires. Affamée, elle eut à peine le temps de déballer son sandwich qu'un goéland argenté piquait du bec et le lui dérobait. Elle vitupérait contre l'odieux volatile lorsque l'un de ses congénères lui rendit un hommage gluant sur le bout du nez.

L'Île aux Moines et sa forteresse Vauban réconcilièrent la fillette avec le milieu naturel. Simon concéda aux enfants dix minutes de liberté afin qu'ils puissent se dégourdir un peu.

C'était la seule île de l'archipel accessible aux promeneurs.

Du bateau, le pêcheur fit un large signe des bras en direction du phare.

— Je salue Françoise, si elle me voit. Elle est, je crois, l'unique gardienne de phare au monde.

— Vous venez souvent ici ? lui demanda Marie.

— Aussi souvent qu'un parisien visite la Tour Eiffel… répondit-il en coupant les gaz. En fait, je n'ai pas posé le pied sur cette île depuis qu'André y a trouvé la mort. Trois ans, environ…

— C'était un copain à vous ?

— Oui, un très bon pote… pêcheur aussi. On est si peu nombreux à présent qu'on se tient les coudes. Et avec la politique de Bruxelles, ça n'est pas près de s'arranger !

La jeune femme, devant la mine assombrie du marin, compatit.

— Un accident, sans doute ? La tempête ?

— Oh non ! Je me rappelle bien. Au milieu du mois de mai. Calme plat, une mer à curer. Personne n'a rien compris. C'est un groupe de touristes qui a donné l'alerte. On a retrouvé le corps d'André, flottant entre deux eaux, empêtré dans les mailles de son filet. Comme un vulgaire poisson, son bateau dérivait à un mille de là.

Le visage de Marie se décomposa soudain. Simon Arnicol s'en voulut de lui avoir raconté cette histoire morbide… Il s'en excusait auprès d'elle, lorsque la jeune femme, contre toute attente, lui demanda des détails sur la fin tragique du marin.

— Des détails ? répéta-t-il, étonné. Quel genre de détails ? Tout ce que j'ai appris, c'est par les journaux de l'époque. Le corps a été autopsié. Il n'avait pas d'eau dans les poumons. Quand André a chaviré, il était déjà mort… Crise cardiaque…

— Rien d'autre ? insista Marie.

— Je ne vois pas… Ah, si… Avant de prendre la mer, il s'était méchamment brûlé, paraît-il, le cuir chevelu. L'enquête n'a pas pu déterminer de quelle façon cet incident s'était produit.

— Moi je peux vous le dire… asséna Marie d'une voix blanche. Son assassin l'a brûlé avec un chalumeau.

La réaction de Simon fut immédiate.

— Hein ! Mais de quoi parlez-vous ? Que savez-vous de cette histoire ?

Les mâchoires crispées, la jeune femme murmura pour elle-même :

— Je comprends, à présent, son insistance…

— L'insistance de qui ? cria presque Simon.

— Maurice Malloc'h… Venez, rentrons, ajouta-t-elle en frissonnant. Lorsque vous dînerez ce soir à la maison, je vous montrerai quelque chose… J'espère, simplement, pouvoir vous faire confiance…

*

Le homard, préparé à l'américaine, fut succulent. Fatigués après leur journée en mer, les enfants montèrent se coucher sans un mot, sitôt le dîner terminé. Comme elle embrassait sa mère - rituel du soir - Bertille glissa à l'oreille de Marie :

— À celui-là, maman, tu peux lui dire « oui » quand il va te proposer de dormir avec toi. Il nous plaît beaucoup à Valmont et à moi.

Malgré le clin d'œil burlesque qui accompagnait cette autorisation, Marie réprimanda vertement sa fille.

— Où as-tu entendu parler de ces choses ? Sache que personne ne remplacera ton papa ! Ni lui ni un autre !

— Qu'est-ce que tu peux être vieux jeu, maman ! Pas étonnant que papa ait choisi une rigolote ! lança la fillette de sept ans, vexée d'avoir été rabrouée.

Une gifle n'aurait pas bouleversé davantage Marie. Après avoir refermé la porte de la chambre, elle refoula ses larmes. De l'autre côté de la cloison, lui parvint un « pardon » sangloté.

Cinq minutes plus tard, Marie rejoignait Simon dans le séjour, en paix avec elle-même et avec sa fille...

Le pêcheur avait resservi de ce délicieux chablis qu'il avait apporté.

— Excusez-moi. Ils sont grands, mais ils aiment toujours que je leur raconte une histoire, le soir...

— S'excuser est une véritable manie, chez vous, Marie. Soyez donc un peu plus sûre de vous-même ! Vous avez tous les talents ! Être séduisante, cuisiner à merveille, écrire...

Comme elle se rasseyait à table, la jeune femme fit une grimace.

— Sur ce dernier point, non plus, je ne me fais guère d'illusions. J'ai compris, cette après-midi, pourquoi Malloc'h m'avait choisie pour continuer son fichu roman...

Simon Arnicol, très attentif, laissa Marie reprendre son souffle et poursuivre.

— Je n'ai pas toujours été écrivain. Il y a cinq ans encore, ce que je tapais sur une machine, c'étaient des rapports de police...

— Vous avez été flic ? s'étonna le marin. Curieux ! Je ne vous imaginais pas...

— Moi non plus, le coupa Marie. C'est pour cela que j'ai démissionné. En fait d'aventures, mon univers se limitait le plus souvent aux quatre murs d'un bureau confiné à enregistrer la plainte de madame Tartempion qui avait perdu son sac à main ou celle de monsieur Trucmuche tyrannisé par un voisin… Exaltant ! On ne m'envoyait presque jamais sur le terrain…

Simon Arnicol, hocha la tête. Il comprenait les rêves déçus de la jeune femme. Cependant, l'attitude de Maurice Malloc'h ne cessait de l'intriguer. Pourquoi le grand romancier, spécialisé dans la politique-fiction, faisait-il ses choux gras d'un banal fait divers ?

— Jusqu'à ce jour, je me suis posé la même question, répondit Marie d'un ton soucieux. À présent, j'ai peut-être un élément de réponse… Attendez-moi une minute. Je vais chercher le manuscrit.

Quand la jeune femme revint, elle tendit le dossier à son hôte, l'invitant à lire le deuxième chapitre. Pour sa gouverne, elle lui résuma la trame du premier. Un armateur et patron de pêche invite au restaurant les douze hommes qui ont travaillé avec et pour lui. Ce marin, un certain Emmanuel Hinry, annonce à ses amis qu'il ne sera plus de ce monde le lendemain. Stupeur et effroi des pêcheurs… Et, en effet, au matin., la femme de ménage retrouve le corps sans vie d'Emmanuel Hinry. L'homme a couché dans son lit et semble dormir du sommeil du juste. Nulle trace de violence sur les lieux. Il conclut à une mort naturelle et va donner le permis d'inhumer lorsque, sur ces entrefaites, débarquent deux des amis de la veille, Pierre et Jeannot. Sceptiques quant à l'intuition géniale de l'armateur, ses hommes d'équipage exigent une autopsie. Celle-ci sera pratiquée mais ne donnera aucun résultat tangible.

La tempe appuyée contre la paume de sa main, Marie regarda lire son hôte. Dans le silence de la maison, elle se surprit à détailler ses traits. Sans être véritablement beau, il émanait de lui un charme viril d'homme habitué à vivre au grand air. Peau tannée par le soleil, marquée de rides d'expression. Front haut, surmonté d'une chevelure sombre de la couleur de ses yeux. Les mâchoires, un peu fortes, peut-être...

Se sentant sans doute observé, Simon Arnicol releva la tête, ce qui mit un terme à l'examen de la jeune femme.

— Je comprends à présent voire trouble de tantôt, Marie. C'est bizarre, cette histoire... Le personnage de Malloc'h s'appelle André Le Bihan. Mon copain pêcheur: André Petit. Vous n'êtes pas bretonne mais « Bihan » signifie « petit » dans notre langue. Le lien est évident. Or, d'après Malloc'h, André a été assassiné...

— Pas tout à fait, Simon. On a aidé votre ami à mourir, le corrigea Marie. Certes, après l'avoir torturé... Relisez-moi le passage où le personnage d'André amarre son bateau dans la petite crique de l'Île aux Moines pour venir en aide au meurtrier.

Simon reprit le texte et se racla la gorge:

« André saute de son côtier dans le canot qui tangue sous l'abordage du marin.

— T'as un problème, vieux? J'allais poser mes filets quand j'ai vu tes signes.

Une poignée de main scelle l'entrevue. Pourtant, l'homme évite le regard du marin.

— Une sacrée galère, oui ! Cela fait une heure que j'essaie de faire redémarrer ce fichu moteur. Une chance encore que tu passais par là…

— Rien à voir avec la chance, vieux… C'est toujours ici que je viens pêcher. Laisse-moi plutôt jeter un œil sur ta bécane.

André est déjà à genoux, penché sur le moteur. L'homme lui sourit. Sans quitter sa proie du regard, il se saisit du chalumeau. Dès qu'il allume, André, alerté par un bruit incongru, se retourne vers lui. L'effroi ne le gagne pas aussitôt. Il n'a pas encore compris.

— Qu'est-ce que tu fiches avec ce truc, vieux ? T'es pas malade ? C'est pas un chalumeau qui va réparer ton moteur. Tu risques de tout faire sauter !

Mais l'homme continue d'avancer vers André. Il sourit toujours, extatique, le regard vide d'expression.

— Eh ! Fais pas le con, vieux ! Tu me fiches la trouille. Arrête ton machin ! Tu vas me brûler !

— Oui, André… Je vais te brûler. Juste un peu. Baisse la tête s'il te plaît.

— Non, mais t'es maboule ! hurle l'autre qui, en voulant se jeter à l'eau, se prend le pied dans un boute et s'affale.

Comme il se redresse, un jet de gaz enflammé le terrasse à nouveau. La douleur est fulgurante. Elle irradie, diffuse ses tentacules de feu à toute la tête. André sent une odeur de carne brûlée : la sienne. Il happe l'air par petites bouffées avides, tels les poissons qu'il a l'habitude de pêcher. Haut-le-cœur. Une barre lui serre la poitrine.

L'homme n'aura pas à finir sa mission. Il lui suffit d'attendre quelques minutes encore. Il le sait.

— Comme tu en as de la chance ! lui déclare-t-il, sincère.

André vient de mourir. Le cérémonial peut commencer. Le filet est prêt. Il n'y a plus qu'à placer un poisson dans ses mailles. Un seul… Un lieu fera l'affaire. »

La voix de Simon se tut. Marie lui demanda :

— Savez-vous si on a retrouvé un lieu à côté du corps de votre ami ?

— Aucune idée ! soupira le marin. Mais les flics auraient-ils fait gaffe à ce genre de détail ? Après tout, c'est une fin possible pour un poisson, non ?

— Autre chose, Simon… Dans le scénario de Malloc'h, la tâche du fou paraît, somme toute, facilitée par l'absence de réaction de sa victime ! De plus, il meurt à point nommé !

Simon se leva de table et, les mains dans les poches, observa de la fenêtre, le déclin du soleil derrière les toits. L'homme paraissait touché quand il déclara :

— Malloc'h connaissait bien André. J'ai l'impression de retrouver mon pote de pêche à travers ces lignes. Il ne le décrit pas physiquement, mais André était un garçon corpulent, voire gros. Il aimait la bonne chère et le bon vin… Au désespoir de son médecin, d'ailleurs, qui lui avait prescrit je ne sais combien de régimes après deux ou trois alertes cardiaques sévères…

— Il était donc malade… À part son médecin et quelques amis, comme vous, quelqu'un le savait ?

Simon Arnicol se rapprocha de la table et prit une cigarette qu'il alluma.

— C'était de notoriété publique, oui ! Il s'en vantait presque ! Normalement, il n'avait plus le droit de prendre la mer seul. Mais il s'en fichait…

Marie se frotta le lobe de l'oreille entre le pouce et l'index, signe, chez elle, de réflexion.

— Simon… Avez-vous remarqué autre chose, dans ce texte ?

— Oui, répondit le marin aussitôt. Un tic de langage d'André. Énervant, d'ailleurs… Il pouvait parler à un adolescent ou à un grand-père, il l'appelait toujours « vieux » :

Marie n'eut pas besoin d'en savoir davantage.

Pour elle, l'affaire était entendue. Maurice Malloc'h s'était bel et bien inspiré de la fin tragique d'André Petit afin de camper son personnage. Restait un problème, et de taille, celui-là… Malloc'h avait sûrement lu le fait divers dans les journaux de l'époque. L'agression au chalumeau était-elle purement fictive ?

Son imagination de romancier avait-elle travaillé à partir de la brûlure mystérieuse relatée par les quotidiens ? Ou alors, savait-il exactement de quelle manière la scène s'était déroulée ?

Dans ce cas, Marie Demelle n'osait pas encore formuler le pressentiment qui la taraudait. Car, de deux choses l'une… soit Malloc'h avait été témoin du meurtre, soit…

Elle proposa un café à son invité et passa à la cuisine pendant que Simon entamait la lecture du troisième et du quatrième chapitres.

Quand elle réapparut, il se leva pour l'aider à porter son plateau. Le manuscrit était posé sur la table, fermé.

— Vous avez terminé? demanda-t-elle en désignant l'enveloppe cartonnée d'un signe de tête.

— Oui, mais je ne connais pas la victime suivante… Celui qui se fait tuer au Conquet. Le nom du marin, ce Pierre Autret en question, ne me dit rien du tout. Pas un gars de chez nous. C'est comme le premier mort retrouvé dans son lit, Emmanuel Hinry… Il semble que ces deux-là sortent tout droit de l'imaginaire de Malloc'h.

— Pas si sûr… murmura Marie. Je n'ai reçu aucune directive de Maurice Malloc'h… Un sucre ou deux? Mais je ne crois pas me tromper de beaucoup. Sur les treize hommes qui dînent ensemble au restaurant, douze mourront, l'un après l'autre. Le rescapé sera l'assassin. Un peu simpliste comme trame peut-être, mais je ne pense pas être très éloignée du scénario.

La jeune femme se tut, puis son regard d'un bleu pénétrant s'attacha à son vis-à-vis.

— Vous m'avez avoué l'autre jour que vous teniez Maurice Malloc'h en piètre estime. Pourquoi?

Simon Arnicol but une gorgée de café avant de répondre:

— Non, Marie, ce n'étaient pas mes termes. Je vous ai simplement dit que je n'aimais pas beaucoup cet homme. Pour quelles raisons? Difficile à expliquer… Il avait toujours raison sur tout. Ajoutez à cela un côté prétentieux et mégalo.

L'air concentré de Marie étonna un peu Simon. Elle semblait inquiète. Quelque chose visiblement la tracassait.

Les silences ne le dérangeaient pas. Il n'ajouta rien et laissa la jeune femme ruminer ses pensées. Enfin, elle se décida à parler:

— Simon, répondez-moi en toute franchise. Vous qui avez connu Malloc'h, le croyez-vous capable d'avoir commis lui-même les meurtres qu'il décrit dans son manuscrit?

— Hein ? sursauta le marin. Vous rendez-vous compte de…

— Oui, tout à fait, l'interrompit Marie, à présent volubile. C'est monstrueux, je sais. Digne d'un mégalomane… Mais, plus je réfléchis à la mort de votre copain, moins je crois en l'innocence de mon « généreux donateur ». Écoutez-moi avant de me traiter de toquée.

Marie Demelle explicita sa façon de voir au pêcheur : ou Malloc'h était devin, ou il connaissait l'identité de l'assassin…

Ou - dernière hypothèse, à supposer que le détail du chalumeau fût avéré - il avait lui-même perpétré le crime.

À force de coucher sur papier des meurtres fictifs, l'écrivain, au psychisme fragile, aurait voulu passer à l'acte, en commettre un, parfait, afin de montrer au monde son génie et passer ainsi à la postérité.

— Les tueurs en série, ajouta Marie, en verve, ont tous soif de reconnaissance. Parce qu'ils s'estiment supérieurs aux flics, ils jouent avec eux, très près du feu. Leur attitude est équivoque… S'ils ne désirent pas se faire prendre, ils supportent encore moins qu'on les oublie… C'est ainsi qu'ils finissent par commettre une erreur.

L'air dubitatif de Simon calma un peu les ardeurs de Marie.

— Tout ce que je comprends, se contenta-t-il de rétorquer, c'est que vous êtes une femme potentiellement dangereuse… Vous aussi écrivez des polars, non ?

Lancée sur son idée, Marie ne releva pas l'ironie du propos.

— Mais oui ! Bien sûr ! continua-t-elle à s'exciter toute seule. Il ne pouvait pas mourir en laissant son chef-d'œuvre aux oubliettes d'un coffre-fort ! S'il m'a choisie, ce n'est pas pour mon talent d'écrivain mais parce que j'ai été flic ! Même à titre posthume, il s'entend à prouver au monde qu'il est le meilleur dans tous les domaines !

— Arrêtez le café et prenez donc une tisane, proposa Simon, peu convaincu. Et, surtout, ne vous vexez pas si je pense que votre imagination féconde vous fait divaguer ! Je ne conçois pas une seconde Malloc'h dans le rôle que vous lui prêtez. Et puis, pour obtenir le titre de *serial killer*, il faut, au bas mot, avoir commis aux moins deux crimes ! Où est le second ? Les gars d'ici ne vont pas pêcher au Conquet ! Je vous répète que ce Pierre Autret est inconnu au bataillon.

Mais Marie Demelle ne se laissa pas démonter devant la logique des arguments du marin. Pour elle, les trois morts du roman de Malloc'h avaient nécessairement existé.

Elle fouillerait les archives, compulserait les vieux journaux. Elle se souvint soudain d'une conférence à laquelle elle avait assisté quand elle faisait encore partie de la police. Le sujet portait sur la psychologie d'un tueur en série. Le débat était mené par un commissaire breton, brestois plus exactement.

— Il me semble que le Conquet se trouve près de Brest, non ?

Simon Arnicol acquiesça d'un signe de tête.

— C'est décidé. J'appelle ce commissaire demain. Le Gwen… Quentin, je crois… À l'époque, nous avions sympathisé. Avec un brin de chance, il se souviendra peut-être de moi.

V

Deux jours plus tard, comme tous les matins depuis leur arrivée à Ploumanac'h, Marie Demelle faisait travailler ses enfants dans la salle à manger. Le coeur serré, la jeune femme regardait les doigts potelés de sa fille tenir son crayon tandis qu'elle lui dictait des mots.

Valmont, quant à lui, commentait les données d'un problème de mathématiques avec des arguments qui n'avaient rien de scientifique.

— Maman, pourquoi veux-tu que Paul donne à Pierre le quart de ses billes alors qu'il n'a même pas perdu la partie ? C'est idiot !

— Contente-toi de ce qu'on te demande ! gronda un peu Marie, agacée des sempiternelles arguties de son fils. C'est un problème, pas un roman !

Le directeur de l'école avait accepté le départ anticipé des enfants pour les grandes vacances à condition qu'ils terminent, de leur propre chef, le programme de l'année scolaire. Cet arrangement avait permis aux petits de découvrir leur nouvelle maison quelques jours, avant de s'en aller, tout un mois, en Irlande avec leur père.

— À quelle heure arrive Papa ? hasarda Bertille, à la fois excitée de ces retrouvailles et malheureuse de devoir quitter sa mère.

— Pas avant midi ! répliqua Marie d'un ton qu'elle s'efforça de rendre enjoué. Vous avez largement le temps de terminer vos devoirs et d'aller vous dégourdir les jambes avec Pierrot.

Comme par un fait exprès, on sonna à la porte à ce moment-là.

Amère, Marie se leva pour aller ouvrir, pestant intérieurement contre son ex-mari. Il lui avait dit « midi »... Il fallait toujours qu'il fasse du zèle...

Contre toute attente, dans l'encadrement de la porte, se tenait sa volubile voisine, accompagnée d'un inconnu.

— Je ne vous dérange pas, Marie ? demanda Émilie Le Naour de façon purement formelle. Comme on dit : « L'occasion fait le luron... », ajouta-t-elle avec cette manie particulière de dévoyer tout proverbe. Paco a eu la gentillesse de passer examiner mon pauvre vieux cerisier ! Je voulais vous le présenter, tout de même !

« Ainsi donc, voilà le fils de mon bienfaiteur... » songea Marie en faisant entrer ses visiteurs.

Elle n'imaginait pas Paco Malloc'h de cette façon. Pourquoi s'était-elle figuré un jeune homme blond tel son père, d'une élégance raffinée et sûr de lui ? Elle n'ignorait pourtant pas qu'il avait été adopté par l'écrivain.

L'homme à qui Marie proposait à présent une tasse de café ou un verre de cidre pouvait avoir environ quarante ans. Il portait ses vêtements de travail, tachés de terre. De taille moyenne, il paraissait, sans être fluet, de carrure plutôt étroite. Ses cheveux, d'un brun profond, contrastaient avec la pâleur de son teint. Les traits fins, il dégageait de toute sa personne une sorte de timidité, presque de l'effacement.

« Porter le nom de Malloc'h, du vivant de l'écrivain, ne devait pas être une sinécure tous les jours… » pensa Marie. Les personnalités à l'eau-forte aquarellisent celles de leur proche entourage…

Elle aurait aimé s'entretenir un moment seule à seul avec cet homme au regard rêveur. La présence exubérante de sa voisine l'en empêchait. Cependant, un incident vint interrompre le verbiage de l'incorrigible bavarde.

Marie ne l'avait pas entendu sonner ni frapper. Quand elle s'aperçut de sa présence, elle sursauta. Il était là, les bras ballants, le regard fuyant, comme à son ordinaire.

— M'man, s'adressa-t-il à Émilie, y'a la machine à laver qu'est en train de déborder, je sais pas quoi faire…

Affolée, la plantureuse femme gloussa dans son jabot et se précipita dehors. Son rejeton resta planté dans le salon, la tête baissée. Pourtant ses yeux, étonnamment mobiles semblaient fouiller chaque meuble, chaque bibelot de la pièce. Marie essaya de se raisonner face à l'antipathie croissante qu'elle éprouvait pour ce grand adolescent de dix-sept ans, Jean-Yves Le Naour, le fils aîné d'Émilie. Il était, certes, son plus proche voisin, mais le hasard s'échinait à multiplier leurs rencontres, sur une grève ou au détour d'un chemin.

— Tu veux quelque chose, Jean-Yves ? lui demanda-t-elle d'un ton qu'elle aurait voulu moins acrimonieux.

Le garçon se contenta de sourire, tourna les talons et referma derrière lui la porte d'entrée, sans bruit.

Marie réprima un frisson et voulut se justifier auprès de son visiteur.

— Il me met mal à l'aise, ce gosse. J'ignore pourquoi mais sa présence me gêne.

— Oh ! Jean-Yves n'est pas méchant pour deux sous, vous savez. Je le connais depuis qu'il est haut comme ça. Un peu bizarre, oui, je vous l'accorde... Il n'est surtout pas très intelligent, le pauvre garçon !

Paco Malloc'h s'exprimait avec un léger accent étranger. Marie s'en étonna et, curieuse, s'en ouvrit devant lui. L'homme lui répondit, sans gêne aucune. D'origine espagnole, il avait débarqué pour la première fois en France, à l'âge de dix-huit ans, avec, pour tout bagage, un portefeuille contenant ses papiers d'identité et quelques pesetas. Aussitôt, il avait cherché du travail. Tour à tour, coursier à Paris, puis garçon de café ou maçon, il avait été accueilli dans la capitale par une riche famille d'immigrés, comme lui. Le señor Loper cherchait quelqu'un pour entretenir sa propriété en province. C'est ainsi qu'il s'était retrouvé ici, à Perros, où il s'était découvert une véritable passion pour l'horticulture et l'espace paysager.

— Je n'aurais jamais imaginé cela ! s'exclama la jeune femme, intéressée par ce parcours insolite. Vous n'avez connu Maurice Malloc'h que très tard ?

— Oui, à vingt ans. Lui aussi venait d'acheter une propriété à Perros... Auparavant il avait vécu à Honfleur. Un homme solitaire, un peu misanthrope, je dois dire... Je ne sais pas pourquoi... Il s'est pris d'affection pour moi... Il n'avait aucune famille, moi non plus... Pendant une année, j'ai entretenu son jardin. Il venait discuter pendant que je taillais les rosiers ou que je bêchais.

Marie écouta la suite. Des mots simples, prononcés avec sobriété. Peu à peu, des liens profonds s'étaient tissés entre le jeune immigré et l'homme d'âge mûr. Pour des raisons diamétralement opposées, tous deux partageaient la même passion pour le règne végétal. Maurice Malloc'h se plaisait à raconter qu'il aurait volontiers troqué sa défroque d'homme de lettres et ses stylos contre un pot de terre, qu'il eût aimé être un philodendron. L'homme et l'animal étaient capables de perfidie, pas la plante.

Tous les soirs, après ses journées de travail, Paco approfondissait seul ses connaissances en botanique dans les livres.

Il avait arrêté tôt ses études et son savoir était essentiellement empirique. Malloc'h l'apprit par hasard et voulut offrir au jeune homme la possibilité de s'instruire dans les meilleures écoles horticoles. Au début, Paco refusa. Malloc'h insista. Et le jeune Espagnol capitula... Toutefois, celui-ci se trouva vite aux prises avec des tracasseries administratives. Il lui fallait sans cesse entreprendre des démarches pour prolonger sa carte de séjour sur le territoire français. Malloc'h trouva la solution : l'adoption. Tous deux étaient sans famille et l'écrivain répugnait à laisser un jour sa fortune à l'état.

— C'est amusant, commenta Marie... Adopter un adulte de vingt ans ! Avant de vous trouver, il n'avait jamais songé à s'intéresser à l'avenir d'un enfant ?

Cette remarque sembla réjouir beaucoup Paco.

— On voit bien que vous ne le connaissez pas ! Je ne dirais pas qu'il détestait les gosses - le mot serait trop fort - mais il les fuyait comme la peste ! Il avait presque peur d'eux ! Quand il recevait, les invités étaient priés de laisser chez eux leurs enfants et leurs chiens. De la même façon, il acceptait une invitation après avoir vérifié qu'il ne risquait pas de croiser un môme !

— Drôle de bonhomme... ne put s'empêcher de commenter la mère de famille.

— Non ! Ne le jugez pas sur ce travers ! C'était un homme, un père spirituel hors du commun ! Je lui dois tout...

Marie Demelle se maudit de sa bévue. Elle avait visiblement blessé Paco dont les yeux, à présent humides, prouvaient à quel point l'homme était sensible à la perte récente de son père adoptif. Déjà, il lampait son verre d'eau, signe qu'il s'apprêtait à prendre congé. La jeune femme ne voulut pas le laisser partir sur ce malentendu et bredouilla une excuse confuse. Elle aussi devait tout - du moins, cette maison - à cet écrivain génial. À ce propos, elle se sentait très gênée par rapport à Paco...

Du terrain glissant où elle marchait sur des œufs, Marie parvint à la terre ferme. Les histoires d'argent ne semblaient pas bouleverser le fils de Malloc'h.

— Un homme, aussi riche soit-il, répondit-il, ne mangera pas six fois par jour et ne s'endormira pas à la fois dans deux paires de draps ! Je n'ai ni femme ni enfants, je n'ai pas de grands besoins et je pourrais faire vivre trois générations futures sans avoir à bouger le petit doigt... Alors, si cette maison vous plaît, je vous en prie, gardez-la !

Rassérénée, Marie voulut alors évoquer les conditions étranges de son héritage. Paco était-il au courant des desseins de son père ? Existait-il une trame du roman inachevé ? Le jardinier esquissa une moue dubitative.

— J'aurais bien aimé vous aider... Mais mon père ne dévoilait jamais à personne ses projets. Tant que le livre n'était pas sorti en librairie, il n'en parlait pas. Je l'ai vaguement entendu dire qu'un manuscrit lui tenait à coeur, mais je serais incapable de vous en donner la raison... Un scandale financier ou politique, peut-être ? Il adorait ça.

La réponse de Paco n'étonna pas Marie. Elle s'y attendait. Du moins, avait-elle essayé de sonder, à travers son fils, l'esprit retors de Maurice Malloc'h. Mais à présent, elle était certaine d'une chose : Paco ne supporterait pas que l'on puisse porter atteinte à la mémoire ni à l'honneur de son père... Rien que de très normal, somme toute... Et si, d'aventure, elle découvrait quelque chose de répréhensible dans les agissements de l'écrivain, elle devrait la jouer fine...

Paco prit congé de la jeune femme assez rapidement. Un client l'attendait à La Clarté. Sur le pas de la porte où elle avait raccompagné son visiteur, il inspecta le jardinet d'un coup d'œil professionnel.

— La pelouse a besoin de passer chez le coiffeur et j'aurais déjà dû tailler le seringa ! Je reviendrai samedi, avant le barbecue. Je n'en ai pas pour longtemps.

Ainsi donc, la société perrosienne vivait au rythme des grillades ! Marie s'en amusa et Paco lui répondit avec un gentil sourire :

— Vous verrez ! Vous y viendrez, vous aussi ! Il m'arrive parfois, quand je travaille trop loin, de louper ces sympathiques réunions mais, dans la mesure du possible, j'essaie de m'y rendre. À samedi, donc! Je suis content de vous avoir rencontrée!

*

... Midi vingt. Et toujours personne! Il me croit vraiment à sa disposition, celui-là... Il exagère... Aucune parole! Faire poireauter ses gosses, c'est tout ce qu'il sait faire!

Pendant que Marie ruminait sa rancœur avec une mauvaise foi consommée, Valmont et Bertille, loin de s'impatienter, jouaient auprès d'elle une partie de petits chevaux. La jeune femme décida pourtant de se calmer et s'intéressa au jeu de ses enfants. Parfois sa main caressait les cheveux châtains de l'un ou de l'autre, les enveloppant tour à tour d'un halo d'amour. C'était la première fois, depuis son divorce, qu'ils allaient la quitter pour un temps aussi long. Tout un mois sans eux! Comment endurer cette absence? Elle avait beau se raisonner, Marie se sentait nue, dépossédée. Depuis quelques jours, quand ils manifestaient trop ouvertement leur hâte de partir en voyage avec leur père et l'Autre, elle leur en voulait. Puis, aussitôt, elle se reprochait son attitude. Mais, lorsque Valmont ou Bertille, à d'autres moments, paraissaient nostalgiques à l'idée de cette séparation, elle craignait tout autant qu'ils ne fussent malheureux et leur vantait alors les merveilles de l'Irlande où, du reste, elle n'avait jamais mis les pieds... Bref, elle se trouvait insupportable.

— J'adore quand tu te maquilles, maman! déclara à brûle-pourpoint Bertille. Tu es encore plus jolie!

Marie rosit de plaisir. Mais elle vira à l'écarlate quand Valmont crut bon d'ajouter.

— Ouais… c'est vrai. Pourtant, si tu le fais pour papa, ma pauvre. vieille, je pense que tu uses tes crèmes pour rien…

Un coup de sonnette épargna une réponse à Marie. Les enfants se ruèrent vers la porte et sautèrent dans les bras de leur père.

Durant ces effusions, la jeune femme s'efforça d'observer d'un œil critique l'homme qui avait naguère partagé plus de la moitié de sa vie. Ils s'étaient connus adolescents, au lycée, en classe de terminale. Le compte à rebours avait commencé là.

— Tu as une mine superbe, lui déclara, un peu gauche, Jacques Mauduit lorsqu'il se fut libéré de l'étreinte des petits, lesquels, à présent, sortaient leurs sacs de la maison.

« Fadaises… » songea Marie, en esquissant un sourire de visiteuse médicale. « Comment ai-je pu l'aimer si longtemps ? Il prend du ventre et ne profère que des banalités. »

Et la première phrase qu'elle prononça fut celle qu'elle s'était juré de bannir de son vocabulaire.

— Tu es seul ?

— Non, bien sûr. Véronique attend sur le port. Nous avons pensé que… Enfin…

Marie détourna son regard pour caresser le chat qui lui quémandait une caresse. Ce « nous » lui était intolérable. Ce « nous » de connivence cherchait à la préserver ! Elle prit donc son air le plus engageant pour mentir :

— Tu aurais dû ! C'est de la vieille histoire, tout ça… Et puis, il faudra bien un jour ou l'autre que je rencontre celle à qui je confie « mes » enfants. Non ?

Jacques Mauduit, circonspect, se tint sur son quant-à-soi. Après les guerres conjugales, les terrains sont toujours minés. Il avait suffisamment pratiqué son ex-femme pour savoir qu'elle pouvait toujours exploser.

Les enfants mirent fin au visible embarras de leurs parents. Les dernières consignes et recommandations eurent le mérite de dissiper les flammèches qui sourdent sous les amours décomposées. Langage codé, rassurant…

— Promis, m'an ! On t'écrira toutes les semaines !

Restée seule, Marie ne sut comment combler sa vacuité. Elle prit un livre, en lut deux pages et le reposa. Le coup de chiffon promené au hasard des meubles, connut la même efficacité. Elle alluma la radio mais passa aussitôt dans la cuisine, sans écouter les informations. Il lui faudrait, désormais, apprendre à apprivoiser le silence de la maison. Elle crut avoir faim, sortit du réfrigérateur une darne de lieu. Dès que le beurre grésilla dans la poêle, elle eut un haut-le-cœur et éteignit le gaz.

Une demi-heure plus tard, Marie, portant un sac de toile en bandoulière, marchait dans les ruelles à cette heure-là presque désertes.

Des fenêtres ouvertes, lui parvenaient des effluves de viande rôtie ou de poisson grillé, les cliquetis de couverts, des conversations assourdies ou, parfois, chez les solitaires, le son clair d'une télévision. L'haleine chaude du, vent encanaillait de temps à autre les rideaux en dentelle, regrettant peut-être l'époque belle et folle où il troussait les jupons pour le plaisir gourmand des hommes. Le long des façades, la brise agaçait aussi les hortensias massifs dont les grosses têtes molles et roses dodelinaient ou les élégants fuchsias palissés sur les murs.

Depuis son arrivée à Ploumanac'h, Marie ne cessait de s'étonner de la pluralité des styles des maisons. Si, jadis, le hameau ne comptait que trois ou quatre chaumines, il eût été possible, aujourd'hui, de leur donner un âge au fil du temps. Les constructions de la capitainerie, coiffées de tuiles et témoins du négoce avec l'Angleterre au XIXe siècle n'avaient rien de commun avec les humbles pentys ou les maisons cossues en granite gris, rose ou panaché, bâties selon les moyens financiers.

On aurait dit une procession hétéroclite et bigarrée de fidèles unis par une seule dévotion : l'amour d'une terre à la beauté mystique.

Marie atteignit l'ombre fraîche d'un bosquet. Le soleil musait avec les frondaisons des troènes, des châtaigniers et des sureaux, kaléidoscope aux teintes vertes et jaunes, sans cesse en mouvement. Dans les puits de lumière, il venait laquer le granite des chaos ou caresser leur épiderme de mousses qu'il veloutait alors jusqu'à leurs extrémités vibrantes et diaphanes.

Masquée par les colosses de pierres, la mer, toute proche, mêlait ses exhalaisons musquées de varech aux tendres senteurs du bois.

Marie bifurqua sur sa gauche et descendit la sente qui menait à la petite plage de La Bastille. En ce tout début d'après-midi, elle ne se sentait de courage que pour un bain de soleil. Allongée et détendue, le corps offert à la douce chaleur, elle trouverait peut-être l'inspiration qui lui manquait cruellement. Cent fois, devant le manuscrit de Malloc'h, elle avait pris son stylo, cent fois elle l'avait reposé. Rien. « Encre de cancre… » se mit-elle à murmurer pour entendre le son d'une voix. « Encre de seiche… Oui, de sèche…

Où donc est l'encre sympathique qui m'aidera dans mes travaux forcés ? »

La crique, matelassée de sable rose, lui offrirait une couche douillette. Marie étala sa serviette de bain, s'enduisit de crème et se prépara pour la première besogne d'un Marseillais. De fait, elle plongea presque aussitôt dans une sieste qui joua les prolongations.

Elle se réveilla en sursaut. Un bourreau cagoulé la plongeait dans un bain d'huile bouillante. Hagarde, elle s'assit et s'ébroua pour chasser les scories du cauchemar. Ses épaules et ses cuisses lui brûlaient. Elle tâtonna à ses côtés, encore engourdie de sommeil, à la recherche de son tube de crème et de sa bouteille d'eau. Tout près d'elle, une voix la fit sursauter.

— J'ai failli vous réveiller mais je n'ai pas osé. Le soleil est fort sur nos côtes, vous savez… Il est imprudent de s'endormir ainsi.

Marie mit quelques secondes avant de reconnaître la donneuse de leçon, tant il est vrai qu'un corps habillé ressemble moins à un corps dénudé qu'un chausson à une sandale.

— Bonjour, madame… heu… Messager, balbutia-t-elle.

— Élisabeth, voyons ! Appelez-moi par mon prénom ! Tenez prenez la mienne… Son indice de protection est plus élevé… Vous en serez quitte pour quelques beaux coups de soleil ! Badigeonnez-vous. Ensuite, nous bavarderons…

Le ton était péremptoire. Marie s'exécuta. Pour autant, elle n'éprouvait aucune envie de papoter avec cette femme qu'elle n'avait rencontrée qu'une seule fois, à l'occasion du barbecue donné chez Émilie Le Naour. Et, a priori, cette blondinette un peu fade et dodue qui n'arrêtait pas de houspiller son mari, le timide bibliothécaire, n'était pas sa tasse de thé.

Protégée sous un chapeau de paille et des lunettes noires, engoncée dans un maillot de bain dernier cri - criard surtout, d'ailleurs - Élisabeth Messager, le dos calé contre le dossier en toile d'un fauteuil de plage, se posta dans les starting-gates de la conversation.

Le départ fut donné aussitôt par elle-même et elle enfourcha son dada favori :

— J'espère que vous n'en voulez pas trop à Claire Dubacq depuis l'autre jour ! Moi qui la connais bien - nous sommes pour ainsi dire amies intimes - je sais combien elle peut être vif-argent et s'emballer pour un rien !

« Nous y voilà... songea Marie. Une jument de labour amoureuse d'un pur-sang ! »

— Mais, poursuivit l'exégète, c'est une femme remarquable ! Et je pèse mes mots... Aussi belle que raffinée. Ça, vous l'avez évidemment constaté. Ce que vous ignorez — car elle est très pudique — c'est son courage exceptionnel !

— Ah, bon ? bâilla Marie pour ponctuer un peu le panégyrique.

— Oh, que oui ! Elle élève ses enfants avec un tel dévouement ! Les trois petits sont adorables, si bien éduqués ! L'aîné, c'est autre chose, je vous l'accorde... Mais Jean-Nicolas n'est pas son fils, à elle ! Guirec l'a eu d'un premier mariage ! Vous en connaissez beaucoup, vous, qui accepteraient d'accueillir dans leur foyer un gosse qui répond à vos gentillesses par des réflexions vexantes ?

— Heu… oui, tous les jours… répondit Marie effrayée par ce discours. Si j'ai bien compris, votre amie a jeté son dévolu sur un veuf… Il est donc normal qu'elle en assume les conséquences, non ?

La bouche d'Élisabeth Messager s'ouvrit un peu pour se refermer, l'organe lui manquant. Marie s'en crut quitte pour un moment de répit. C'était mal connaître l'infatigable idolâtre.

— Pensez ce que vous voulez ! Moi, Claire m'épate ! Elle a tout fait pour Jean-Nicolas, mais ce gosse n'a aucune reconnaissance ! Parfois, je suis contente de ne pas avoir eu d'enfant…

Enfin Élisabeth Messager parlait d'elle. Marie profita de ce bref moment d'introspection pour l'interroger sur sa vie. Elle apprit donc qu'Antoine, quinze années plus tôt, après une mauvaise chute sur le pont d'un bateau, avait subi une vasectomie qui l'avait laissé stérile. Jeune marié alors, il s'était senti coupable vis-à-vis de son épouse et lui avait proposé de lui rendre sa liberté.

— Vous comprenez, Marie, moi, l'idée de l'adoption m'effrayait. On ne sait jamais sur qui on tombe ! Et je suis loin d'être une sainte comme Claire ! J'étais mariée pour le meilleur et pour le pire… je suis restée.

Le soupir qui accompagna la dernière phrase d'Élisabeth Messager en disait long sur les sentiments de la femme. Certaines personnes ont besoin de croire qu'elles se sacrifient pour avoir l'impression d'exister. Seulement, elles font payer à leur entourage leur vocation d'apprentis-martyrs… Tout en écoutant Élisabeth raconter sa vie, Marie avait la sensation que la femme d'Antoine faisait partie de cette sorte de gens. Sans même s'en rendre compte, elle jouait avec son mari comme avec une marionnette, en le manipulant grâce aux fils de la culpabilité. Une perverse sanctifiée, en quelque sorte…

— Vous êtes divorcée, je crois Marie… Mais, vous savez, la solitude à deux a quelque chose d'encore plus terrible ! Dès qu'il rentre du travail, Antoine se réfugie dans ses bouquins ! Ou alors, il prend son canot pour aller à la pêche… J'aimerais tellement qu'il me raconte des choses passionnantes ! Pas sa journée ! Ça, non ! Elle n'offre aucun intérêt ! Prêter ou récupérer des livres… inutile d'être sorti de Saint-Cyr ! Mais Antoine a toujours manqué d'ambition et moi, j'ai besoin d'admirer pour aimer… Le mari de Claire, lui, est très intelligent. Vous saviez qu'il était énarque ? Il occupe un poste important auprès du ministre de la culture… Consultant, je crois…

Élisabeth Messager reprit haleine. Noyée sous le flot de paroles de cette incomprise, Marie se dit qu'il existait des femmes qui réconcilieraient les pires machos avec la pédérastie… Elle en avait rencontré une…

Élisabeth manifesta l'envie soudaine de se baigner. Marie ne l'en dissuada pas. Au contraire. Elle aurait même profité de cette escapade pour s'éclipser elle aussi, si elle n'avait pas jugé ce comportement grossier.

La plage de La Bastille donnait sur le chenal. Les premiers bateaux rentraient au port. Marie reconnut celui de Simon Arnicol. Elle n'avait pas revu le marin depuis l'avant-veille et se demanda si elle n'irait pas lui dire bonjour. Perspective agréable à laquelle elle renonça très vite. Elle ne désirait pas entretenir une relation équivoque avec cet homme, au demeurant fort séduisant ! Ces pensées la ramenèrent vers son ex-mari et ses enfants. À cette heure-là, ils devaient avoir déjà embarqué sur le ferry.

Une nouvelle onde de tristesse la submergea. Non ! Elle n'allait pas sombrer dans le ridicule ! Valmont et Bertille se réjouissaient à l'idée de ce voyage…

Afin de chasser toute trace de mélancolie peu constructive, Marie s'attacha à la beauté étrange du lieu. À sa gauche, un immense tombant granitique, à qui la plage devait son nom évoquait la forteresse de quelque titan. On eût dit la peau parcheminée d'un marin millénaire. Cette roche fissurée semblait vivante car, de ses diaclases, l'eau suintait.

La jeune femme distingua, à contre-jour, la silhouette d'un promeneur. Il se dirigeait vers elle, lui fit même un signe. Elle se redressa et protégea ses yeux éblouis d'une main. Elle le reconnut alors. L'homme, gêné dans sa marche, ôta l'un de ses mocassins en cuir pour en déloger le sable.

— Je ne vous dérange pas ? J'ai aperçu à vos côtés les affaires de ma femme. Elle n'est pas là ? Elle m'avait pourtant dit de venir la chercher ici à dix-sept heures trente.

— Elle est partie se baigner, Antoine. Regardez… Elle sort de l'eau.

Tout en surveillant sa femme des yeux, l'homme en costume de ville, s'adressa très vite à Marie. Il paraissait vouloir lui parler hors de la présence d'Élisabeth. Pourtant, l'écrivain jugea les propos d'Antoine anodins.

— J'ai mis de côté pour vous trois romans policiers d'un auteur suédois. Vous me donnerez votre avis. Je vous les déposerai demain matin, devant votre porte, avant d'aller travailler.

Élisabeth Messager les rejoignit aussitôt, ruisselante et la peau marbrée.

— Rien de tel que l'eau tonique de la Manche pour la santé ! s'exclama-t-elle en se « togeant » dans son drap de bain. Puis, elle sembla remarquer la présence de son mari.

— Tiens ! Tu es venu ?

— Comme tu vois... Tu m'as dit de venir te prendre ici, en fin d'après-midi. Je t'ai apporté la robe et les chaussures que tu m'avais demandées. Si tu es prête, on peut partir...

La femme d'Antoine parut tomber des nues.

— Prête ? Mais, pourquoi ?

— Mais, enfin... Zabeth, balbutia-t-il. Tu m'avais promis... L'hôpital...

— Ah ! Oui ! Ta mère ! Ça m'était complètement sorti de l'esprit... répondit-elle en se frictionnant les cheveux. C'est vrai... J'ai essayé de t'appeler vers 14h30 à la bibliothèque, mais ça sonnait toujours occupé. J'ai un contretemps. Claire m'a téléphoné en catastrophe à midi. Elle a une course urgente à faire à Lannion et ne veut pas s'encombrer des petites. Je la comprends, d'ailleurs ! Elle m'a demandé si je voulais bien les lui garder. Impossible de lui refuser ce service... À propos, quelle heure est-il ?

Marie aurait préféré se trouver à cent lieues de là plutôt que de servir de filet de protection au premier des trapézistes qui tomberait. En effet, la discorde était palpable.

Élisabeth jouait les filles de l'air, se savait de mauvaise foi, mais s'en fichait comme quignon de pain. Quant à Antoine, sa soudaine pâleur et la tension de ses mâchoires montraient à quel point l'homme parvenait à peine à se contrôler.

Il répondit pourtant, d'une voix étrangement douce, compte tenu de la situation :

— Tu m'avais promis... Tu ne peux pas faire ça à ma mère... Elle se demande pourquoi tu ne m'as jamais accompagné à l'hôpital. Tu sais combien elle est mal et - excusez-nous, Marie, de laver notre linge sale en votre présence - Élisabeth, je te supplie de venir avec moi ! Fais-le pour une mourante... Maman a toujours été gentille pour toi...

Élisabeth Messager enfilait par les épaules une robe de cotonnade quand elle arrêta son geste, empourprée de colère.

— C'est ça ! Continue tes jérémiades et fais-moi passer pour une garce aux yeux des étrangers - je ne dis pas cela pour vous, Marie - mais là, tu dépasses les bornes ! Je n'ai aucune envie d'aller dans un mouroir, compris ? Ça m'angoisse ! Depuis seize ans qu'on est mariés, tu ne m'as jamais proposé que des choses lugubres ! De passage à Sète, c'était pour aller visiter le cimetière marin ! Tu ne veux te déplacer à un concert que s'il a lieu dans une église et que l'on donne un requiem ! Tu ne lis que des histoires de meurtres et, si tu milites, c'est pour Amnesty International ! La barbe ! Il y a des choses gaies aussi dans la vie ! Et la joie, ce sont les enfants ! Quand on me demande d'aller en garder, je saute sur l'occasion ! Ne pas en avoir est déjà suffisamment sinistre ! Tu n'as qu'à embrasser ta mère pour moi !

Oppressée par ce mur de haine façonné jour après jour, Marie Demelle évita de regarder le visage d'Antoine qu'elle devinait douloureux.

Élisabeth savait où porter ses coups et mesurait leurs effets. L'estocade avait touché la virilité d'Antoine. Combien de fois n'avait-il pas dû entendre ce genre de reproches qui le mettaient à mort ? Un jour ou l'autre, le phénix, lassé, refuse de renaître de ses cendres.

Antoine se leva, vaincu. Il s'essuya l'une contre l'autre les paumes de ses mains moites, collantes de sable, puis tapota son costume de toile.

— C'est bon, Élisabeth. Tu fais comme tu veux, déclara-t-il d'une voix neutre. Moi, je m'en vais. Ma mère doit m'attendre. À ce soir. Au revoir, Marie…

Pendant qu'Élisabeth finissait de s'habiller, la jeune femme suivit des yeux la silhouette d'Antoine qui s'éloigna pour disparaître derrière un rocher. Elle songea alors à s'éclipser elle aussi et, sans mot, rangea ses affaires dans son sac.

Devant ce mutisme qu'elle devinait hostile, Élisabeth crut bon de s'expliquer.

— Il est énervant, aussi, à la fin ! Faire du misérabilisme devant vous ! Et puis, d'abord, je n'ai jamais eu, comme il tenterait de vous le faire croire, de relations chaleureuses avec sa mère. Elle me tolérait, un point c'est tout.

— Vous ne me devez aucune justification, Élisabeth. C'est votre problème, pas le mien, déclara Marie, d'un ton froid.

Mais le mea culpa en public étant une façon de s'amender à bon compte, Élisabeth voulut continuer à en découdre.

— Il prend toujours un air de chien battu pour apitoyer son monde! Mais les gens qui le connaissent bien, comme les Dubacq, ne se laissent plus attendrir par ses mines... Après tout, la plus à plaindre dans l'histoire c'est moi, non?

Marie chaussait ses sandales. Fin prête, elle avait hâte à présent de quitter cette mégère qui soliloquait, attentive seulement à épancher sa bile.

— J'attends un coup de fil de Brest, Élisabeth, et j'ai laissé mon portable à la maison. Il faut que je me sauve.

— Je monte avec vous le sentier. Cela fait du bien de pouvoir parler à quelqu'un!

« Misère de misère... » songea Marie qui, polie néanmoins, attendit la femme d'Antoine. L'appel téléphonique invoqué n'était qu'un demi-mensonge. Le commissaire Le Gwen devait bel et bien la joindre, mais pas avant 19 heures... La veille, après sa conversation avec Simon, elle avait résolu de contacter le policier. brestois.

Malgré les cinq années écoulées, il se souvenait d'elle. Rapidement, elle l'avait mis au fait de l'histoire qui la tracassait. Le Gwen l'avait écoutée, très attentif, puis lui avait demandé de lui faxer les quatre chapitres du roman ébauché. La mort du personnage de Pierre Autret, marin perrosien retrouvé dans les eaux du Conquet, lui rappelait vaguement un fait divers.

Comme si elle désirait servir de modèle à une icône, Élisabeth Messager, trottinant aux côtés de Marie, poursuivait son homélie sur les femmes incomprises: elle en l'occurrence. Une anecdote fit sourire l'écrivain, tant elle imaginait mal Antoine en homme débauché.

— Je vous le jure, Marie. Avant la mort de cette grue, il était toujours fourré dans ce bistrot! Je me demande bien pourquoi! Il ne boit pas, ou peu... Il s'agit donc d'un autre vice... Et il porte un nom: Marie-Mad Moreau, ex-patronne de *La Flibustière*. Vous l'auriez connue! D'une vulgarité! Attifée comme une gamine de seize ans! Elle ne recevait que des hommes comme clients! Et ça riait là-dedans! C'est à se demander ce qu'ils ont tous dans la tête! Une paire de testicules enrubanne leur cerveau! Quel cadeau!

Contente du dérivatif qui lui permettait d'échapper aux mercuriales conjugales, Marie s'enquit du sort de cette « estaminette » si populaire auprès de la gent masculine.

— Je suis charitable et je ne dirai pas qu'elle a mérité sa fin atroce, répondit Élisabeth en écarquillant ses petits yeux bruns. C'est arrivé cet hiver, en janvier ou février, peut-être. Il faisait nuit et elle revenait de Lannion où elle avait fait son plein de courses. On a retrouvé sa voiture au bord de la route, les warnings allumés, un pneu crevé. La gendarmerie a supposé qu'elle avait fait du stop ou arrêté un véhicule pour demander de l'aide. Toujours est-il que son corps gisait en contrebas d'un champ, à quelques mètres de là. Les journaux ont précisé qu'elle avait été poignardée.

— Rien de très agréable, en effet... Bon, Élisabeth, cette fois, je vous laisse. À bientôt.

— À samedi! Chez Claire! Vous verrez comme c'est une maîtresse de maison accomplie! Même ses grillades ont un goût différent!

— Je n'en doute pas, répondit Marie de guerre lasse.

*

Une surprise déplaisante attendait la jeune femme chez elle et Marie se jura, après coup, de ne plus négliger de verrouiller sa porte lorsqu'elle s'en allait.

Dès qu'elle fut entrée dans la maison, son instinct l'avertit d'une présence. Ses enfants avaient-ils raté le départ du ferry ? Elle appela. Personne ne lui répondit. Passant dans la cuisine, elle s'aperçut que le clapet de la machine à laver était ouvert.

Elle examina le tambour. Le linge des enfants était toujours là.

Par contre, le sien avait disparu. Partagée entre la peur et la colère, Marie sortit en trombe, fit le tour de la maison et le vit…

Il étendait sur le fil ses petites culottes, une nuisette et deux soutiens-gorge !

— Mais, bon Dieu ! Qu'est-ce que tu fiches là ? Qui t'a permis d'entrer chez moi et de mettre mon linge à sécher ? fulmina-t-elle en arrachant des mains de l'adolescent un caraco affriolant.

Il se contenta de la fixer, les yeux vides, les lèvres molles. Cependant, le léger mouvement de ses épaules trahissait l'émoi du garçon. Quand il se fut remis de l'arrivée intempestive de Marie, il sourit niaisement.

— C'était pour vous aider, M'dame…

La lueur veule de son regard, à la limite de la perversité, acheva d'exaspérer Marie.

— Fiche le camp, tout de suite ! Je vais de ce pas en parler à ta mère. Tu peux me suivre ! Tu expliqueras ta conduite en sa présence !

Trente secondes plus tard, la jeune femme ouvrait la barrière du jardin de sa voisine. Émilie Le Naour, comme souvent, sarclait un parterre de fleurs. Quant à son fils aîné, il n'avait pas demandé son reste et filait dans la direction opposée.

Le visage affable d'Émilie se ferma dès que Marie eut commencé à lui exposer ses griefs contre Jean-Yves. La jeune femme, naïve, crut au départ que sa voisine abondait dans son sens et qu'elle condamnait son fils dans une muette réprobation. Aussi, quelle ne fut pas sa stupéfaction quand la dame explosa :

— A-t-on idée, aussi, de laisser ses portes ouvertes ! Jean-Yves est un bon gars ! Je ne sais pas trop ce que vous voulez insinuer, mais je n'admettrai pas qu'on continue à colporter des ragots sur lui ! Déjà, au collège, il a eu son compte…

— Mais… enfin… Émilie ! Que se passe-t-il ? bégaya Marie. Ce n'est pas en acceptant de sa part ce genre d'agissements que vous aiderez votre fils !

L'argument parut porter car Émilie Le Naour se calma un peu.

Nonobstant, le regard de Marie sur sa voisine avait changé et, désormais, elle se tiendrait sur ses gardes. L'expression malveillante et obtuse qu'elle venait de lire sur le visage de sa voisine bouleversait l'idée préconçue qu'elle s'était faite de cette femme d'ordinaire volubile et aimable. De façon confuse encore, Marie sentait qu'elle pouvait être capable de tout s'il s'agissait de défendre son rejeton, même accusé d'un acte répréhensible.

À présent, elle négociait auprès de la jeune femme, la réhabilitation morale de son grand dadais.

— Vous comprenez, Marie, Jean-Yves n'est pas un garçon tout à fait comme les autres… Il a perdu son père, jeune et, pour moi, la vie n'a pas toujours été rose. Il a eu du mal avec ses études… Oh ! Il n'est pas bête, loin de là… Seulement, il lui faut beaucoup de temps pour comprendre…

S'il s'était agi d'une autre femme, Marie lui aurait volontiers demandé sa propre définition de la bêtise…

Émilie lui révéla alors un détail qui la déconcerta.

— Du temps de Maurice, vous savez, Jean-Yves avait le droit de rentrer à Ty Rozig aussi souvent que cela lui chantait… Il a cru sans doute que ce serait pareil avec vous ! Ne voyez pas de mal là où il n'y en a pas… Il a juste voulu vous rendre service. Moi aussi, il m'aide à étendre le linge ! C'est plutôt gentil de sa part, non ?

L'inutilité de sa démarche parut évidente à Marie. Émilie refusait de la suivre. Pourtant, celle-ci lui promit de faire la leçon à son fils. Les deux femmes en restèrent là et se quittèrent de façon plutôt courtoise. Néanmoins, leurs relations souffriraient désormais de cet incident. Et l'une comme l'autre le savait…

En refermant derrière elle la porte de sa maison, Marie repensa à cette désagréable mise au point. De deux choses l'une : soit Maurice Malloc'h n'était pas du tout l'homme que l'on prétendait, soit Émilie Le Naour avait menti pour sauver l'honneur de son fils. Marie penchait davantage pour cette dernière solution. Il était de notoriété publique que le vieux misanthrope détestait particulièrement les enfants. Comment aurait-il pu supporter les incessantes intrusions de cet adolescent aussi peu fin que disgracieux ?

D'autre part, même si le geste de Jean-Yves Le Naour ne méritait pas en soi la cour d'assises, il n'en restait pas moins que les intentions du jeune homme n'avaient rien de louables comme le prétendait sa mère. Une seconde fois, Marie inspecta le tambour de sa machine à laver. Le garçon avait bel et bien trié le linge avant de l'étendre. S'il n'avait pas touché aux tee-shirts ni aux jeans des enfants, en revanche, pas une pièce de sa lingerie personnelle n'avait échappé à son excès de zèle… Seuls, un bermuda et un vieux sweat n'avaient pas eu l'heur de lui plaire.

« Il a un problème, ce gosse… », se dit Marie en se servant un jus d'orange bien frais. Puis, elle eut un frisson de répulsion. Certes, à dix-sept ans, Jean-Yves était un homme en pâte à modeler. Néanmoins, il la dépassait d'une bonne tête et sa carrure ne répondait plus aux critères du poussin de batterie… Tant qu'il s'en tenait aux fantasmes d'adolescent libidineux, elle n'aurait rien à craindre de lui… Sinon, un coup de genou malencontreux lui apprendrait la délicatesse des castrats…

Rassérénée, la jeune femme prit une douche puis, après avoir sondé l'abdomen de son réfrigérateur, elle décida de se rendre à pied à la supérette du hameau.

Elle sortait du magasin, les bras chargés de sacs, quand elle se heurta à une jeune femme accompagnée de ses trois enfants, aussi astiqués qu'un parquet de religieuses.

En guise de poignée de main, Marie se contenta de tendre son auriculaire droit, seul doigt disponible. Évidemment, Claire Dubacq l'ignora mais se tourna vers ses filles, leur intimant l'ordre de dire bonjour à la dame. Les petites, immaculées dans leur robe de piqué esquissèrent de bonne grâce une révérence.

Marie sentit alors qu'il eût été séant de s'extasier sur les belles manières des fillettes ou de polémiquer avec leur mère sur le bien-fondé de la danse classique… Elle n'en fit rien, vaguement attristée.

— J'étais à la plage tout à l'heure avec votre amie… raconta-t-elle, histoire de dire quelque chose.

— Ah, bon ? Qui ça ? fit semblant de s'intéresser la jolie blonde.

— Eh bien… Élisabeth ! Élisabeth Messager.

— Ah, oui… Si vous avez l'occasion de la revoir, saluez-la pour moi. Écartez-vous un peu, les enfants ! Vous empêchez Monsieur de passer.

Sur le chemin du retour, Marie songea aux relations unilatérales qui embrigadaient les uns et affranchissaient les autres. Si Élisabeth Messager béait d'admiration pour Claire Dubacq, la réciproque était loin d'être vérifiée. Elle n'éprouvait de sympathie particulière ni pour l'idolâtre ni pour l'idole. Néanmoins, Marie percevait la femme d'Antoine sous un jour nouveau.

La « groupie du pianiste » avait fait faux bond à son mari sous prétexte d'aller aider son amie. « Personnalité névrotique… » pensa la jeune femme. Comment Antoine parvenait-il à supporter de vivre par procuration avec Claire Dubacq toute la journée ? Ou alors, il s'en fichait : sa vie était ailleurs…

Marie parvenait dans sa ruelle lorsqu'un homme, derrière elle, l'apostropha. De surprise, elle faillit lâcher l'un de ses sacs. Galant, l'individu se précipita et la déchargea de ses paquets.

— Ça alors ! Je ne m'attendais pas du tout à vous voir !

— Je viens d'arriver. Comme mon emploi du temps me le permettait aujourd'hui, j'ai pensé qu'il serait plus agréable de vous rendre visite plutôt que de vous téléphoner.

Il n'a pas changé depuis cinq ans… se dit Marie. Toujours aussi beau !

— Vous dînez avec moi, Commissaire?

— Si vous m'appelez Quentin, oui. Mais c'est moi qui vous invite au restaurant. Offrez-moi l'apéritif chez vous, si vous voulez. Nous serons plus tranquilles pour bavarder…

Marie Demelle ne se faisait aucune illusion sur les motifs de cette agréable visite. Rien de personnel à tout cela. Cependant, elle était, somme toute, assez fière d'avoir réussi à piquer la curiosité du commissaire Le Gwen.

Devant un verre de campari-orange bien glacé, ils évoquèrent d'abord la courte carrière de Marie dans la police et les motifs de sa démission. Puis, très vite, ils en vinrent à l'affaire qui les intéressait tous deux.

— Je vous remercie de m'avoir faxé aussitôt les quatre chapitres du roman de Malloc'h. Très intéressant, à plus d'un titre… Le personnage d'André Le Bihan qui se fait agresser en mer en rendant service à son meurtrier ne me dit rien du tout. Par contre, le second pêcheur assassiné au large du Conquet me rappelait vaguement un fait divers.

— Ah, oui? fit Marie excitée. J'avais donc raison? Quentin Le Gwen, prudent, ne manifesta pas le même enthousiasme que la jeune femme.

— Il y a quelques mois, un pêcheur - non pas un perrosien, comme l'écrit Maurice Malloc'h pour brouiller les pistes, mais un résidant du Conquet - a disparu en mer. Ce jour-là, on annonçait une forte tempête et peu de marins étaient sortis. Après coup, on a supposé que le pêcheur en question, ayant négligé les conseils de prudence, avait péri accidentellement. On a retrouvé son corps quelques semaines plus tard, salement endommagé, près d'une île de l'archipel de Molène. Il s'appelait non pas Pierre Autret mais Pierre Aufret… Vous voyez ?

Marie hocha la tête. Le lien entre la réalité et la fiction sautait aux yeux.

Restait une nappe de brouillard : le rôle joué par Malloc'h dans cette affaire. Elle confia ses doutes à Quentin Le Gwen.

— Pas si vite, Marie… Tout d'abord, Malloc'h peut s'être inspiré d'un banal entrefilet dans le journal. Et rien ne prouve que le marin ait été assassiné. En accord avec le juge d'instruction, si des faits nouveaux viennent corroborer notre ébauche de thèse, nous demanderons l'exhumation du corps de Pierre Aufret. En attendant, je vais me mettre en rapport avec mon collègue de Lannion. Le décès de Pierre Petit, alias Le Bihan, m'intéresse tout autant.

Marie eut une mine soucieuse. Le visage souriant de Simon Arnicol venait de la hanter.

— Vous pensez que quelqu'un en veut aux marins pêcheurs au point de les tuer ?

Quentin Le Gwen, les mains jointes, fit la moue.

— Je ne suis pas sûr que ce soit si simple… Puis, adoptant un ton plus enjoué, il ajouta :

— Vous êtes prête ? J'ai une de ces faims ! Je vous expliquerai, devant un plateau de fruits de mer, la petite idée qui m'est venue à la lecture du manuscrit de votre généreux bienfaiteur…

Une demi-heure plus tard, Marie Demelle et Quentin Le Gwen étaient attablés face à la mer dans un restaurant de Perros-Guirec qui dominait la longue plage de Trestraon.

Le commissaire venait de goûter un excellent sancerre et servait son invitée.

La lumière rosée du crépuscule adoucissait, à l'horizon, le relief des Sept-Îles. Quelques promeneurs profitaient encore, sur le sable, des derniers rayons du soleil. Au bord de l'eau, trois ou quatre jeunes enfants jouaient avec le feston nacré de l'écume.

Quentin Le Gwen arracha Marie à sa rêverie naissante.

— Rien ne vous a frappé dans le premier chapitre du manuscrit ?

— Heu… si. D'abord l'insistance du chiffre douze dans l'*incipit*. Ensuite, la toute première phrase : « *Ils sont treize.* »

— Et… cela ne vous suggère rien ? demanda le commissaire en jouant avec sa mie de pain.

— Le chiffre treize porte-malheur… pour les superstitieux. Quant à douze… voyons… les douze salopards… Les douze signes du zodiaque… Les chevaliers de la Table Ronde qui espèrent le treizième… Les douze apôtres.

— C'est drôle, commenta Quentin Le Gwen en souriant. Moi, j'aurais commencé par eux…

— Mes parents étaient des mécréants ! Je suis désolée mais je n'ai aucune culture religieuse. Pourquoi ? C'est important ?

— Si important, que c'est la clé de voûte de ce roman. Marie, la Cène vous dit bien quelque chose ?

Un peu vexée la jeune femme rétorqua qu'elle n'était pas tout à fait ignare, notamment en peinture… Léonard de Vinci, avait traité le sujet.

— Mais il est vrai, ajouta-t-elle, que ces douze pêcheurs invités par l'armateur, Emmanuel Hinry, me rappelaient vaguement le dernier repas du Christ en compagnie de ses apôtres.

— Vaguement ! s'exclama Quentin Le Gwen. Mais le premier chapitre de Maurice Malloc'h est un pastiche de l'Évangile ! Et puis, d'abord, vous prononcez mal le nom de l'armateur. Ne dites pas Hinry mais I.N.R.I., comme l'abréviation mise par Pilate sur la croix : *Jésus Nazareus Rex Judeorum*, Jésus de Nazareth, roi des Juifs. D'autre part, Emmanuel, qui signifie « l'envoyé de Dieu », était l'un des prénoms donnés au Christ.

Déconfite, Marie encaissait sans broncher sa première leçon de catéchisme.

Point par point, le commissaire, en verve, reprit le manuscrit de Malloc'h qui correspondait aux Saintes Écritures.

Les compagnons d'Emmanuel Hinry portaient tous les prénoms des apôtres, parfois déguisés, il est vrai, comme Jeannot pour Jean. André était bien le frère aîné de Pierre. Philippe, en effet, était père de trois filles dont l'une deviendrait plus tard sainte Iris.

— Ne faites pas cette tête-là, Marie ! poursuivit Quentin Le Gwen. Moi aussi, j'ai dû demander certaines précisions à Louis, un copain curé… Notamment pour le nom d'un bateau. Si la *Marie-Joseph*, embarcation du patron de pêche, était limpide, en, revanche, je suis resté perplexe devant le *Boarnergès* commandé par Jacques. Louis a éclairé ma lanterne. Je trouvais des consonances bretonnes à ce nom. Il n'en est rien. Jacques le Majeur était surnommé *Boarnergès*, qui signifie « Fils du Tonnerre »

— Je vois… soupira Marie. Ce que j'ai pu être bête ! J'ai autant d'intuition qu'une bûche de Noël devant la cheminée, prête à être sacrifiée… À présent, je comprends mieux les petits détails symboliques essaimés çà et là par Maurice Malloc'h dans ce chapitre. Il n'a pas nommé celui qui renversait la salière sur la nappe du restaurant. Difficile, en effet, quand il s'agit de Judas…

Une serveuse apporta à ce moment-là un somptueux plateau de fruits de mer qui divertit les deux convives de leur conversation. Quentin servit généreusement Marie. Ils dégustaient les coquillages quand le commissaire interpella à nouveau la jeune femme :

— À propos, Marie, avez-vous fait attention au menu concocté par Malloc'h dans ce chapitre ?

— Heu… oui, je crois. L'un des hommes joue avec son petit pain dont la description m'a fait saliver. Il parle aussi de bons vins… Je me souviens aussi qu'on leur sert du poisson… Le hors-d'œuvre et le dessert, je ne sais plus…

— Normal, répondit Quentin Le Gwen après avoir gobé une huître. Parce que l'écrivain n'en dit pas un mot… Restons donc sur le pain, le vin et le poisson.

— Je ne suis sûrement pas une lumière en matière d'histoire religieuse, mais les deux premiers symbolisent l'Eucharistie, non ? Et, si je ne m'abuse, cette communion a été instaurée le Jeudi Saint, au cours de la dernière Cène ?

— Oui… Emmanuel Hinry invite ses copains un jeudi soir. Le vendredi matin, la femme de ménage le retrouve mort dans son lit. Malloc'h n'a pas voulu abuser de son stratagème et liquider son personnage à trois heures de l'après-midi…

Marie Demelle décortiquait une langoustine lorsqu'elle suspendit son geste.

Un détail du manuscrit lui revenait en mémoire. Lorsque le meurtrier avait attiré André Le Bihan dans un guet-apens et que ce dernier avait péri d'une crise cardiaque sur son canot, l'homme après avoir brûlé sa victime au chalumeau, avait placé un poisson dans son filet.

— C'est exact… approuva le commissaire. Le poisson était le signe de ralliement des premiers chrétiens; en grec: *Ichtus*… Ce terme fut pris par eux comme idéogramme, chacune des lettres composant le mot grec étant l'initiale des divers noms que l'on donne au Christ: *Jésu Kristus, Theou Uios, Sôter*; Jésus-Christ, Fils de Dieu, Sauveur.

— Bref, résuma Marie, nous sommes face à trois hypothèses: ou Malloc'h a perpétré ces crimes, ou il connaissait l'assassin et la façon dont ce dernier procédait. Dans ce cas, il doit s'agir d'un fou mystique qui, pour une raison X, déteste les apôtres. Ou enfin ce peut être un homme sain d'esprit qui use d'un subterfuge pour éliminer des marins pêcheurs. Or, dans les deux derniers cas, il reste une chose qui m'échappe. Pourquoi Malloc'h n'a-t-il pas dénoncé cet individu aux flics au lieu de monter cette mascarade?

— Je pense qu'il lui manquait des preuves pour le confondre. Vous êtes aussi bien placée que moi pour savoir combien les gens répugnent à venir nous trouver. Malloc'h est un intellectuel. Qui plus est, il fait partie de cette génération qui a connu la guerre et les délations. Très peu pour lui…

Si Quentin Le Gwen continuait à manger de bon appétit, Marie Demelle chipotait à présent dans son assiette. L'image de Simon Arnicol refusait de la quitter.

— Dites-moi, Quentin, demanda-t-elle après avoir hésité. Parmi les apôtres, il y en a bien un qui s'appelle Simon, non ?

— Pas un mais deux. Simon et Simon-Pierre, qu'on a rebaptisé Pierre pour ne pas les confondre. Tous deux, je crois, étaient pêcheurs. Pourquoi ?

— Pour rien… bredouilla la jeune femme, un peu oppressée.

*

Un peu plus tôt dans la soirée, à quelques kilomètres de là, Mathieu Péan, en tenue de jogging, regardait sa montre.

Adossé au capot de sa voiture, il commençait à se demander s'il n'avait pas fait ce trajet pour rien. Puis, comme tout homme amoureux, il se rassura. Certains regards appuyés ne trompent pas…

Griller une cigarette l'aiderait peut-être à vaincre son attente… En caressant son embonpoint abdominal, il y renonça. Courir en crachant ses poumons n'arrangerait pas son cas. De peur de rater ce premier rendez-vous, il avait quitté Morlaix sitôt son travail terminé. Le temps de passer chez lui, de prendre une douche et d'embrasser Josiane… Il repensa à sa femme, sans trop de remords, du reste… À cette heure-ci, leur fils aîné avait déjà dû déposer le petit Matteo à la maison. Josiane se réjouissait à l'idée de jouer les nounous ce soir. Ce n'était pas si souvent qu'elle avait l'occasion de garder leur petit-fils ! Les imaginant tous deux en train de jouer une partie de ballon, Mathieu sourit. Il aimait beaucoup sa femme, d'un amour fraternel, certes. Mais il tenait à elle. Jamais il ne la quitterait. De toute façon, à cinquante-cinq ans, les dés sont jetés.

Mathieu Péan consulta une fois encore sa carte de randonnée. Le calvaire… Oui. C'était bien ici. Il ne pouvait pas s'être trompé d'endroit. Ce parcours du grand Traoueïro au pas de course ne le fascinait pas outre mesure. Peu sportif, Mathieu se serait volontiers contenté du dîner au restaurant et du reste… Enfin, il l'espérait.

Finalement, Mathieu alluma une cigarette… Quelle tête feraient ses collègues du centre des Impôts s'ils le voyaient là, dans cette tenue qu'il jugeait ridicule ! Que ne fallait-il pas faire pour arriver à ses fins !

L'évidence lui était apparue après dix ans de mariage, au cours d'un bal masqué donné par le patron de Josiane. Tant de gens déguisés qui ne se connaissaient pas et ne se reverraient sans doute jamais !

Un ange, aux ailes de celluloïd, tournoyait autour de lui. Puis, dans la foule, quelqu'un avait crié : « Il est minuit. » La liesse était devenue générale. L'ange s'était approché jusqu'à le toucher, puis avait soulevé son loup blanc et l'avait embrassé à pleine bouche ! Dieu, quel choc délicieux !

Mathieu se souvenait encore du goût de ce baiser particulier. Ce fut, cette nuit-là, la première fois. Personne, pas même Josiane, ne s'était rendu compte de sa fuite dans le parc, à la poursuite de l'ange…

Un bruissement dans le fourré voisin lui fit tourner la tête. Pourquoi s'attendait-il à le voir surgir de la petite route ? Il était passé par le bois. Nimbé de la douce lumière du jour déclinant, si svelte dans son survêtement noir, il parut encore plus beau et plus jeune aux yeux de Mathieu. L'inspecteur des Impôts, soudain intimidé, jeta sa cigarette et tenta de rentrer le ventre. Dominique s'approchait de lui, le regard pénétrant, sourire aux lèvres. Allait-il l'embrasser ?

— Bonsoir, fit l'autre en lui tendant la main. Je ne vous ai pas trop fait attendre? J'ai eu un contretemps.

Mathieu Péan balbutia une réponse vague, trop bref contact physique. Était-ce une illusion ou bien, ce garçon qui l'affolait avait-il - comme le pensait Mathieu - légèrement pressé ses doigts contre sa paume ?

Dominique déployait à présent, sur le capot de la voiture, sa carte de randonnée. Il expliquait le parcours à Mathieu qui n'écoutait que la musique de sa voix si caressante.

— Voyez. Nous sommes ici, pointa-t-il du doigt. Nous allons passer par là, non loin de Tropéric. Puis, nous nous enfoncerons dans le bois, entre la route de Traoueïro et le chemin de Randreuz. Nous déboucherons à côté du moulin à marée de Trégastel où j'ai garé ma voiture. Ça vous va ?

— Très bien, répondit Mathieu que ces détails n'intéressaient guère. Heu... Qu'est-ce que je fais de mon sac ?

— Laissez-le dans votre véhicule. Nous reviendrons le chercher tout à l'heure. Maintenant si nous voulons courir un peu, il faut se dépêcher. Vous verrez, cette vallée boisée est une véritable splendeur ! Vous me suivez ?

— Je suis prêt ! fanfaronna Mathieu.

Le pauvre inspecteur des Impôts n'avait pas parcouru cinq cents mètres à travers les taillis qu'il se laissait déjà distancer. Haletant, les lunettes embuées, il pestait contre lui-même, son âge, son manque d'exercice et sa tabagie. Infatigable et gentil, Dominique l'attendait, trottinant sur place, au détour d'une roche gigantesque ou d'un arbre. Ah ! Dominique ! Se rendait-il compte, au moins, ce garçon aux muscles puissants et déliés, à quel point il troublait ses sens et chavirait son coeur ?

Mathieu, en sueur, continua donc sa course afin de ne pas décevoir Dominique. Si Josiane le voyait ainsi courir après un garçon - c'était le cas de le dire - elle éclaterait sans doute de rire ! Lui qui était censé participer à un colloque organisé à Rennes par le ministère des Finances !

Trop obnubilé par le maintien de son rythme, Mathieu fut insensible à la beauté du site, aux fragrances du bois exacerbées par le crépuscule ou à la déclinaison d'essences d'arbres et de fougères.

Quelle idée l'avait pris aussi quand il s'était vanté d'aimer courir ! Lors de sa première conversation avec Dominique, il avait senti à quel point le sport lui importait. Finir cinq cent trente-neuvième au marathon de New-York, bel exploit !

Ils s'étaient rencontrés un mois auparavant, par hasard, dans le café le plus proche de l'hôtel des Impôts de Morlaix. Mathieu, accompagné de deux ou trois collègues, y avait ses habitudes, en fin d'après-midi, après le travail. Juste une petite mousse avant de rentrer, chacun chez soi. Ce bel inconnu l'avait tout de suite intrigué. Le mystère dont il s'entourait, sans s'en rendre compte, ajoutait encore à son charme. Que savait-il de lui au juste ? Rien d'autre que ce qu'il avait bien voulu dévoiler… Son prénom. Une passion pour le sport en général et son goût pour les hommes mûrs… De cela, Mathieu en était certain, même s'il n'avait lui-même que peu d'expérience en la matière. Il est de ces regards qui ne trompent pas.

Le quinquagénaire dut faire une halte. Exténué, il s'appuya contre le tronc d'un chêne. Un point de côté lui cisaillait le ventre.

— Dominique ! Vous m'attendez ? Je souffre un peu… ahana-t-il.

La silhouette noire fit aussitôt volte-face. Mathieu l'admira et l'envia. Le sourire aux lèvres, Dominique ne montrait aucun signe de fatigue, pas même d'effort…

— Un peu de courage, Mathieu ! On y est presque !

— Sincèrement, je n'en peux plus… Continuez sans moi… Je vais marcher… Je vous retrouverai tout à l'heure… près de ce moulin à marée. C'est loin ?

— Vous risqueriez de vous égarer. Écoutez, j'ai présumé de vos forces… On va faire une halte. Vous voyez le haut de ce monticule ? Il y a une grotte, la grotte de l'Ermite. De là, il y a un point de vue formidable sur le grand Traoueïro… Ça ira ? Vous y arriverez ?

Tout en parlant, il s'était approché de Mathieu et, du bout des doigts, lui effleura la joue.

Cette caresse, riche de promesses futures, galvanisa le reste d'énergie de l'inspecteur. Il essaya de capturer la main de Dominique, mais celui-ci, tel le faune de ces bois, lui échappa dans un éclat de rire joyeux et repartit au pas de course.

Éreinté mais heureux, Mathieu trottina derrière lui. La forte déclivité le surprit un peu. Et il dut fournir un réel effort pour entreprendre l'ascension du terrain. Après avoir trébuché contre une racine, il y parvint néanmoins, à bout de forces. Devant l'entrée d'une grotte masquée par un rideau de lierre, l'attendait Dominique.

Le souffle coupé, Mathieu se laissa tomber auprès de lui.

— Regardez, Mathieu ! N'est-ce pas magnifique ?

— Si… si… sûrement. Je vous crois sur parole…

Allongé de tout son long, les bras en croix, l'inspecteur des Impôts ne songeait qu'à reprendre haleine. Son survêtement trempé de sueur l'exaspérait. Quelle image de lui allait-il donner à Dominique ? Celle d'un paquet de saindoux quinquagénaire ? Sûrement pas ! Il devait se redresser et partager l'enthousiasme de son ami pour la beauté du site, ce dont il se fichait, pour l'instant, éperdument. Pestant contre ses muscles abdominaux aussi flasques qu'une bouée d'enfant, il dut s'aider de ses mains. Il chercha un appui et, ce faisant, ses doigts palpèrent dans l'excavation de la roche un objet de toile dissimulé derrière le rideau de lierre.

— Tiens ! Qu'est-ce que c'est ?

Dominique se retourna et fut prompt à dégager de sa cache la chose en question.

— Un sac à dos. Un promeneur a dû l'oublier là… Il y a peut-être ses papiers à l'intérieur ? Je vais l'ouvrir.

— C'est peut-être indiscret, non ?

— Bah ! rétorqua Dominique. Pour rapporter le sac, il faut bien connaître l'identité de son propriétaire, non ?

L'homme délia le cordon du sac et sortit un objet qui paraissait assez lourd.

— Qu'est-ce que c'est ce truc ? s'étonna Mathieu. On dirait un chalumeau...

Dominique n'eut pas l'air de trouver incongru semblable appareil dans ce lieu. Il le laissa choir à côté de lui sur un tapis de feuilles et, se désintéressant de l'objet comme du sac, il s'allongea sur le flanc auprès de Mathieu.

Très vite, sa main se promena sur la peau moite du visage de l'inspecteur qui, n'osant croire à son bonheur, ferma les yeux afin de mieux goûter la caresse. Son cœur, peu ménagé ni par sa récente course ni par l'émoi amoureux, cognait à tout rompre.

Dominique se redressa et s'assit délicatement à califourchon sur son ventre.

À présent, ses deux mains s'égaraient sur le cou de Mathieu.

Dans un état de béatitude absolue, l'inspecteur des Impôts soupirait d'aise, s'abandonnant aux mains expertes de son ami qui serrèrent un peu plus...

Pourtant, si Mathieu avait ouvert les yeux, il aurait lu dans le regard de l'autre, bien autre chose que du désir...

Avant de mourir étranglé, l'inspecteur des Impôts ne comprit rien au discours de l'autre. Ni sur sa mission... ni sur son identité.

Tout juste apprit-il que son assassin ne s'appelait pas Dominique.

VI

Le regard lourd de reproches non dissimulés, Claire Dubacq arracha des mains de son beau-fils le paquet de céréales dont il s'apprêtait à se resservir.

— Tu ne trouves pas que tu exagères, Jean-Nicolas? explosa-t-elle. Quel exemple pour tes sœurs et ton frère! À toutes fins utiles, je te rappellerai donc les règles de base de notre maison! Qui n'est pas un hôtel! Alors, soit tu te lèves à une heure décente, soit tu te passes de petit-déjeuner! Compris? Je ne suis pas ta bonne! Nous estimons, ton père et moi que, passé dix heures et demie, le service est terminé! Pour sa santé intellectuelle autant que physique, un jeune homme de ton âge a mieux à faire qu'à paresser au lit jusqu'à des heures indues!

Jean-Nicolas Dubacq releva les yeux de son bol et, d'un calme olympien, toisa sa belle-mère.

— Mon père s'en fout, je te signale... C'est toi que ça dérange. Je suis en vacances et je fais ce que je veux...

Rouge de colère, Claire s'approcha de l'adolescent.

— Ma parole, mais tu me nargues! On dirait que tu le fais exprès!

Jean-Nicolas ne buvait plus du thé mais du petit-lait. Si elle savait ! Oh, que oui, il le faisait exprès ! Et elle sortait enfin de ses gonds, madame Bis, comme il s'amusait à l'appeler dans le secret de son coeur lourd comme un coffre-fort. Bien sûr, il le faisait exprès ! C'était d'ailleurs assez pénible de s'imposer cette discipline ! S'obliger de descendre cinq minutes après la limite autorisée alors qu'il était réveillé depuis l'aube et que son estomac criait famine ! Heureusement, la lecture ou l'écriture lui permettaient de tuer le temps, les seuls goûts qu'il partageait avec madame Bis, à son grand dam d'ailleurs. Enfin… Ils ne lisaient ni n'écrivaient les mêmes choses. Déjà ça… Madame Bis investissait dans les valeurs montantes, françaises ou étrangères, de préférence méconnues du grand public, et collectionnait donc les prix littéraires, glorieux ou humbles. Elle rêvait de découvrir parmi eux l'auteur génial grâce auquel elle pourrait briller. Mais, pygmalion par intérim, il fallait que d'autres lecteurs fassent, pour elle, au préalable, les gros travaux de débroussaillage…

Lui dévorait Kafka, Bataille, Artaud et leur magie noire. Et s'il écrivait de la poésie, madame Bis, quant à elle, faisait de gros pâtés en bavant son encre sur son journal intime.

Nul doute… introspection dénuée d'intérêt. Manquait la matière première… Quelque chose d'intéressant à dévoiler.

— Tu me réponds quand je te parle ?

L'agressivité du ton fit sursauter Jean-Nicolas, perdu dans ses pensées.

— Heu… oui. Tu disais ?

Claire Dubacq fit un réel effort sur elle-même pour tenter de juguler sa colère.

— On t'attendait, hier, à dîner ! Sa seigneurie daignera-t-elle expliquer à la servante que je suis, pourquoi elle n'a pas jugé bon de rentrer ou, du moins, de téléphoner ?

Jean-Nicolas esquissa l'ombre d'un sourire.

— Tu devrais faire de l'humour plus souvent… Ça ne te va pas si mal, après tout… Aussi, je vais te répondre… Comme mon père devait rentrer tard de Paris, ça me broutait d'avoir à dîner en tête-à-tête avec toi. C'est clair, Claire ?

Jean-Nicolas jaugea la portée du coup et fut satisfait. Sa belle-mère titubait, un peu indécise, le teint rouge et les yeux pleins de larmes. Elle détestait par-dessus tout la grossièreté. Round gagné par KO. Il pouvait jeter l'éponge. Ce qu'il fit.

Jean-Nicolas regagna sa chambre. D'en bas, lui parvenaient des éclats de voix, coupants comme des bris de glace. « Un monstre… Aussi déséquilibré que sa mère… » Madame Bis se lâchait, déversait son flot d'eau sale sur la tête de son père accouru après le combat. Bien sûr… Dans un instant, il frapperait à la porte de la chambre, excédé, impuissant… Les glandes lacrymales de sa femme travaillaient trop en ce moment et lui posaient problème… Lui ne pleurait plus jamais. Depuis deux ans, il avait perdu le mode d'emploi. Il imaginait ses larmes collées les unes aux autres, au creux de l'estomac, dans un gangue de haine épaisse et pâteuse. Mais les humains ont besoin d'épancher leur liquide. Il n'échappait pas à la règle. Il avait trouvé un truc différent, c'est tout. Il fallait toutefois ne pas être dérangé. Après le départ de son père, il se soulagerait.

Jean-Nicolas s'allongea sur son lit, les bras croisés derrière la nuque. Il s'amusa à scruter le portrait posé sur la table de chevet. Sans ciller. Ainsi, avait-il l'impression que l'image de la belle dame brune entrait dans sa tête. Il y a quelques mois, il avait eu l'idée d'ajouter un ruban noir au coin de la photographie. Aucun commentaire là-dessus. Ni de son père, ni de madame Bis. Pourtant, ils avaient sûrement remarqué le portrait en berne.

— Qu'est-ce que je peux faire d'autre, maman? murmura-t-il. Je n'en peux plus…

Un bref coup toqué à la porte le tira de ses réflexions.

— Entre, papa.

Guirec Dubacq s'avança près du lit, l'air à la fois fâché et ennuyé, comme le prévoyait Jean-Nicolas.

— Il faut qu'on se parle sérieusement tous les deux. Cela ne peut plus durer! Tu nous mènes une vie infernale!

Sans mot dire, Jean-Nicolas désigna du menton une chaise à son père qui s'y assit, à califourchon.

—…Mais bon Dieu! Qu'est-ce que tu as dans le crâne, Nic? continua Guirec. Pourquoi traites-tu Claire comme un chien? Elle a toujours fait de son mieux pour toi, non?

— Je n'en doute pas, rétorqua le fils, d'un ton calme. Juste un détail, cependant. Son mieux est le pire qui soit.

Guirec Dubacq fronça les sourcils, l'air douloureux.

— Que veux-tu dire?

— Elle n'a pas à faire semblant. Elle a pondu sa nichée, alors qu'elle me laisse tranquille! Elle ne m'aime pas et je l'aime encore moins!

Guirec hocha la tête. Du coin de l'œil, son fils l'observait et le trouvait tout à coup vieilli, désabusé.

— Tu es dur, Nic.

— Oui, concéda l'adolescent.

Un silence, épais comme un mur en pierre, s'abattit entre eux. Jean-Nicolas compta les secondes pour savoir si son père battait son record de mutisme. Quarante-huit…

La dernière fois, il s'était levé, sans rien ajouter, au bout de cinquante-sept secondes… Pas mal. La tête cachée dans ses belles mains fines, il ne bougeait toujours pas.

Soixante et un… Ça y est… battu.

— Je ne sais plus quoi faire, Nic… Je t'aime, mais ça ne semble pas suffire… Tu as besoin d'aide. Un médecin, peut-être, parviendrait à…

— Un psychiatre, papa? l'interrompit Jean-Nicolas. N'aie pas peur de dire les choses clairement! Les mots n'ont jamais tué personne… Enfin, pas toujours… Alors, c'est non! Mon lit me suffit. Tu n'as pas à débourser pour m'envoyer dormir sur un divan! Tes solutions sont toujours les mêmes… Soit les médicaments, soit les bondieuseries pleurnichées dans une église!

Guirec se leva. Les mains dans les poches, il arpenta la chambre de son fils d'un pas nerveux.

— Que proposes-tu alors? Je me sens si démuni… Je vois bien ta détresse et je ne comprends pas pourquoi… Même tes résultats scolaires en pâtissent. Tu étais si brillant! Deux années d'avance! Et à présent… Quel gâchis! Se battre avec ton proviseur pour te laisser une nouvelle fois redoubler ta terminale! Te rends-tu au moins compte qu'il s'agit de ton avenir?

« Nous y voilà… » songea Jean-Nicolas. « Il a trouvé sa porte de sortie et s'y engouffre. C'est tellement moins dérangeant de traiter les symptômes! »

— À ce sujet, tu n'as rien à craindre. Je sais maintenant ce que je vais faire. Il faut un dossier en béton. Dix-huit de moyenne dans les matières scientifiques. C'est pas un problème. J'aurai ces notes.

Abasourdi, Guirec s'arrêta de marcher pour regarder son fils.

— Rien que ça ! Tu crois que des notes pareilles vont te tomber du ciel ! Par la vertu du Saint-Esprit, peut-être ? Et, si ce n'est pas trop indiscret… on peut savoir ce que tu as en tête ? Tu me parles d'une nouvelle voie… je suppose donc que la diplomatie ne t'intéresse plus ?

— Non, en effet. Après le bac, j'ai décidé de faire des études de médecine.

— Ah ! La chirurgie, peut-être ? ironisa Guirec, tout en éprouvant, malgré tout, un certain soulagement. Au moins, ce fils si intelligent mais si difficile semblait prendre sa vie professionnelle en main.

— Absolument pas, papa. Je serai médecin légiste…

Guirec Dubacq crut à une nouvelle provocation de la part de son fils.

Disséquer des cadavres ne pouvait pas, selon lui, être la vocation d'un jeune homme de dix-sept ans. Pourtant, Jean-Nicolas le fixait de son regard franc, attendait une réaction de sa part.

— Drôle d'idée… finit-il par grommeler. Pourquoi ce choix ?

— Tout le monde oublie les morts. Il faut bien que quelqu'un s'en occupe ! Et puis, trouver la cause réelle d'un décès doit être captivant…

Guirec Dubacq aurait pu, à ce moment-là, saisir la balle au bond, interroger ce fils révolté sur ces morts qu'on oublie…

Il se garda bien de le faire… Par lassitude. Par lâcheté. C'eût été attiser encore les relations conflictuelles.

— À propos, ajouta Jean-Nicolas. J'ai aussi décidé d'être pensionnaire l'an prochain. Tu peux l'annoncer à Claire. Je crois que ce sera mieux pour tout le monde… Maintenant, si tu veux bien me laisser, je voudrais prendre de l'avance et commencer à revoir le programme de maths.

L'argument pesait son poids pour un homme qui plaçait la réussite des études au-dessus de tout. Finaud, Jean-Nicolas ne l'ignorait pas. Heureux de se tirer à si bon compte de ces explications houleuses qu'il détestait, Guirec sortit de la chambre de son fils. Auparavant, il esquissa un geste vers lui, voulut l'embrasser. Mais Jean-Nicolas fit semblant de ne pas remarquer l'invite.

Resté seul, le jeune homme s'approcha de la fenêtre. Au-delà du bosquet de pins, le ciel, si bleu, avait lavé la mer de ses teintes incertaines. Or, le trop beau temps, sans l'ombre d'une menace, l'angoissait. Il décida de ne pas sortir son canot ce jour-là. Il lorgna sur les deux cartons remplis de livres scolaires et de dossiers au pied de son bureau, sans aucune intention de les ouvrir.

Alors, à pas feutrés, il se dirigea vers la porte de sa chambre, l'entrebâilla pour vérifier si l'un des trois petits espions de la tribu de Claire ne rôdait pas dans les parages et, satisfait, s'enferma à double tour. Deux précautions valent mieux qu'une, même s'il venait de donner à son père l'assurance lui garantissant le droit à la tranquillité.

Jean-Nicolas revint à son bureau, s'assit, fouilla dans sa trousse et en sortit l'objet. Puis, il dégagea son avant-bras gauche. Il portait toujours des tee-shirts à manches longues. Et pour cause ! Depuis deux ans qu'il pratiquait ce rite, personne n'avait jamais rien remarqué. Quand il avait trop chaud et qu'il lui prenait l'envie de se baigner, il utilisait son canot et se rendait dans une crique solitaire.

Jean-Nicolas examina avec soin son avant-bras. Sa pilosité masquait en partie les estafilades brunes qui striaient sa peau à la façon d'une mosaïque. Il cicatrisait bien. Une chance. Il restait encore, çà et là, quelques centimètres carrés de disponible, juste au-dessus du poignet, à côté des veines. Il prit son cutter et commença les scarifications. De la peau incisée perla le sang. Puis, du poignet à l'articulation du coude, il trouva un chemin en zigzag. On aurait dit une vue d'avion sur les méandres d'un fleuve rouge. La tension nerveuse de Jean-Nicolas baissa aussitôt d'un cran. Ces incisions quotidiennes lui prodiguaient un bien fou. Le seul soulagement, d'ailleurs. Tout en observant le sang couler, Jean-Nicolas repensa à sa conversation avec son père. Il l'aimait bien, au fond… Même s'il présentait de sérieuses faiblesses, il y avait en lui une certaine gentillesse… Oui, c'était un homme gentil… Un gentil assassin…

*

Un peu plus tard, dans une maison pavillonnaire située face au parc des Sculptures, Élisabeth Messager épluchait des légumes tout en écoutant la radio. Très excitée par la nouvelle qu'elle venait d'apprendre le matin même au marché de Trégastel, elle espérait une confirmation sur les ondes locales. Quand elle vit la voiture de son mari s'arrêter devant le garage, elle se dit qu'elle n'était pas en avance pour son déjeuner. Bah ! Dans le domaine culinaire, Antoine n'était pas très difficile. Si la ratatouille n'était pas prête, il mangerait un sandwich. Il devait rester un bout de pâté dans le réfrigérateur… Pour une fois, la pause-déjeuner d'Antoine ne la dérangeait pas. Lui qui adorait les romans policiers, elle avait un morceau de choix à lui servir. Peut-être, d'ailleurs, aurait-il glané, lui aussi, des renseignements plus frais !

À peine Antoine eut-il ouvert la porte de la cuisine, qu'Élisabeth, le couteau en l'air, l'interpella :

— Tu as su ?

— Su quoi ? demanda l'autre ahuri.

— Eh bien ! Pour le meurtre ! On ne parlait que de ça au marché !

— Un meurtre ? Non… répondit Antoine d'un ton qui en disait long sur son manque d'intérêt pour ce fait divers. Dis-moi, Élisabeth, j'avais apporté hier un catalogue de littérature jeunesse de la bibliothèque. Tu ne l'aurais pas vu par hasard ? Je devais passer une commande ce matin. Je pensais l'avoir mis dans ma sacoche. Impossible de remettre la main dessus !

Cette indifférence pour l'Affaire qui avait marqué la matinée d'Élisabeth d'une pierre blanche, entama la belle humeur de la femme d'Antoine. Comme son mari lui prêtait si bien le flanc, elle enfourcha aussitôt l'un de ses chevaux de bataille. Non seulement il n'avait jamais rien d'intéressant à lui raconter mais, en plus, il refusait le dialogue.

Lassé de ces sempiternelles litanies, Antoine se servit un grand verre d'eau gazeuse bien fraîche et s'assit à côté du mur des lamentations.

— Bon, je t'écoute… soupira-t-il. Qui est mort ? On connaît ?

Élisabeth, boudeuse, ne répondit pas tout de suite. Mais comme elle n'avait pas sous la main d'autre interlocuteur que celui-là, elle dut s'en contenter.

— Un couple de randonneurs belges a découvert, très tôt ce matin, le cadavre d'un type dans la vallée du grand Traoueïro. Ses pieds dépassaient, paraît-il, de l'entrée d'une grotte. Pas beau à voir, à ce qu'on dit. Les yeux exorbités, la langue sortie et noire… La marchande de légumes m'a appris qu'il était mort étranglé. On aurait retrouvé sur lui des clefs de voiture. Apparemment, c'est pas un gars d'ici. Tu te rends compte ? Venir se faire tuer chez nous ! Je n'oserai plus aller me promener là-bas, seule !

— Tu n'y vas jamais ! ne put s'empêcher de rétorquer son mari.

— Mais qu'en sais-tu ? répliqua Élisabeth, vexée. L'automne dernier j'y suis allée pour cueillir des champignons, en compagnie de Claire et de son mari. C'est l'un des endroits préférés de Guirec !

Perdu dans ses pensées, Antoine Messager ne parvint pas à raccrocher au train de la conversation. Il avait chaud et se sentait fiévreux. Il ouvrit la porte du réfrigérateur pour la refermer aussitôt.

— Tu n'as pas une boîte de quelque chose ? Dans une demi-heure, je retourne au boulot et j'aimerais m'étendre un peu, avant.

La voix aigre d'Élisabeth monta d'un cran.

— C'est toujours la même chose avec toi ! Des reproches déguisés ! Eh bien non ! Voilà ! La ratatouille n'est pas cuite !

— Laisse tomber… Ça n'a aucune importance… Je mangerai un bout de pain avec du beurre.

— Qu'est-ce que tu as ? Tu fais une tête de *mater dolorosa*. T'es malade ?

— Non, répondit Antoine laconique, en se tranchant une tartine.

Élisabeth avait fini de découper, en petits dés, aubergines, poivrons et tomates. Elle s'approcha de la cuisinière et déversa le contenu du récipient dans le fait-tout où grésillait l'huile d'olive.

— À propos. Comment va ta mère ? Tu es allé la voir hier soir, non ? Je ne t'ai pas entendu rentrer… J'avais une de ces migraines !

Élisabeth, le dos tourné, ne vit pas l'expression soudain douloureuse de son mari ni la crispation de ses phalanges sur le couteau à pain.

Pourtant, il répondit d'une voix neutre :

— Toujours au même stade. Ça n'a pas évolué…

— Je suis contre l'acharnement thérapeutique… déclara Élisabeth, péremptoire. Depuis le temps qu'elle n'en finit pas de mourir, qu'on lui fiche la paix !

— Mais « elle », désire encore vivre un peu ! Je te rappelle que ma sœur doit accoucher dans un mois. Maman a envie de connaître son seul petit-enfant avant de s'en aller. C'est légitime, non ? Et, en accord avec son cancérologue, ils essaient un nouveau protocole…

Élisabeth haussa les épaules.

— Ce que vous pouvez être compliqués dans votre famille ! Ce serait tellement plus simple si on provoquait l'accouchement d'Héléna ! À huit mois de grossesse elle est plus enflée qu'une tourte ! Comme elle n'est pas du genre à faire de l'exercice, si on la laisse aller à terme, elle va accoucher d'un sumo !

— Ne sois pas méchante, s'il te plaît…

— Méchante ! Moi ? Il y en a qui ont toutes les chances ! À trente-neuf ans, ta sœur trouve enfin un mari ! Pas du premier choix, certes ! Mais ils vont bien ensemble. Au bout d'un mois de mariage, à son âge, elle tombe enceinte. Et il faudrait que je la plaigne ?

— Je ne t'en demande pas tant, Élisabeth. À l'impossible nul n'est tenu… Je te rappelle toutefois que nous parlions de ma mère et non de ma sœur. Bon… Je me sers un café et je file.

— Déjà ? Je croyais que tu voulais t'allonger ?

— J'ai changé d'avis… murmura Antoine.

Le bibliothécaire avala d'une traite un café tiède et fadasse et se retourna vers sa femme.

— Tu sais, Zabeth, on a toujours le choix dans la vie. Tu n'as pas encore quarante ans, toi non plus. Tu peux rencontrer quelqu'un qui te fera un enfant. Si tu veux me quitter, je t'en prie : fais-le ! Parce que, vois-tu, j'en ai assez de jouer les boucs émissaires. Sur ce, à plus tard…

Élisabeth Messager blêmit. Elle suffoquait d'une rage qu'elle ne parvenait pas à contrôler. Alors que son mari franchissait le seuil, elle glapit :

— C'est comme ça que tu me traites ! Pire qu'une bonniche, hein ! Au bout de quinze années de loyaux services, tu voudrais me foutre dehors ! Moi qui ai sacrifié ma vie de femme et de mère pour toi ! Si encore j'avais eu des compensations ! Même pas ! Avec ton salaire de minable ! T'es vraiment qu'un impuissant dans tous les domaines !

Avant de démarrer, Antoine tourna à fond le bouton de son autoradio. Si, à travers le pare-brise, il pouvait voir la bouche d'Élisabeth se tordre, du moins il n'entendait plus ce qu'elle continuait de hurler.

Seul, le regard à la fois goguenard et ahuri d'un voisin qui rentrait chez lui, calma un peu la hargne de la femme.

Alors que la voiture d'Antoine tournait au coin de la rue, Élisabeth regagna sa maison au pas de charge et fit claquer la porte. Une fois dans sa cuisine, elle s'en prit au premier objet qui lui vint sous la main. Les légumes commençaient à peine à chanter l'air de la cuisson. Vibrante de rancœur, elle saisit le manche de la casserole et jeta la promesse de ratatouille à la poubelle. Puis elle s'affala sur une chaise et, le visage enfoui au creux de ses bras, confia ses malheurs à la table de formica.

— Quel dégueulasse ! J'ai tout fait pour lui… tout… Divorcer… Et comment je ferai, moi, pour vivre… Je ne vais pas me mettre à travailler, tout de même, à mon âge !

Les larmes ruisselaient sur ses joues. Élisabeth se moucha bruyamment et, insatisfaite de son soliloque avec la table, elle songea à appeler une oreille amie. Claire !

À peine son projet formulé, elle y renonça. Claire et son mari avaient des principes religieux très stricts… Le mot « divorce » les ferait frémir… Et cela pouvait se retourner contre elle…

Ses pensées revinrent à son mari. Depuis quelque temps, Antoine avait changé. Il semblait plus sûr de lui, osait même lui répondre, comme aujourd'hui… Et s'il avait quelqu'un d'autre dans sa vie ! Éberluée par l'idée nouvelle qui venait de lui germer dans l'esprit, Élisabeth ouvrit la bouche pour mieux réfléchir. Non ! Impossible ! Grotesque même ! Antoine était un homme fade, insipide… Quand il leur arrivait de se promener ensemble, jamais une femme ne levait les yeux sur lui… Pourquoi ? Tout de même bizarre. Comme si les choses n'avaient plus de prise sur lui. Ce midi, par exemple… Elle pensait le passionner avec cette histoire d'homme étranglé à Ploumanac'h… Lui qui, d'habitude, adore les romans policiers… qui découpe dans les journaux les faits divers étranges et sanglants.

Aucune réaction… Comme si on lui avait déjà raconté l'histoire… Ce n'était pourtant pas le cas !

*

Le commissaire Le Gwen n'aurait jamais pensé revenir si tôt en Côtes-d'Armor. La veille au soir encore, il dînait en compagnie de la charmante Marie Demelle. Pour l'heure, il quittait le bureau du juge d'instruction en compagnie de son lieutenant et ami Michel Le Fur ainsi que son alter ego, Walter Trigot, commissaire de police à Lannion. Après la découverte macabre de la matinée, le juge s'intéressait fort au marin décédé quelques mois plus tôt dans les eaux de l'archipel de Molène. En effet, le décès du Finistérien offrait de singulières similitudes avec celui d'André Petit, pêcheur à Perros. Aussi le parquet avait-il décidé d'une enquête conjointement menée par les deux commissaires.

Au cours de l'entretien avec le juge et le procureur de la République, Quentin Le Gwen et Walter

Trigot venaient de s'échanger leurs informations. Non sans une certaine surprise, le commissaire brestois avait appris certains faits que la police locale, de peur d'une panique générale, avait cru bon de cacher aux médias. Trois ans, trois cadavres dans une zone très circonscrite. Deux hommes : André Petit et le mort du jour, un certain Mathieu Péan ; une femme : Marie-Madeleine Moreau, découverte poignardée dans un champ cinq mois auparavant. Tous trois avaient été tués d'une façon différente. Cependant on avait observé chez chacun d'eux une curieuse brûlure au cuir chevelu. Lorsque l'on avait trouvé le corps de la patronne de bar, sauvagement agressé de cette façon, on s'était plu tout d'abord à croire à une coïncidence. Le décès prétendument accidentel d'André Petit qui se serait malencontreusement brûlé avant de prendre la mer, pouvait le faire accroire. À présent, grâce à la découverte de la matinée, le doute n'était plus permis. La région abritait bel et bien un tueur en série et les compétences de Quentin Le Gwen, expert en la matière, étaient attendues. Devant le palais de Justice de Lannion où ils étaient garés les deux commissaires faisaient le point avant de repartir chacun de leur côté, tandis que l'inspecteur Le Fur, un peu à l'écart, cherchait du regard un café aux alentours où il pourrait étancher sa soif congénitale.

— Qu'est-ce qui vous rend si perplexe ? demanda Walter Trigot, un quinquagénaire grand et sec, en ouvrant déjà la portière de sa voiture.

Quentin Le Gwen eut une moue dubitative avant de répondre à son confrère :

— Deux choses, Commissaire. La première, j'en ai parlé tout à l'heure devant le juge. Le meurtre de cette femme patronne du café *La Flibustière*, me turlupine... Il ne colle pas avec le manuscrit de Malloc'h. Or, nous sommes tous bien d'accord sur un point : par un hasard quelconque que nous découvrirons, je l'espère, l'écrivain perrosien connaissait les agissements de l'assassin même s'il n'était pas en mesure de les prouver.

— Oui... Et alors ? Où est le problème ? rétorqua Walter Trigot.

— Le hic est que Maurice Malloc'h n'était pas encore décédé lorsque cette brave dame est morte. Trois mois et demi après ces événements et huit jours seulement avant son propre décès, Malloc'h paraissait à la télévision, dans une émission littéraire. J'ai regardé la cassette depuis. Il se disait en bonne forme physique et prétendait s'atteler encore à son bureau dès cinq heures, tous les matins.

— Je ne vois toujours pas où vous voulez en venir, répondit Walter Trigot en mastiquant avec hargne un malheureux chewing-gum.

« Encore une pitoyable victime de la campagne anti-tabac » se dit Quentin en plaignant le chewing-gum.

— J'y viens..., répliqua-t-il. Si Malloc'h pensait que la mort de cette femme avait un rapport avec le but poursuivi par l'assassin, pourquoi donc n'a-t-il pas continué son manuscrit ? Non... Si vous voulez mon avis, l'élimination de cette femme ne faisait pas partie du plan initial du tueur. Elle ne rentre pas dans les « douze ». Ce n'est pas un apôtre.

Walter Trigot parut un peu agacé des tergiversations de son confrère. Et ce fut son chewing-gum qui en fit les frais.

— Moi, ça ne me pose aucun problème. Marie-Madeleine, la pécheresse, est une figure charismatique de l'Évangile, non ? Elle accompagnait souvent Jésus ! Et puis, Malloc'h ne peut pas se mettre totalement dans la peau du tueur ! Après tout, on ne travaille qu'à partir de son manuscrit et ce ne sont pas les aveux d'un assassin !

L'argument, bien que convaincant, ne réussit pas à ôter le germe du doute dans l'esprit de Quentin qui se tut malgré tout… Règle A : ne jamais contrarier un candidat à la désintoxication.

— *La Flibustière* est fermé depuis la mort de sa tenancière ? demanda-t-il en changeant de sujet.

— Non… Je crois que le bistrot a été racheté par une cousine germaine de Marie-Madeleine Moreau.

— Bon, soupira Quentin en cherchant des yeux son lieutenant. Je vais y faire un tour. Autant commencer par quelque chose. Et vous ? Vous partez à Morlaix ?

— Oui… interroger la veuve de Mathieu Péan. On ne sait jamais.

Walter Trigot allait refermer la portière de sa voiture quand il apostropha à nouveau Quentin :

— À propos, Commissaire ! Vous disiez tout à l'heure que deux choses vous tarabustaient. Quelle est l'autre ?

— Oui… Je ne vous apprendrai pas qu'il existe deux sortes de tueurs en série : les organisés et les non-organisés. Notre meurtrier ne fait sûrement pas partie de la seconde catégorie : s'il avait été une brute épaisse, on l'aurait déjà pris. Or, les organisés procèdent toujours selon leur propre rituel. Ou ils étranglent, ou ils éventrent, ou que sais-je encore ! Et ce type ne semble pas avoir choisi son mode d'expression…

— N'allez pas chercher midi à quatorze heures ! Le rite, on l'a ! C'est un coiffeur imaginatif !

— Peut-être, grommela Quentin. Je suppose que cela doit suffire…

Après un signe de la main, Walter Trigot démarra sur les chapeaux de roues, laissant Quentin Le Gwen à sa perplexité.

Michel Le Fur, son lieutenant, avait, lui aussi, disparu de la circulation. Aux grands maux, les grands remèdes. Sacrifiant l'élégance pour l'efficacité, le commissaire mit quatre doigts dans la bouche et siffla son acolyte comme un adolescent de banlieue. Cette méthode, peu orthodoxe, porta néanmoins ses fruits.

Un sourire indulgent aux lèvres, Quentin Le Gwen aperçut son toutou moustachu sortir en trombe d'un magasin. Il portait, sous le bras, deux jolis paquets.

— Excuse… J'ai essayé de faire vite pendant que vous dégoisiez. Un petit souvenir pour les jumeaux.

— Un souvenir ! s'étonna Quentin. Mais on vient juste d'arriver !

— Que veux-tu, soupira Le Fur en prenant place auprès du conducteur, je suis un grand sentimental !

— Un gros niais, oui, corrigea son ami sans aménité. Bon… Mets ta ceinture ! Assez perdu de temps. Je voudrais me faire une petite idée de l'ex-patronne de *La Flibustière*. On va passer à son café. Il est tenu par l'une de ses cousines. Ensuite, il faudra trouver un hôtel. Et puis, ajouta-t-il avec un léger agacement, range tes paquets ailleurs que sur le levier de vitesses ! À propos, qu'est-ce que tu as pris à mes filleuls ?

— Pour Hercule, un jeu de construction. Comme ça, il fichera la paix aux lunettes de sa mère. Il lui a encore cassé deux montures cette semaine. Que veux-tu, ce gosse possède une sorte de génie mécanique ! Il a besoin de savoir comment fonctionnent les choses ! C'est fou, hein cet esprit d'analyse à son âge ?

Quentin Le Gwen lorgna sur son lieutenant dans l'espoir de lire sur son visage une once d'humour. En vain…

— Et je suppose que tu as acheté à Jules des pots de peinture ?

— Tu es devin, ma parole ! Ah ! Colette t'a raconté ?

— Les nouveaux exploits de ton artiste de fils ? Oui… Et si tu me demandes mon avis…

— Pas la peine, le coupa le moustachu. Colette était en rogne contre lui, le pauvre petit… Moi, je trouve ça génial. Un bambin qui n'a pas encore trois ans et qui puise dans sa propre couche les matières naturelles pour taguer les murs de sa chambre !

— En effet ! commenta Le Gwen, dégoûté. Et, tu ne trouves pas qu'à leur âge, il serait grand temps de les mettre en culotte et de leur apprendre la propreté ?

— Chacun suit son rythme biologique ! décréta Le Fur, buté.

Le commissaire Le Gwen se tut, anéanti. En matière d'éducation, ne jamais se mêler des affaires d'autrui, même si des paires de fessées se perdent !

Cependant, il était certain d'une chose : il ferait cinquante degrés dans les rues de Brest, le jour où il proposerait encore une fois à leurs parents de garder chez lui les affreux jojos ! Sous prétexte qu'un adulte devait assumer le fait que ces lardons puissent s'exprimer !

Un quart d'heure plus tard, les deux hommes arrivèrent à proximité de Perros-Guirec.

Ils durent rebrousser chemin car *La Flibustière* avait échappé à leur vigilance. Pourtant, le bistrot situé après un virage, au bord de la route, ne passait pas inaperçu. En effet, l'actuelle propriétaire avait conservé sur la façade de l'établissement les guirlandes lumineuses, vestige des fêtes de fin d'année. Cette décoration conférait au café un aspect décalé.

Quentin Le Gwen gara sa voiture sur un petit parking, au pignon de la maison. L'endroit paraissait vide de clients, ce dont le commissaire se réjouit.

En pénétrant dans le bar, il fut aussitôt saisi par l'odeur prégnante de tabac froid. Si les lieux manquaient d'aération, ils n'étaient pas pour autant dénués d'un certain charme. Le lambris, patiné par le temps et, sans nul doute, la fumée, associés à une tenture murale d'un rouge passé, donnaient au bistrot de dimensions réduites, chaleur et convivialité. Au fond du bar, assise derrière le comptoir, une femme d'une quarantaine d'années, au physique banal, les dévisagea. Ses lèvres bougeaient sans qu'elle eût prononcé une seule parole. Lorsque Quentin Le Gwen s'approcha d'elle, il remarqua qu'elle tricotait. Sans doute comptait-elle les mailles avant de s'intéresser à ses clients. D'ailleurs ses lèvres cessèrent de prêchi-prêcher dès qu'elle reposa son ouvrage sur le zinc.

— Qu'est-ce que je vous sers ?

Avant de commander qui un demi, qui une eau gazeuse, le commissaire Le Gwen déclina son identité et présenta à la barmaid la carte de la Maison. Michel Le Fur agit de même.

De se retrouver ainsi face à la police n'eut pas l'air d'émouvoir outre mesure la patronne. Quentin Le Gwen crut même lire dans ses petits yeux gris, une lueur d'intérêt.

— Ça fait plaisir qu'on daigne enfin s'intéresser au sort de ma pauvre Marie-Mad ! déclara-t-elle la bouche pincée. Depuis le temps ! Je croyais l'affaire enterrée avec elle !

— Il y a bien eu une enquête au moment des faits ! rétorqua le commissaire avec un brin d'humeur.

La femme émit un « peuh » éloquent puis estima qu'une enquête qui ne donnait aucun résultat tangible n'en était pas une.

— Pour l'instant, son assassin court toujours ! Et si ça se trouve, ajouta-t-elle, l'échine parcourue d'un délicieux frisson, il vient ici tous les jours ! Qui vous dit que je ne suis pas la prochaine sur sa liste ?

— Qu'est-ce qui vous fait penser que c'est un habitué du café ? reprit le commissaire, intrigué. Les journaux ont émis à l'époque, l'hypothèse d'un automobiliste qui se serait arrêté pour, soi-disant, l'aider à changer sa roue.

— Pfft... Un inconnu se serait arrêté sans la violer ! Foutaises...

Le Gwen réprima un sourire devant cette logique à toute épreuve. Que peut faire un homme, en effet, si ce n'est violer ! Malgré tout, la réflexion de la femme n'était pas exempte d'intérêt. Elle révélait certains traits de la personnalité de l'ancienne propriétaire.

Le commissaire aiguilla la cousine sur cette voie.

— Étiez-vous intimes ? Vous faisait-elle des confidences sur sa clientèle ?

Comme pour montrer l'importance à accorder à ses propos, la femme bomba le torse avant de parler.

— Les soirs d'affluence, il m'arrivait de venir ici lui donner un coup de main. C'est comme ça que j'ai eu l'idée de reprendre l'affaire même si, avoua-t-elle à mi-mots, l'ambiance n'est plus pareille depuis la mort de Marie-Mad.

À voir le café déserté de ses clients, le commissaire n'eut aucun mal à accréditer l'assertion de la nouvelle propriétaire.

— Pourtant, se reprit-elle, les fidèles des fidèles reviennent. Des hommes qui naviguent, en général… Mais pas seulement… Je dirais plutôt des gens qui aimaient le Perros d'autrefois, quand la pêche était encore une activité à part entière.

— Si je comprends bien, s'immisça l'inspecteur Le Fur, ce sont surtout des hommes qui fréquentaient ce bistrot. Non ?

Geneviève Lagatu eut un sourire entendu qui éclaira un instant son visage sans grâce.

— C'est vrai que Marie-Mad n'aimait pas les femmes. Moi, elle m'acceptait, rapport aux liens du sang. Et puis, comme elle disait, on n'avait pas le même genre. Et je ne lui faisais pas d'ombre…

Peu à peu, le commissaire distinguait mieux le profil psychologique de Marie-Madeleine Moreau. D'ailleurs, une assiette, mise en évidence derrière le comptoir, devait résumer la politique de la maison. « Ici, l'homme a droit au repos. », pouvait-on lire sur la faïence. Le genre de repas proposé n'était pas difficile à supposer. Celui du guerrier…

— Dites-moi, Madame, votre cousine entretenait-elle une liaison suivie avec l'un de ses clients ?

Pour la forme, Geneviève Lagatu marqua d'une moue sa désapprobation face à l'indiscrétion de la question. Puis, comme à l'évidence, les frasques de sa cousine l'intéressaient, elle se laissa aller à une demi-confidence.

— Une relation régulière, vous voulez dire? Quentin Le Gwen acquiesça d'un signe de tête.

— Régulière... sûrement pas. Elle n'allait pas, à son âge, s'embarrasser d'un homme à temps plein... Des récréations, oui. Vous savez, elle était veuve, alors elle n'avait plus de comptes à rendre à personne! Les hommes qui venaient ici étaient tous des bons copains. Chacun à son tour, s'il le désirait, l'aidait à faire la fermeture et à passer ensuite la serpillière... Enfin, si vous voyez ce que je veux dire...

Nul besoin, en effet, d'un dessin.

— Et parmi ces préposés à la serpillière, vous pourriez en citer certains?

— Pour sûr. Voyons... Jean-Jean Alain, Dédé, vous savez celui qu'on a retrouvé mort, emberlificoté dans ses filets.

Le commissaire Le Gwen dressa l'oreille... Son intuition ne l'avait pas trompé. Si ténu fût-il, il existait bel et bien un rapport entre deux des victimes du tueur. Amants par intérim, Marie-Madeleine Moreau et André Petit entretenaient peut-être aussi des relations avec leur futur assassin.

Le commissaire Le Gwen se cala plus confortablement sur son tabouret de bar et alluma une cigarette. Cette petite conversation commençait à l'intéresser.

— Dites-moi, Madame, en dehors de leur liaison, André Petit et votre cousine avaient-ils des amis communs?

— Pfft... Vous m'en demandez, de ces choses! Qu'est-ce que j'en sais, moi! Et puis, je vous ai cité son nom comme j'aurais dit quelqu'un d'autre! Marie-Mad aimait couchailler à droite et à gauche, alors... N'empêche que, de son vivant, on a passé de sacrées soirées rigolotes entre potes! Y'avait de tout ici. Du beau monde, comme des loufoques...

— Vous pouvez préciser?

— J'en sais rien, moi... Par exemple, un samedi soir, l'Albert a fait irruption dans le café déguisé en autruche! Ah, la rigolade! Il avait piqué le collant de danse de sa fille! On était tous morts de rire, surtout quand il a grimpé sur le comptoir et a fait semblant de pondre un œuf.

À l'évocation de ce souvenir, des larmes de bonheur mouillèrent les yeux de Geneviève Lagatu. Michel Le Fur partagea son hilarité tandis que le commissaire, consterné, regardait son lieutenant se taper sur les cuisses.

Mise en confiance, la patronne de *La Flibustière* proposa aux deux hommes une petite collation.

— Il me reste deux plats de canapés depuis hier. Si le coeur vous en dit!

À Quentin Le Gwen qui s'étonnait qu'elle eût le temps de gâter ainsi ses clients, Geneviève Lagatu s'expliqua en toute simplicité. En achetant le bar, la cousine de Marie-Madeleine Moreau avait cru à la bonne affaire. Hélas, la clientèle de *La Flibustière* semblait aussi volage que son ex-patronne. Pour joindre les deux bouts, Geneviève avait repris à temps partiel son ancienne activité, à savoir traiteur à domicile.

— Pas question - évidemment - de grands tralalas comme des repas de noces ou des communions!

Non… mais ici, en saison, on donne beaucoup de petites réceptions, des cocktails… Tenez, goûtez… Mes canapés sont réputés pour être bons, originaux et peu chers.

Michel Le Fur aurait sauté sur le plat fort appétissant, en effet, si Quentin Le Gwen ne lui avait, au préalable, flanqué un coup de pied de politesse dans le tibia.

Le commissaire goûta un triangle de pain de mie garni de magret de canard fumé à la confiture de miel épicé.

— Hum ! C'est un régal ! Toutes mes félicitations.

— Ils sont p'têtre un peu petits… rectifia Le Fur en guise de compliment.

— Je vous en prie, Inspecteur, resservez-vous ! Le plat est là pour cela. Ce soir, ils seront passés pour mes clients. Autant les manger !

Le lieutenant n'attendit pas de recevoir un bristol pour s'empiffrer, tel l'écornifleur de base invité chez des hôtes qu'il ne reverra jamais. Le commissaire, connaissant la voracité de son animal fétiche, lui garda un chien de sa chienne…

Pour l'instant, il avait d'autres chats à fouetter.

— C'était amusant, mentit-il, votre anecdote de client déguisé en autruche… Vous avez sûrement été témoin de choses peu banales !

— Ça, vous pouvez le dire ! Marie-Mad avait le don d'attirer toutes sortes de zinzins sympathiques. Je me souviens d'un soir où elle avait le blues parce que Jean-Jean ou Yvon, je ne sais plus, n'était pas venu à sa soirée d'anniversaire. L'un des clients du bar, je ne me rappelle plus lequel, a essayé de la consoler en lui certifiant que, par l'imposition des mains, il avait le pouvoir de la rendre heureuse car il était le Saint-Esprit en personne ! Ce fou-rire ! Ou encore la fois où ce monsieur si chic, heu… Guirec qu'il s'appelait, est tombé tout habillé dans le port parce qu'il avait collectionné les bouchons toute la soirée ! Il n'avait pas l'habitude de boire, le pauvre ! C'est Simon Arnicol qui avait sauté à l'eau pour le ramener ici, aussi trempé que le mouchoir d'une veuve !

Il fallut au commissaire essuyer cinq ou six autres histoires de cet acabit avant d'assécher la logorrhée de la conteuse. Il profita de la première et longue expiration de Geneviève Lagatu pour l'interrompre.

— C'est très intéressant tout ça… Prenez donc un verre avec nous et remettez-nous la même chose… vous, comme votre cousine, avez un sacré sens de l'observation ! Je me demande même si vous n'avez rien remarqué de spécial après la mort d'André Petit… je ne sais pas moi… des détails qui auraient échappé à la vigilance de la police.

Flattée, la femme fronça les sourcils afin de mieux se concentrer. André Petit n'avait pour toute famille que les habitués de *La Flibustière*. Aussi, Marie-Madeleine avait tenu à lui rendre une dernière visite à la morgue. Pendant ce temps-là, Geneviève tenait le café. Sa cousine était revenue bouleversée, bien sûr. Ce soir-là, ils avaient tous fêté le grand départ de Dédé, au champagne, comme le marin, un bon vivant l'aurait souhaité !

— Je me souviens qu'un détail l'avait intriguée à la morgue. Elle nous en avait parlé mais je ne sais plus de quoi il s'agit. Une broutille…

Mis à part les amours de Marie-Madeleine Moreau et de son marin, le commissaire n'avait glané que des brèves de comptoir.

Un peu déçu, il prit congé de la commerçante et entraîna son acolyte dans son sillage.

Il restait encore trois malheureux canapés dans le plat.

*

Le conducteur de la voiture pila net, dans un crissement de freins, lorsque le scooter lui barra la route de la Corniche pour s'engouffrer dans une venelle. Il klaxonna et voulut s'arrêter afin de dire à cet écervelé sa façon de penser mais la file de véhicules derrière lui l'en dissuada. Le coeur battant et les genoux flageolants, il continua alors son chemin.

À cinquante mètres de là, le jeune homme stoppa son engin devant la grille d'une villa cossue Il enleva son casque qu'il n'avait pas bouclé et le posa avec négligence sur le siège de son scooter.

Pour se donner du courage, avant d'appuyer sur la sonnette, il respira un grand coup. La maison possédait un système d'alarme assez sophistiqué et il savait qu'il devait attendre qu'on lui ouvrît de l'intérieur. Comme le déclic tardait à se produire, il faillit repartir et renoncer au projet hasardeux qui avait germé dans son esprit durant l'après-midi. Il sonna une seconde fois. Ainsi, il ne pourrait plus reculer. Le camion et la voiture étaient garés dans la cour. L'homme devait être chez lui. Pourquoi diable ne répondait-il pas ?

Dans un grésillement sourd, le portail s'ouvrit enfin. Le jeune homme moins sûr de lui à présent, s'avança jusqu'au perron. Dans l'encadrement de la porte d'entrée, le maître des lieux accueillit son visiteur.

— Jean-Nicolas ? fit-il surpris. Je ne m'attendais pas à te voir… Mais rentre, je t'en prie… Excuse-moi d'avoir mis du temps à te répondre. Je peignais.

Quelques taches de couleur, en effet, maculaient les doigts de l'homme. Il se dégageait de ses vêtements aussi une vague odeur d'essence de térébenthine.

— Si je vous dérange, je peux revenir plus tard… proposa Jean-Nicolas Dubacq, intimidé.

— Pas du tout, au contraire… On va prendre le café ensemble. Entre !

Paco Malloc'h conduisit son hôte dans un vaste séjour.

— Prends donc ce fauteuil, il est plus confortable. Fais comme chez toi. Je mets la cafetière en marche et je reviens.

Resté seul, le jeune Jean-Nicolas put détailler à loisir le cadre de vie du fils du célèbre écrivain. Il ne s'était pas trompé de beaucoup quand il s'était amusé à l'imaginer. Tout ici, des tentures de soie indienne jusqu'aux tapis persans, en passant par les meubles signés et les tableaux de maîtres, respirait le luxe et le bon goût. Ce décor ne plut qu'à moitié à l'adolescent. Il lui rappelait trop son propre foyer ou, mieux encore, l'hôtel particulier de ses grands-parents qu'il exécrait. Malgré tout, la grande baie vitrée offrait une vue extraordinaire sur la plage de Trestraou et, au loin, les Sept-Îles perdues en mer.

Un chat indolent vint se frotter contre les mollets du jeune homme qui le caressa. Aussitôt, sûr de son pouvoir, le félin se désintéressa de cet intrus et, dédaigneux, sauta sur un guéridon. Sans doute trop bien nourri, le maladroit perdit tout son prestige quand il négocia mal son bond et renversa un carton à dessins posé sur le petit meuble. Nicolas ne put alors s'empêcher de rire, tant l'air vexé du matou angora était irrésistible. Profil bas, la queue entre les pattes, ce nigaud alla directement se cacher sous un canapé. Nicolas se leva pour ramasser les feuillets éparpillés sur le tapis. C'étaient des portraits, des sanguines. Le coup de crayon du dessinateur était indéniable. Le jeune homme examina plus particulièrement le dernier de la pile. Il représentait un vieillard aux cheveux longs, à l'expression à la fois sévère et noble.

Nicolas pensa aussitôt à quelque philosophe grec. Paco Malloc'h, portant un plateau, entra dans la pièce sur ces entrefaites. Le garçon craignit que son hôte ne le taxât d'indiscrétion. Aussi, s'empressa-t-il de dénoncer le coupable de l'incident.

— Vulcain ? s'étonna Paco. Décidément, il se fait vieux ! Ne t'embête pas avec ça. Laisse. Je vais ranger.

Un peu gauche, Nicolas se redressa. Ce faisant, il s'aperçut que les manches de son sweat étaient remontées un peu, découvrant une partie de ses avant-bras. Son coeur s'emballa quand il réajusta ses manches jusqu'aux poignets. Occupé à refermer son carton à dessins, Paco Malloc'h ne semblait pas avoir remarqué l'entrelacs des scarifications. Ouf ! Afin de détourner tout à fait l'attention de son hôte, Nicolas sauta sur le premier sujet qui lui vint à l'esprit.

— J'ignorais que vous étiez aussi un artiste...

— « Artiste » est un bien grand mot. Disons que je me débrouille. Ce ne sont que des esquisses pour de futurs tableaux. Je croyais t'avoir dit que je peignais à mes heures perdues ?

— Excusez-moi, bredouilla le jeune homme. Tout à l'heure, quand vous avez parlé de peinture, je n'imaginais pas du tout ça. Je croyais bêtement que vous refaisiez une chambre.

Paco Malloc'h eut un sourire espiègle à l'adresse de l'adolescent.

— Pourquoi donc? Tu penses que les jardiniers n'ont pas le droit de taquiner les muses? Il y a bien eu pourtant un facteur célèbre…

Rendu mal à l'aise par sa bévue, l'adolescent se perdit dans la contemplation de ses baskets.

Paco Malloc'h le gratifia d'une bourrade amicale.

— Allons! Ça va? Je plaisante. Assieds-toi… Si tu me disais plutôt ce qui me vaut l'honneur de ta visite?

Le jeune homme - privilège de son âge - ne savait pas tergiverser. Tout à trac, il se débarrassa de son fardeau.

— En fait, réussit-il à articuler après avoir dégluti, j'ai besoin que vous me prêtiez 1 000 euros. « Prêter », je précise… renchérit-il. Je me débrouillerai pour vous les rendre avant Noël.

Un silence accueillit cet aveu difficile. Tête baissée, Nicolas sentait pourtant le regard de l'homme posé sur lui. Le jeune homme prit le mutisme de l'adulte pour une fin de non-recevoir. Il se releva et bredouilla:

— Je m'en vais. Je n'aurais pas dû vous demander ce service. Excusez-moi.

Paco Malloc'h le saisit par le bras et l'obligea à se rasseoir.

— Calme-toi, Nicolas. Je n'ai pas dit que je refusais… Seulement, tu dois comprendre ma surprise! Je pourrais t'avancer 2000, voire 3 000 euros. Ou même te les donner. Le problème n'est pas l'argent en soi, mais ce que tu comptes en faire. Réponds-moi franchement. Est-ce que tu te drogues?

La réaction de Jean-Nicolas fut immédiate. Il eut un rictus désabusé et soutint le regard de Paco.

— Vous pensez tous à la même chose. Hein ! Si les jeunes ont besoin de fric, c'est parce qu'ils se shootent !

— Bon, je te crois. Mais alors, pourquoi ne demandes-tu pas cette somme à ton père ? Guirec est un chic type et il t'aime... Tu peux avoir confiance en lui...

Maussade, l'adolescent haussa les épaules.

— Il m'interrogerait aussi sur la raison. Et il m'est impossible de la lui dire...

— Mais pourquoi ? insista Paco.

Le jeune homme s'était attendu à cette résistance. Aussi avait-il peaufiné son laïus.

— Chez moi, ils se nourrissent d'hosties et se lavent à l'eau bénite ! Alors, vous comprenez... Si je leur mentais et leur avouais que la grâce, enfin, m'est tombée dessus et que, pour fortifier ma nouvelle foi, j'envisage un petit week-end sympa à Lourdes, ils me paieraient même les prolongations à Fatima, Compostelle ou autre connerie du genre ! Seulement, la vérité est bien autre !

— Et quelle est-elle cette vérité si dure à formuler ? demanda Paco d'une voix douce.

Avant de répondre, Nicolas mesura ses effets en feuilletant un magazine de télévision qui traînait sur la table basse.

— J'ai fait une bêtise et je dois la réparer, murmura-t-il enfin. J'ai besoin d'argent et je ne voyais que vous ou Simon Arnicol... Mais je ne suis pas certain que Simon ait beaucoup de fric !

Paco Malloc'h sourit devant la franche naïveté de l'adolescent.

— Tandis que moi, rétorqua-t-il de bonne humeur, il est de notoriété publique que je suis la poule aux œufs d'or !

— Non… enfin. Je ne voulais pas dire ça comme ça… s'embrouilla le garçon.

— Il n'y a aucun mal ! Bon ! Donnant-donnant. J'ai besoins de savoir dans quel guêpier je me fourre avant de te prêter cet argent. Alors ? Cette bêtise ?

Les mains jointes, Paco Malloc'h attendait le bon vouloir de son jeune hôte. Telle une grande coquette, Nicolas se faisait désirer. Il croisa mentalement les doigts avant de se lancer :

— J'ai une petite amie, confia-t-il à voix basse. Elle n'a que quinze ans… On a fait des choses… Enfin, vous imaginez… Bref, elle est enceinte et ne veut à aucun prix garder le bébé… Moi non plus, d'ailleurs. Le problème est qu'elle est dotée d'une famille comme la mienne… Pas besoin de vous faire un dessin ! Comme elle est sur la sécu de ses parents, bonjour la discrétion ! Elle s'est arrangée avec une copine qui habite en Suisse. Là-bas, les cliniques privées n'en veulent qu'à vos sous…

— Je vois… répondit Paco, laconique.

Nicolas, plus à l'aise à présent, respecta le temps de réflexion de Paco et s'amusa à lire les gros titres sur la première page de couverture du magazine télé. *« Un nouveau Monsieur Météo à la rentrée prochaine… » « Reconversion triomphale de Carla Bruni. »*

— Comment s'appelle ta copine ? Je la connais ?

— Heu… non. Carla… Elle s'appelle Carla… C'est une touriste.

Puis, l'adolescent se plongea à nouveau dans la lecture afin que Paco ne le vît pas rougir.

— Bon ! soupira l'homme en se levant. Je veux bien t'aider. Je présume que tu préfères du liquide ? Mille euros suffiront ? Tu t'es renseigné ? Moi, je n'y connais rien à ces trucs-là !

— Heu, oui… c'est bon. J'ai aussi quelques économies… Mais promis, hein ! Pas un mot à mon père ! Encore moins à ma belle-mère !

— Non… Je te le promets. C'est notre secret. Juste un détail à régler. Je n'ai pas cette somme ici. Tu passes avec moi à la banque ou je te la donne discrètement chez toi demain ?

— Demain ? On se voit ? répliqua le garçon étonné.

— Eh, bien oui ! Tu as oublié nos rendez-vous hebdomadaires ? Ce sont tes parents qui organisent le barbecue de demain, non ? La semaine prochaine, il aura lieu chez les Messager et, dans quinze jours, c'est au tour de Simon.

Ce rouage si bien huilé dépassait l'entendement du garçon pour qui la fantaisie était le maître mot. Il ne fit cependant aucun commentaire, heureux de s'en être sorti à si bon compte…

— Oui, demain, c'est bien. Merci…

*

Les policiers s'apprêtaient à sonner au domicile de Paco Malloc'h lorsque le portail, équipé d'un système électrique, s'ouvrit, laissant le passage à un bel adolescent. Celui-ci monta sur un scooter garé n'importe comment et, sans même prendre le temps d'attacher son casque, partit en trombe.

Aussi, Quentin Le Gwen et Michel Le Fur se glissèrent-ils par l'ouverture de la grille et s'engagèrent-ils dans le parterre. Maurice Malloc'h avait déjà refermé la porte de la maison. Les deux hommes durent sonner.

— Mazette ! Vise un peu la bicoque ! lâcha Le Fur. Il faudrait que j'amène Colette voir ça !

— Oui, en profitant sans doute de l'une de vos promenades dominicales ! répondit Le Gwen, habitué à l'incivilité de son lieutenant. Tu vois, tu pourrais même pique-niquer sur la pelouse…

L'inspecteur Le Fur n'eut pas le loisir de développer sa façon de concevoir le monde…

Un homme apparut dans l'entrebâillement de la porte.

— Tu as oublié quelque chose… Ah ! Messieurs… Excusez-moi je croyais qu'il s'agissait du fils de mes amis. Que puis-je pour vous ?

Le commissaire Le Gwen, après s'être présenté, demanda à Paco Malloc'h un moment d'entretien. Celui-ci s'exécuta de bonne grâce bien que l'expression de son visage reflétât un certain étonnement.

Le jardinier installa ses visiteurs dans la pièce que venait de quitter le jeune Dubacq et, sans plus ample préambule, interrogea les policiers sur le motif de leur venue.

— Nous aimerions, Monsieur, que vous nous parliez de votre père. De ses goûts… ses habitudes… Ses relations, aussi.

Paco Malloc'h eut l'air stupéfait.

— Mon père ? répéta-t-il… Mais il est mort… Pourquoi la police s'intéresse-t-elle à lui ?

— Pas à lui, corrigea Le Gwen. Mais à son œuvre inachevée.

Et l'officier de police mit cartes sur table, racontant par le menu, les points communs indubitables entre la fiction du manuscrit et la réalité des meurtres perpétrés dans la région. Paco Malloc'h l'écoutait avec une attention proportionnelle à son ahurissement. Tout en parlant, le commissaire pressentit l'inanité de cet entretien. L'homme assis en face de lui n'était pas au courant des projets de son père. Même un comédien hors pair conservait dans le regard une lueur équivoque.

Quentin Le Gwen conclut ses propos en affirmant que Maurice Malloc'h, d'une façon ou d'une autre, connaissait les agissements de l'assassin.

— C'est complètement fou ! commenta Paco. Il doit sûrement y avoir une explication rationnelle à tout cela ! Vous ne connaissiez pas mon père adoptif, Messieurs ! Rien que de l'imaginer jouer les détectives amateurs me paraît absurde !

— Et encore... poursuivit Le Gwen. N'eût été le cadavre découvert dans la matinée, on aurait pu soupçonner votre père des crimes passés.

Paco s'était levé pour chercher des rafraîchissements. Il s'arrêta brusquement comme bouleversé par cette supputation.

— Mais alors ! s'exclama-t-il. Qu'a pu penser cette femme ? Marie Demelle... je veux dire... Oh ! Dieu ! Ce n'est pas possible... Je comprends mieux à présent toutes ses questions au sujet de mon père... Elle a cru que... Oh ! J'ose à peine vous divulguer ses insinuations... C'est tellement grotesque...

— Pas tant que cela, rétorqua Le Gwen. Mettez-vous à sa place ! Ou votre père possédait le don de double-vue ou il était au courant, d'une façon ou d'une autre, des agissements de ce tueur en série.

Paco, sous le coup de l'émotion, s'était rassis, oubliant le jus d'orange proposé. Le teint cireux, il dodelinait de la tête d'un geste mécanique, comme pour mettre de l'ordre dans ses idées.

— À supposer le bien-fondé de votre hypothèse, ajouta-t-il enfin, mon père devait bien connaître le type en question… Or, il ne côtoyait pas grand monde, sinon…

— Sinon ? reprit Michel Le Fur.

— Moi, bien sûr, continua Paco. Je lui rendais visite une fois par semaine. Le mercredi soir. C'était comme un rite.

— Qui voyait-il encore de façon régulière ? demanda Le Gwen d'une voix douce.

— Un ami… Émile Boucher. Un ancien instituteur à la retraite depuis de nombreuses années. Il doit avoir quatre-vingt-deux, peut-être quatre-vingt-trois ans.

— Laissez tomber ! soupira le commissaire. Notre assassin est forcément jeune pour agresser des adultes en pleine possession de leurs moyens. Qui d'autre ?

Paco Malloc'h réfléchissait en se grattant le lobe de l'oreille.

— Son éditeur parisien lui téléphonait régulièrement. Il voulait toujours savoir où il en était de ses travaux. Mais, comme je l'ai déjà dit à Marie Demelle, mon père était muet comme une tombe à ce sujet… Même Émile, son correcteur, ne prenait connaissance de ses manuscrits qu'une fois ceux-ci achevés.

Quentin Le Gwen lorgna sur son coéquipier. Mal à l'aise, celui-ci se tortillait sur son fauteuil, le regard fureteur.

Il avait allumé une cigarette dont la langue de cendre pendait misérablement, sans s'inquiéter au préalable de savoir s'il y avait un cendrier à proximité. Or, de toute évidence, Paco Malloc'h ne fumait pas. Une légère odeur de bougie d'ailleurs, flottait dans la pièce.

Dès que le maître de maison eut tourné les talons, l'inspecteur fit tomber sa cendre sur le tapis persan et, tel un gamin fautif, mit le pied dessus. Distrait par ce manège, le commissaire observa alors le bougre écraser son mégot sur le bouton de métal de sa propre veste puis fourrer l'objet du délit dans sa poche. Or, Paco Malloc'h revenait, un cendrier à la main. Vexé pour son collègue, Quentin Le Gwen tenta de monopoliser l'attention du fils de l'écrivain.

— Donc, si nous nous résumons, votre père vivait en ermite et ne fréquentait que vous-même et son correcteur.

— Oui... à part quelques admirateurs qui lui demandaient parfois des rendez-vous. Certains, surtout des étudiants d'ailleurs, après avoir montré patte blanche, étaient admis à lui rendre visite.

— Sortait-il ? Aimait-il se promener ? insista le commissaire.

— Bien sûr... Ces derniers temps, l'état de son coeur ne lui permettait plus d'effectuer de longues balades comme autrefois. Mais il adorait toujours marcher. C'était même son unique distraction avec les barbecues du samedi entre Perrosiens de souche ou d'adoption.

Quentin Le Gwen se redressa de son fauteuil comme un épagneul à l'affût.

— C'est quoi cette histoire ? Vous ne m'en avez pas parlé ! Qui voyait-il lors de ces réunions ?

Un peu étonné, Paco Malloc'h haussa les épaules.

— Il n'y a pas de quoi fouetter un chat, je vous l'assure. Il s'agit juste de petits dîners amicaux que nous donnons entre amis et voisins à tour de rôle ! Je crois même que Marie Demelle a été conviée samedi dernier. Moi, hélas, je travaillais chez un client à l'autre bout du département. Je n'ai pas pu m'y rendre.

Le commissaire Le Gwen avait sorti un calepin et un crayon de sa poche.

— Pouvez-vous me donner les noms et adresses des habitués de ces barbecues ?

Le policier établit alors une liste de personnes qui ne lui disaient rien mais qu'il mettrait un point d'honneur à analyser par la suite. Guirec Dubacq, attaché culturel et son épouse, Claire, mère au foyer. Antoine Messager, bibliothécaire, et sa femme, Élisabeth, sans profession. Émilie Le Naour, ancienne ouvrière dans une biscuiterie. Simon Arnicol, marin pêcheur. Maurice Malloc'h, écrivain, décédé et son fils Paco, jardinier. Suivirent deux autres couples, les Duchemin et les Mallot que Le Gwen, d'après les explications de Paco, mit entre parenthèses. En effet, ces derniers n'habitaient leur villa que durant les grandes vacances.

Au fur et à mesure qu'il inscrivait ces noms, une idée nouvelle germait dans l'esprit du commissaire. Si ténu fut ce fil d'Ariane, il lui apparaissait néanmoins solide. Un romancier n'invente jamais tout à fait la trame de son récit. Consciemment ou non, il ébauche son histoire avec les scories de la vie réelle. Or, le premier chapitre du manuscrit de Malloc'h avait pour cadre un restaurant où un armateur recevait ses amis. N'était-ce pas ces soirées autour d'un barbecue qui avaient inspiré l'auteur du manuscrit? Et si oui, ne pouvait-on pas penser que l'assassin faisait partie de ce cercle amical? Quentin Le Gwen garda pour lui ces réflexions et, après avoir reposé son calepin, demanda à Paco Malloc'h :

— Demain nous sommes samedi. Chez qui a lieu le barbecue?

— Chez les Dubacq. Pourquoi?

— Je vous serais très reconnaissant si vous pouviez nous faire inviter, le lieutenant Le Fur et moi-même.

— Je pense que cela ne posera pas de problème majeur. Claire est une femme qui aime recevoir! Mais… heu. Dites-moi. Comment devrais-je vous présenter? Je suppose que…

— Non ne supposez rien, monsieur Malloc'h. Nous viendrons habillés comme nous sommes ; c'est-à-dire en commissaire et en lieutenant de police.

Après un instant de silence, le fils de Maurice Malloc'h émit une réserve :

— Vous ne croyez pas que cela va jeter un froid? Tout le monde s'interrogera sur le motif de votre présence!

— Je l'espère, monsieur Malloc'h… À dire vrai, je le souhaite même…

VII

Ce samedi matin, Marie Demelle fut réveillée par la sonnerie du téléphone. Elle avait veillé tard dans la nuit, essayant de trouver diverses trames pour continuer le manuscrit de Maurice Malloc'h. Tout scénario possible lui paraissait sans intérêt, soit qu'il fût trop galvaudé, soit que le travail documentaire, notamment sur le monde de la pêche, lui demandât une bibliographie qu'elle ne possédait pas. Aussi était-elle encore tout engourdie de sommeil lorsqu'elle entendit, à l'autre bout du fil, la voix fraîche de ses enfants. Ils téléphonaient d'une cabine près d'un lac où ils campaient. La traversée s'était bien passée si ce n'est que Valmont avait vomi.

L'Irlande était un pays génial et Bertille avait oublié dans la cabine du bateau son doudou. Puis, il y eut des crachotements suivis de grésillements et la communication fut coupée. Frustrée, Marie attendit un rappel près du combiné. Mais il ne vint pas. La jeune femme pesta alors contre le père de ses enfants et surtout d'ailleurs contre l'Autre qui aurait pu penser à donner à ses petits la monnaie suffisante pour une communication satisfaisante. Elle ragea aussi de ne pas avoir eu la présence d'esprit de demander à Valmont le numéro de la cabine.

C'est ainsi que, dix minutes plus tard, de mauvaise humeur, Marie partit prendre une douche.

Sitôt habillée, les cheveux encore humides, la jeune femme décida de sortir afin de se changer les idées. Tourner en rond en trouvant des prétextes fictifs pour rester près d'un téléphone muet ne lui disait rien qui vaille. Décidée à joindre l'utile à l'agréable, elle résolut de se rendre à la bibliothèque où travaillait Antoine Messager. Peut-être, cet homme charmant l'aiderait-il à trouver des ouvrages intéressants sur le monde de la pêche. La première vague de juillettistes venait de débarquer au pays. Marie eut du mal à trouver une place rue du Maréchal Foch. Si, en passant près de l'Hôtel de Ville, elle aperçut une cohorte d'estivants prendre d'assaut l'office de tourisme, peu de monde, en revanche, hantait la bibliothèque municipale. Deux hommes, de dos, masquaient le bureau derrière lequel devait être assis Antoine Messager. Marie reconnut aussitôt la plus élancée des deux silhouettes et l'interpella :

— Quentin ! Quelle surprise ! Vous êtes revenu ?

— Bonjour, Marie, fit le commissaire Le Gwen en serrant la main de la jeune femme. Je devais vous téléphoner hier, mais je n'en ai pas eu le temps. Je m'installe pour quelques jours ici avec mon lieutenant, l'inspecteur Le Fur.

En saluant ce dernier, Marie réprima une envie de rire tant le petit moustachu ressemblait à Gérard Jugnot.

— Il y a du nouveau ?

D'un froncement de sourcil, le commissaire intima à la jeune femme l'ordre de se taire.

Antoine Messager releva alors le nez de son ordinateur et adressa un sourire timide à l'écrivain.

— Je suis désolé, Monsieur. Mais l'ouvrage que vous me demandez est déjà emprunté.

— Ah… C'est ennuyeux, répondit Quentin. Pouvez-vous me dire quand il sera disponible ?

Le bibliothécaire pianota à nouveau sur son clavier et déclara :

— Ça tombe bien. C'est Guirec qui l'a… Un ami à moi. Je le vois ce soir et je le lui demanderai. Il aurait dû le rendre déjà, il y a quinze jours.

Quentin Le Gwen n'espérait pas soutirer cette information du bibliothécaire à si bon compte. Ravi, il garda ses réflexions pour lui.

— Quel livre recherchez-vous ? interrogea Marie, ingénue.

— *La Fleur des Saints*, d'Omer Enflebert. L'édition est épuisée et on ne le trouve plus dans le commerce. J'ai une nièce, mentit-il, qui vient d'accoucher d'un petit Odon. Elle aurait aimé avoir de plus amples renseignements sur la vie de son saint patron.

— Ta « nièce », ne put s'empêcher d'ajouter Le Fur, narquois, n'avait qu'à pas choisir pour sa larve, un prénom à coucher dehors !

— Rappelle-moi ceux de tes jumeaux, déjà ? lança Quentin avec une hypocrisie consommée.

Tandis que Le Fur bougonnait dans ses moustaches, le commissaire proposa à Marie - une fois ses livres choisis - de les rejoindre sur les quais, dans un sympathique petit café.

Restés seuls, Antoine Messager questionna la jeune femme :

— Vous les connaissez ? Je ne les ai jamais vus dans le coin.

— Le grand, oui, un peu, répondit-elle avec prudence. Je l'ai croisé autrefois.

— Si vous repassez avant midi, bégaya-t-il, j'aimerais bien aussi vous offrir un café… enfin, si vous n'avez rien de mieux à faire…

Marie donna à Antoine une réponse évasive et, ses ouvrages sous le bras, lui fit un signe amical de la main avant de partir.

*

À cette heure-là, *Chez Titine*, quelques consommateurs, gens du cru pour la plupart, refaisaient le monde devant le comptoir. Attablés un peu à l'écart, Quentin Le Gwen griffonnait sur son calepin, tandis que Le Fur bâillait aux corneilles.

— Mais tu as mal dormi, on dirait ! commenta le commissaire sans même relever la tête. Le lit était bon, pourtant !

— Tu sais bien que je suis insomniaque quand je dors seul ! Si t'avais été un patron sympa, on aurait pris la chambre aux lits jumeaux qui restait !

— Arrête de voir tout en double, s'il te plaît. Colette m'a d'ailleurs dit, à ce propos, que tu louchais et que tu avais le hoquet le soir où tu as conçu tes mômes. Et, je t'avouerai que l'expérience ouessantine m'a servi de leçon ! Tu ronfles comme un sonneur et le fumet de tes pieds fait même fuir les acariens du lit. Alors, non merci ! Jamais, plus jamais !

— Dis donc ! s'insurgea Le Fur, James Bond 000 ! J'en ai marre d'être ton bouc émissaire !

— Émissaire, je ne sais pas… Si tu t'intéressais plutôt à ton boulot ! Tu ne veux pas savoir ce que je suis en train de faire ?

— M'en fous ! râla le moustachu. C'est toi le chef après tout ! Moi je suis que le larbin de service ! Et plus je vais, plus je trouve que la coquille Saint-Jacques et moi on a le même parcours ! On me suce, on me savoure et pourtant je partirai en retraite comme un cendrier sur un bureau poussiéreux !

— J'aime quand tu philosophes, mon gros. Ta plus grande qualité est d'être rafraîchissant !

Sur ces entrefaites, Marie Demelle rentra dans le café et se dirigea vers les deux hommes.

— Asseyez-vous, Marie. Content de vous voir. Je vous ai présenté mon bras droit tout à l'heure, il me semble… Marie Demelle… Michel Le Fur, un fin limier, décoré de l'ordre de Saint-Jacques…

Le platon du p'tit zinc n'était pas d'humeur à supporter l'humour pince-sans-rire de son supérieur. Il sortit prendre l'air.

— Qu'est-ce qu'il a ? demanda la jeune femme. Je l'ai dérangé peut-être ?

— Non, aucune crainte. Il a juste mal digéré un certain fruit de mer. Mais je le connais comme si je l'avais fait… Il sera de retour dans cinq minutes. Il ne peut pas se passer de moi… Bon, assez plaisanté. Je voudrais vous montrer la petite liste que j'ai préparée.

Marie prit le calepin que lui tendait le commissaire et lut :

« Les douze apôtres : Simon-Pierre, frère d'André, pêcheur crucifié la tête en bas. André, pêcheur, mort

martyrisé, crucifié bras et jambes écartés. Matthieu, péager, mort martyrisé. Simon, dit le Zélé, sans doute crucifié en Perse, Jacques le Majeur, mis à mort par Hérode, décapité ou crucifié ou passé par le sabre. Jacques le Mineur, martyrisé, sans doute lapidé. Philippe, martyrisé, sans doute crucifié. Thomas ? Barthélémy, mort écorché vif en Arménie. Jude, surnommé, Thaddée, frère de Jacques le Mineur. Judas l'Ishkariot, péager, s'est pendu après avoir vendu le Christ ; Mathias remplace Judas après l'ascension. Jean, le disciple que Jésus aimait, échappe au martyr. Serait mort à Éphèse. »

Marie releva la tête.

— À part Jean… ils sont tous morts martyrisés, commenta-t-elle.

— Probablement. Mais je n'ai encore rien trouvé sur la fin de Thomas et de Jude… Si je vous ai montré cette liste, c'est pour les trois premiers. Observez-les de plus près, Marie. Simon, le père de l'Église a été rebaptisé Pierre, pour ne pas le confondre avec Simon le Zélé.

— Je vois où vous voulez en venir… déclara la jeune femme d'un air grave. L'assassin a commencé à reconstituer son cénacle… C'est bien comme cela qu'on appelle les participants de la Cène, non ?

Le commissaire Le Gwen hocha la tête.

— Depuis le cadavre retrouvé hier dans la vallée des Traoueïro, le doute n'est plus permis. Mathieu Péan a été tué pour la simple et bonne raison qu'il portait ce prénom et qu'il était inspecteur des Impôts, l'équivalent de « péager » à l'époque du Christ.

Michel Le Fur rentra dans le café à ce moment-là et s'assit à nouveau à leur table. Comme si de rien n'était, il se mêla à la conversation.

— Et qu'est-ce que tu fais de la Marie-Madeleine? Y'avait p'têt des *drag queens* en ce temps-là mais sûrement pas des apôtresses!

— Michel a raison, soupira le commissaire à l'adresse de Marie. Je reste persuadé que ce meurtre-là ne colle pas au tableau. Les tueurs en série structurés obéissent à des rites. Pour une raison X, la patronne de *La Flibustière* s'est immiscée dans les affaires de notre gus. Je pense qu'il ne l'avait pas prévue au programme mais qu'il en a profité pour lui faire subir le même sort qu'aux « apôtres ».

— Ou alors, rétorqua l'inspecteur, tu te goures sur toute la ligne. C'est p'têt, un artiste qui veut recréer sa crèche perso! Et si l'on trouve demain sur la grève un mouton assassiné avec la laine du bulbe enfumée, ça n'sera pas pour un méchoui!

— Toi, lui répondit Le Gwen, ça ne pourrait pas te faire de mal que notre « coiffeur » t'allume à cet endroit-là! Il paraît que les cellules grises, en rôtissant, dégagent des étincelles de génie... Allez, mon gros, ce n'est pas tout, mais nous avons rendez-vous avec Walter Trigot. C'est à ton tour d'offrir le pot...

Tandis que le commissaire expliquait à Marie qu'ils se reverraient le soir même au barbecue donné par les Dubacq, Michel Le Fur fouillait ses poches à la recherche de pièces de monnaie. Confus, il interpella son ami:

— Dis donc... si ton portefeuille n'est pas trop constipé, tu peux payer? Le mien, ces temps derniers, a eu une sacrée gastro-entérite! J'suis à sec.

*

Après avoir laissé les deux compères à leurs chamailleries intestines, Marie Demelle, en sortant de *Chez Titine*, décida de faire quelques pas sur le port de plaisance.

Le vent s'était levé, incitant les bateaux, sagement alignés le long des pontons du grand bassin à rêver d'outremer. Les coques, d'un blanc vernissé pour la plupart, ballottées par le clapot, semblaient tirer sur leur longe, tel un troupeau de chèvres attirées par les hautes pâtures. Elles rongeaient leur frein, excitées par la brise saline, le claquement des voiles encore affalées de certaines chanceuses que la main de l'homme allait délivrer, les criailleries des goélands et le cliquetis des haubans. C'était le concert journalier des ports que Marie avait appris à aimer.

La jeune femme traversa la chaussée du Linkin et s'assit sur un banc face au port miniature. À côté de son grand frère, le petit bassin paraissait calme, même si le trafic maritime, anarchique à souhait, y était dense. Un bateau-feu, venant de bâbord, coupait la route à un chalutier, sans vergogne. Les capitaines improvisés se saluaient de la main. Sur une vedette de la SNSM, un grand-père apprenait la navigation à son petit-fils. Chaque mouvement intempestif de l'adulte faisait tanguer un peu l'embarcation. Le garçonnet, roux comme la peau d'une brioche, engoncé dans son gilet de sauvetage, hésitait à partager la joie bon enfant de son aîné. Avec un sourire aigre-doux, il l'incitait à la prudence, supputant la présence de monstres marins qui, chacun le sait, agrippent les pieds roses des tout-petits pour laisser sur leurs mollets des suçons de leurs baisers tentaculaires.

Marie suivit des yeux cet adulte au visage buriné.

De tous, c'était lui qui semblait s'amuser le plus. Les pilotes qui n'avaient pas encore atteint l'âge des deux chiffres, au contraire, farauds, passaient devant elle en affichant un air supérieur.

La jeune femme pensa à ses propres enfants. Elle les avait emmenés là, le surlendemain de leur arrivée à Perros-Guirec. Au début, Valmont avait boudé l'attraction, craignant qu'on ne le prenne pour un bébé. Puis, il s'était laissé convaincre, avait choisi de piloter un ferry tandis que sa sœur montait dans un remorqueur. Et la bataille navale avait commencé, dans un fou rire général.

À l'évocation de ce tendre souvenir, des larmes embuèrent les yeux de cette mère-poule, sevrée de ses poussins.

Se sachant ridicule, elle s'essuyait du revers de la main lorsqu'elle sentit le contact d'une paume sur son épaule. Marie sursauta et se retourna.

— Bonjour ! Désolé de vous avoir effrayée. Mais… ça va ? Valmont et Bertille ne sont pas avec vous ?

C'était la première fois qu'elle le revoyait depuis qu'elle l'avait invité à dîner. Marie se sentit rougir, pesta contre cette faiblesse digne d'une demeurée et rougit donc encore un peu plus.

— Bonjour, Simon… Contente de vous voir. Ça fait un moment…

Elle se reprocha aussitôt sa dernière phrase, d'une niaiserie déconcertante. Trop tard. L'autre se rengorgeait déjà.

— Il ne tenait qu'à vous, Marie, de passer à la maison avec les enfants. Je vous l'ai dit une fois. Inutile de vous envoyer un bristol. Mais cela m'aurait fait plaisir…

— J'étais très occupée et, à vrai dire, je n'y ai même pas pensé, le rembarra-t-elle d'un ton pète-sec.

Le marin ne se départit pas pour autant de sa belle humeur et s'assit à ses côtés.

— Quelle drôle de fille vous faites, Marie ! Affectivement, j'en suis certain, vous n'avez pas la maturité d'une môme de huit ans !

La jeune femme, furieuse et vexée, monta sur ses ergots.

— Mais… qu'est-ce qui vous permet ? De quel droit ? Ce n'est pas parce que vous m'intéressez encore moins que les hommes en général que je suis inapte en ce domaine !

La gifle morale qu'elle venait de lui asséner aurait fait fuir n'importe quel homme normalement constitué. Simon Arnicol se contenta de hocher la tête sans cesser de sourire.

— Je ne voulais pas me mêler de ce qui ne me regarde pas, en effet. Pardon de vous avoir blessée. Je désirais juste vous parler comme un ami l'aurait fait. C'était pour vous… Même si vous n'êtes pas du tout mon type de femme, je vous trouve charmante. Je suis certain que vous pourriez vous épanouir en vivant moins seule. C'est tout…

Ce discours, prononcé sans doute pour remonter le moral de Marie, lui fit curieusement l'effet inverse.

Sans qu'elle pût s'expliquer pourquoi, elle se sentit tout à coup libérée et triste. Radoucie, elle raconta son passé à cet homme attentif, sa rencontre avec le père de ses enfants sur les bancs du lycée, leur vie commune sans l'ombre d'une faille dans la charpente familiale, puis la trahison, l'abandon, le divorce.

Tandis qu'elle parlait, des bribes de phrases prononcées par Simon lui traversaient l'esprit, tels des parasites qu'elle chassait aussitôt mais qui revenaient.

Et puis, pour la première fois, elle se fit l'effet de réciter une leçon apprise depuis bien longtemps. Le pêcheur l'écoutait avec attention.

— Voilà ma vie. Affligeant de banalité, hein ?

Marie crut que le marin, compatissant, allait la détromper et que, d'une formule préfabriquée, il la soutiendrait. Quelle ne fut pas sa surprise quand, après quelques secondes, il déclara, lapidaire :

— Je ne vous le fais pas dire, en effet. C'est une tragédie domestique des plus palpitantes ! Ne vous fâchez pas encore, Marie, mais je suce votre bonbon sirupeux depuis cinq bonnes minutes et j'ai envie de le recracher. Non ! Ne partez pas tout de suite ! Je ne me moque pas de vous. Je voudrais vous résumer votre histoire, telle que je la ressens.

Sans quitter des yeux la jeune femme interloquée, il se leva du banc et arpenta le trottoir.

— Voici donc, dans le premier rôle féminin, une jeune lycéenne ayant pour tout bijou des bagues dentaires. Notre donzelle s'éprend d'un puceau boutonneux et l'idylle commence. Elle va s'étirer comme du chewing-gum pendant quinze ans. Mais la mastication affadit le goût des choses et notre puceau, devenu entre-temps un homme normal, va vouloir chercher des épices hors de la petite maison dans la prairie. Second tableau ! La rivale ! Oh ! Elle ne se présente pas du tout sous les traits de la Mata-Hari convenue qui, quelque part, rassurerait l'ego de notre premier rôle féminin ! Véronique… alias Gérontine, c'est comme cela que vous l'appelez en privé. Non, ne me contredisez pas, votre fille me l'a glissé à l'oreille l'autre jour. Véronique, donc, a quinze ans de plus que notre vieux couple de tourtereaux poussifs, et cela, Marie, vous ne pouvez pas l'accepter! Roméo a choisi une quinquagénaire et, ce faisant, a poussé notre première maman dans les coulisses! Tomber de rideau! Fin de l'acte.

Marie s'était levée, ivre de fureur. Le menton tremblant, elle s'approcha de Simon et lui asséna une claque... Puis d'une voix blanche, elle eut du mal à articuler:

— Vous êtes grossier et méchant! Ne vous avisez plus de m'adresser la parole.

Elle s'enfuit alors sous les yeux médusés des enfants du bassin qui en oublièrent les lois de la navigation.

Simon, tout en frottant sa joue endolorie, la rattrapa par le bras et la força à se retourner.

— Lâchez-moi ou je hurle! hoqueta-t-elle.

— Pas si vite, ma belle... Il manque encore le commentaire du dramaturge. Moi, je n'en ai pas fini avec vous! Vous aviez besoin d'une incision chirurgicale! Votre histoire à l'eau de rose qui tourne en eau de boudin, je suis sûr que vous n'y croyez plus vous-même depuis longtemps! Seulement, vous êtes vexée. Oui, vexée! Ce n'est pas une maladie mortelle, notez bien...

— C'est fini votre film? Lâchez-moi. Vous me faites mal!

Tout se passa alors si vite que Marie n'eut pas le temps de réagir. Le marin lui prit le visage dans ses deux mains calleuses, larges comme des battoirs, et força la jeune femme à l'embrasser. Puis il n'attendit pas son reste et s'en alla, la plantant là sur le trottoir.

— Pauvre con! jura-t-elle en s'essuyant la bouche.

Il avait déjà traversé la route lorsqu'il se retourna une dernière fois. Il mit ses mains en porte-voix et, se souciant des passants hilares comme d'une guigne, il lui hurla:

— À ce soir, Marie! N'oubliez pas le barbecue! Et faites-vous belle pour moi! Le troisième acte est programmé. On ne rencontre pas que des chamallows dans la vie!

— C'est ça! murmura-t-elle entre ses dents. Compte dessus et bois de l'eau, sale type!

*

Au commissariat de Lannion, Walter Trigot s'entretenait avec son homologue brestois et finissait de relater sa visite à la veuve de Mathieu Péan.

— Voilà, Messieurs, tout ce que j'ai pu apprendre. C'est-à-dire rien! Mari sinon modèle, du moins honnête… bon père de famille et jeune grand-père dynamique. Du nanan sans doute pour les œuvres charitables mais pas pour nous.

— Il devait tout de même avoir un vice caché, ce bon apôtre, commenta Michel Le Fur, pour faire croire à sa femme qu'il était en réunion à Rennes alors qu'il faisait un jogging dans un trou paumé à cinquante kilomètres de chez lui!

— Merci pour le trou paumé mais, à part cela, oui, vous avez sûrement raison. J'ai évoqué devant ses collègues de bureau que j'ai également vus, l'éventualité d'une liaison extraconjugale, mais ils m'ont presque ri au nez, m'affirmant qu'il n'avait jamais reluqué les jambes de la stagiaire, pourtant, paraît-il, fort appétissantes.

— Et le galbe fessier du jeune inspecteur de service ? demanda Quentin.

Le commissaire Trigot le regarda par-dessus ses lunettes en oublia même de mastiquer.

— Hein ? Qu'est-ce que vous me chantez là ? Le pire défaut que Quentin trouvait chez certains de ses confrères était leur manque d'imagination.

D'après les dires de sa femme, vous nous avez affirmé que Mathieu Péan n'était en rien sportif. Elle ignorait même qu'il possédait un jogging. Comme ce vêtement était neuf, vous vous êtes donc rendu dans les boutiques à côté de chez lui et vous avez retrouvé la commerçante qui lui a vendu, il y a trois jours, ce survêtement. Et d'un ! Et de deux : cet homme n'a jamais manifesté dans son entourage l'intention de maigrir ou de faire un régime. Pourtant, il ment pour, somme toute, un plaisir innocent. Et de trois, comme notre homme n'est pas complètement débile et qu'il ne regarde pas les femmes, nous sommes en droit de penser qu'il courait après un éphèbe !

— Un pédé, vous voulez dire ? fit-il du bout des lèvres.

— Oui, s'amusa Quentin. Vous savez, il y en a sûrement autant aux impôts que dans la police…

— Pas chez moi, en tout cas ! coupa Walter Trigot, acerbe. Bon… admettons que j'ai péché par trop de naïveté. Je vais remettre deux de mes hommes sur ce coup-là.

— Et que dit le morticulteur syndiqué ? demanda Le Fur.

— Heu… le médecin légiste, traduisit son patron.

— Il faut attendre encore le résultat de certains examens. Quoi qu'il en soit, Mathieu Péan est bien mort par strangulation. Je vous passe les détails techniques mais, d'après le toubib, l'empreinte des doigts sur le cou montre que notre homme était allongé quand il a été attaqué et que son agresseur était probablement à cheval sur lui.

— En effet, ironisa Le Gwen. Quoi de plus naturel comme posture !

— A-t-il eu le droit à une petite gâterie avant d'éteindre son gaz ? crut bon d'ajouter Le Fur. Je ne sais pas moi… une fessée, par exemple ?

Agacé par la désinvolture du lieutenant, le commissaire Trigot haussa les épaules et se tourna résolument vers Le Gwen en activant encore davantage le travail de ses mâchoires dans leur rumination américaine. Vaguement écœuré, le commissaire brestois poussa au crime et lui proposa une cigarette de son propre paquet. Trigot repoussa de son bras tendu la tentation dans un *vade retro gitanas* éloquent, puis lui fit remarquer le faire-part de deuil sur l'emballage.

— *Morituri te saluant*, ne put alors s'empêcher de glisser Le Gwen en interprétant à sa manière le geste de son alter ego.

Mais Walter Trigot, qui n'était pas au fond un mauvais bougre, cracha dans le cendrier son chewing-gum. Le Gwen put alors respirer à l'aise…

— Vous avez l'air de penser tous les deux que l'assassin agit, sous le coup de pulsions sexuelles. Mais ni Mathieu Péan ni Marie-Madeleine Moreau n'ont eu de rapport de cet ordre avant de mourir !

— Non ! corrigea Le Gwen. Nous ne nous mettons pas dans la peau du tueur mais dans celle ses victimes ! Peu importe pour le moment la libido du « coiffeur » ! Cependant, pour attirer l'inspecteur des Impôts ici, je suppose qu'il a dû user de ce subterfuge ! Quant à la patronne de *La Flibustière*, on peut supposer qu'un automobiliste la suivait ou qu'elle-même a pris un passager. Vous avez remonté la piste à partir du parking du supermarché où elle faisait ses courses, je suppose ?

— Pour qui me prenez-vous ? fulmina Walter Trigot. Vous vous croyez plus malin dans le Finistère ? Évidemment que oui… À l'époque, un témoin qui connaissait vaguement madame Moreau l'a aperçue ce jour-là, en train de bavarder avec une vieille femme sur le parking. Puis ce témoin s'est empressé de regagner sa voiture. Il faisait très froid. C'est tout. Il a juste eu l'impression que la vieille râlait après quelqu'un.

— Ouais, commenta Le Fur. Pas probant tout ça. Nous ne recherchons pas un soixante-dix huit tours qui vient de chanter Ramona !

Le commissaire Trigot leva les yeux au plafond et émit un soupir excédé. Puis il fixa son cendrier, l'air morne. Crise de manque d'un chewing-gumeur invétéré, pensa Le Fur.

D'ailleurs, au bout de quelques secondes, le pauvre intoxiqué n'y tint plus. Il sortit de la poche de son veston un paquet et mit deux gommes dans sa bouche.

Poli, Michel Le Fur lui tendit alors son briquet allumé. En se penchant vers l'objet, l'étourdi faillit se brûler.

L'inspecteur, arguant la force de l'habitude, se confondit en excuses.

Pour tenter de faire voler les oiseaux un peu plus haut dans ce ciel lourd, le commissaire Le Gwen confia à son vis-à-vis ses projets immédiats. Il se rendrait à la soirée donnée chez les Dubacq.

Les renseignements glanés çà et là au sujet de Maurice Malloc'h s'accordaient tous à dire que l'écrivain vivait comme un ours.

D'un naturel porté à la misanthropie, il recevait peu et sortait encore moins, exception faite pour ces barbecues rituels.

S'il avait remarqué un comportement déviant chez quelqu'un, su ou deviné un secret terrible qui le pousserait ensuite à écrire, ce pouvait être au cours de l'un de ces dîners.

— C'est tout ce que vous avez trouvé? mastiqua Trigot soudain revigoré. Enfin! Vous n'avez pas tout perdu! J'ai eu l'occasion de dîner chez les Dubacq. Des gens charmants... Et Claire est une cuisinière hors pair!

— C'est bien pour cette raison que nous y allons... déclara le commissaire brestois, avec humeur.

*

Marie Demelle avait passé une partie de l'après-midi allongée sur son lit, à sangloter... C'était la première fois depuis plus d'un an et demi qu'elle pleurait. Même quand son mari lui avait annoncé qu'il la quittait pour la femme de sa vie, elle avait gardé les yeux secs, fontaine tarie. Ce sont les gens heureux qui pleurent souvent. Quand les parois de l'âme sont lézardées, les larmes coulent à l'intérieur et creusent un puits d'ombre où les humeurs croupissent. Cet épanchement organique avait conduit Marie sur les berges de l'apaisement où elle s'était endormie.

Elle se réveilla en sursaut vers 19 heures. Le chat Pépère lui léchait les joues de sa langue râpeuse. La turbine à ronrons se mit en route et Marie se blottit contre la fourrure soyeuse de l'animal.

— Tu as faim, mon bébé... Maman va se lever...

Elle repensa tout à coup à Simon Arnicol. S'il l'entendait parler ainsi à son chat, il se rengorgerait ! Son pouls battit un peu plus fort, comme un écho à sa colère. Ce malotru l'avait humiliée, confinée dans un rôle de mère mièvre où elle n'était que la spectatrice de sa propre vie. Il allait voir ! se dit-elle en se redressant.

Comme elle passait devant l'armoire à glace pour se rendre dans la salle de bains, elle s'arrêta, effrayée par son image.

— Non, il ne verra rien du tout... Avec les escalopes que j'ai sous les yeux, je n'irai sûrement pas à cette foutue soirée ! Je vais mettre mes charentaises, prendre mon tricot et m'installer face à la télévision devant un bouillon de pot-au-feu. Et, si je le digère bien, je me préparerai peut-être ensuite un pissemémé ! Qu'en dis-tu Pépère ?

Pour conforter sa décision de rester chez elle, la jeune femme inspecta sa garde-robe d'un œil gonflé mais encore critique. De toute façon, elle n'avait rien à se mettre... pour la simple et bonne raison qu'elle ne s'achetait rien. Habiller les enfants d'abord avait toujours été sa priorité. Comme toutes les mères d'ailleurs !

Elle sortit de l'armoire un cintre où pendait un tissu souple d'un rouge coquelicot. Elle se souvenait encore du jour où, flânant dans les rues de Paris avec son mari, cette robe en solde avait attiré son regard.

Jacques l'avait presque poussée dans la boutique. Depuis, elle n'avait guère eu l'occasion de la porter.

Marie déposa le vêtement sur le lit et recula un peu pour juger de son effet. Qu'est-ce qui l'avait pris ce jour-là ? Fendue sur les côtés, cette robe-fourreau lui paraissait à présent provocante. La couleur, criarde… Et, depuis le temps, l'élégante Claire Dubacq la jugerait certainement démodée. Elle n'avait aucune envie de prêter encore le flanc aux railleries faciles. Cela suffisait pour la journée !

Marie rangea la robe, referma l'armoire et les portes de son coeur… « Faites-vous belle pour moi ce soir… » lui avait-il lancé pour se moquer d'elle. De cela, elle n'était pas dupe… Peu de temps auparavant, il venait de lui dire qu'elle n'était pas du tout son genre de femme.

— Et alors ! lança-t-elle aux murs pour entendre le son d'une voix. Qu'est-ce que cela peut te faire, ma pauvre fille ? Le genre de qui tu as été d'abord ? De personne ! Même pas de toi-même. C'est dire !

Première chose : retrouver un peu de sa propre estime ! Forte de cette résolution, Marie passa dans la cuisine, sortit du réfrigérateur un concombre et en découpa quelques rondelles. Vieille recette pour décongestionner les yeux.

Puis elle se détendit quelques minutes dans un fauteuil, le visage masqué sous cette salade printanière…

Le résultat fut presque convaincant. Devant la glace de la salle de bains, elle passa un examen sans concession même si elle était à la fois membre du jury et candidate ! Ses cheveux châtains, coupés au carré, encadraient un visage à l'ovale correct. Elle s'accorda un point pour cela. Et si elle s'amusait à essayer de se maquiller comme une star ?

De toute manière, à part elle, personne ne verrait le résultat ! Elle dénicha sa vieille palette de couleurs, tenta un gris sur la paupière droite et un marron cuivré sur l'autre. Le bleu pervenche de son œil gauche ressortait beaucoup mieux. Elle démaquilla donc son premier essai et passa à l'étape suivante. Du rimmel qui allongerait les cils et un trait de crayon pour un regard appuyé. Pas trop moche… La bouche, maintenant. Admettons qu'elle se soit rendue à cette soirée dans sa robe coquelicot… Il aurait fallu un rouge à lèvres assorti… Elle fouilla parmi ses tubes et en trouva un qui aurait pu convenir.

Cinq minutes plus tard, la jeune femme passait devant son miroir, l'oral de rattrapage.

— Pas mal, ma fille… Je t'accorde quatorze sur vingt. Tu n'as jamais été aussi jolie, sauf quand tu étais heureuse…

Peut-être pourrait-elle juste passer sa robe pour juger de l'aspect final ?

Comme elle examinait les courbes de son corps galbé dans le fourreau rouge, elle se demanda si son ex-mari la trouverait ainsi à son goût. Curieusement, elle ne put trouver de réponse. L'image mentale de Simon Arnicol, aussi désagréable fût-elle, chassait celle de Jacques, comme d'insupportables interférences dans une émission qu'elle aurait aimé regarder.

Furieuse contre elle-même, elle prit une cigarette et essaya de se concentrer encore sur le visage du seul homme de sa vie. Sa mémoire lui rendit une photographie aussi fade que floue.

— Ce sale type ! Il arrive même à gâcher mes souvenirs !

Elle décida alors de se démaquiller et d'ôter cette robe ridicule…

*

Antoine Messager se gara dans la rue en face de sa maison pavillonnaire. Il disposait d'une bonne demi-heure devant lui pour se rendre chez les Dubacq où se trouvait déjà Élisabeth. Évidemment, avant que Claire Dubacq n'ait eu le temps d'appeler à l'aide, sa femme, en soldat zélé de l'impératrice, prévenait ses désirs et accourait.

Le bibliothécaire profiterait de ce moment pour se changer et rechercher ce fichu catalogue. Antoine Messager était un homme ordonné et détestait donc égarer ses affaires. Or, il se voyait encore déposer le catalogue sur la commode de la salle à manger. Élisabeth était certaine de ne pas l'avoir jeté. Elle l'avait rangé quelque part mais ne se souvenait plus de l'endroit. Il avait suffisamment remis à plus tard sa commande de livres et ne voulait plus attendre.

Tout en nouant sa cravate, il arpenta la chambre et inspecta du regard les endroits possibles. Les tables de nuit dépoussiérées de frais n'offraient que les livres de chevet habituels. Rien, non plus, dans les tiroirs du meuble. C'était pourtant la seule pièce de la maison qu'il n'eût pas encore fouillée de fond en comble.

Soudain, il pensa au placard encastré du corridor. Il ne contenait que d'anciennes revues d'actualités qu'il se promettait un jour d'archiver, ainsi que diverses bricoles dont on ne se servait guère.

Élisabeth, peu soucieuse de son travail, aurait-elle relégué là ce fascicule sans importance pour elle ?

Il regarda sa montre. Il avait encore un quart d'heure pour jeter un œil à ce placard. Antoine Messager n'aimait ni arriver en retard ni être en avance. À dire vrai, il ne supportait pas l'idée de se faire remarquer.

Comme il n'aurait pas une vue plongeante sur la dernière étagère, Antoine partit chercher un tabouret à la cuisine.

Au bas du placard étaient relégués les valises, les sacs à dos, les raquettes de tennis et la bombe de cavalière d'Élisabeth. Par acquit de conscience, il ouvrit les bagages. Vides, évidemment. La bombe roula à ses pieds. Il la remit en place. Élisabeth avait ainsi des lubies sportives mais n'allait jamais au bout de ses engagements. En fait, lorsque Claire Dubacq avait eu sa période tennis, Élisabeth ne jurait plus que par ce sport. Idem pour le cheval ! Les conflits dans leur couple s'étaient multipliés le jour où, quatre ans auparavant, Claire avait décidé de s'intéresser au passe-temps favori de son mari : le golf. Là, Antoine avait dû faire montre d'autorité et expliquer à Élisabeth qu'il n'avait pas les moyens financiers de la laisser pratiquer ce loisir onéreux même avec la meilleure volonté du monde… .

C'est à partir de ce moment-là que la relation de leur couple s'était vraiment dégradée. Sa femme s'était mise à verbaliser ses griefs longtemps ressassés et à le traiter de minable.

Antoine Messager inspecta ensuite les deux étagères médianes sans beaucoup d'espoir. Du moins, son sens de l'ordre lui faisait gagner du temps. Les *Paris-Match* étaient ficelés par paquets, classés selon les années.

Sa femme lui avait concédé le droit de ne garder que les revues où étaient consignés les grands événements mondiaux. Et dans ce domaine non plus, ils n'avaient pas le même avis sur l'importance à donner à l'actualité.

Quoi qu'il en fût, si sa brochure s'était trouvée là, il l'aurait vue presqu'aussitôt.

Le bibliothécaire se hissa donc sur le tabouret et entama son ultime recherche. Ici, il devait bien se l'avouer, c'était plutôt le fouillis.

Un carton rond, volumineux, contenant le chapeau qu'Élisabeth avait porté le jour où son amie de lycée l'avait choisie comme témoin à son mariage.

Comment s'appelait cette fille, déjà ? Très gentille, au demeurant… Elle téléphonait souvent autrefois… Mais Élisabeth l'avait laissé choir le jour où elle avait rencontré Claire.

Quel bric-à-brac invraisemblable ! Encore des revues… Un petit tableau que la mère d'Antoine leur avait offert pour un anniversaire quelconque et qu'Élisabeth n'avait jamais voulu accrocher au mur. Soudain ému par ce souvenir, Antoine désira revoir cette toile, certes d'un piètre intérêt pictural, mais qui, à présent que sa mère allait mourir, revêtait à ses yeux un autre sens.

En tentant de dégager la peinture, le cadre entraîna le carton à chapeau. Antoine reçut l'objet déstabilisé sur la tête, essaya de le retenir dans sa chute. En vain. La boîte ronde gisait à terre, ouverte.

Antoine descendit de son perchoir pour le ramasser. Le malheureux couvre-chef était sorti de sa longue pénitence mais ne paraissait pas avoir subi de dommages… Comme il l'emballait à nouveau dans son papier de soie, Antoine aperçut une feuille jaunie. Elle s'était sans doute malencontreusement glissée entre le film de protection et le carton.

Antoine prit la feuille et lut l'en-tête.

Il s'agissait d'un rapport de laboratoire d'analyses médicales vieux de treize ans et concernant Élisabeth. Le bibliothécaire allait le ranger dans le salon avec les autres papiers médicaux, quand, pris d'une curiosité soudaine, il s'arrêta et parcourut le rapport des yeux.

Antoine crut recevoir un coup de poing au plexus. Livide, il tenta de remettre un sens sur les mots qui dansaient sur la feuille tremblante comme des saltimbanques. Il dut s'y reprendre à trois fois. Avait-il bien compris ? Quand le doute ne fut plus permis, il se laissa glisser le long du mur, anéanti.

Le regard humide, oscillant entre les larmes et un rire nerveux, il hoqueta, encore incrédule, des mots qu'il n'avait jamais prononcés :

— La garce ! La salope ! Mais c'est monstrueux !

*

Dissimulée derrière son bosquet de pins, la propriété des Dubacq jouissait d'une immense terrasse qui surplombait, au loin, la mer. Près de la porte-fenêtre, la maîtresse de maison avait disposé une desserte nappée de blanc. D'autres tables de teck attendaient les invités. Certains, dont Paco Malloc'h accompagné du commissaire Le Gwen et de l'inspecteur Le Fur, étaient déjà arrivés. Certes, le fils de l'écrivain avait prévenu son hôte du désir formulé par Quentin de se joindre au cercle habituel, mais le commissaire brestois remarqua la gêne polie de Guirec Dubacq lors des présentations.

Quentin Le Gwen n'avait pas encore entrevu la maîtresse des lieux. Un incident hautement diplomatique, relaté par son mari, l'avait obligée à s'éclipser. Claire et l'une de ses relations, venue pour l'aider, étaient parties se changer une fois les préparatifs achevés.

Quand elle et la femme en question, une certaine Élisabeth, s'étaient retrouvées à nouveau sur la terrasse, l'épouse de Guirec s'était aperçue la première que les deux femmes portaient la même robe ! Certes, elles se différenciaient un peu par le coloris, mais Claire, qui avait pourtant acheté son vêtement dans une boutique de Londres, n'avait pas supporté cette gémellité et, sans mot dire, avait regagné sa chambre pour se changer une nouvelle fois.

La fautive de ce manque de tact se tenait à présent sur la terrasse, l'air penaud.

Amusé, Quentin l'observait du coin de l'œil. Porté sur elle, l'objet du litige, à la coupe pourtant savante, n'avait aucune allure. Le commissaire conçut pour cette inconnue une vague pitié. Elle scrutait avec une sorte de désespoir plein d'envie la porte par où s'était dérobée, dans tous les sens du terme, Claire Dubacq. Le commissaire, passant du coq à l'âne, pensa à la chèvre de monsieur Seguin, tirant sur sa longe et qui observait, mélancolique dans son enclos, les hauts et fabuleux pâturages.

Guirec servit l'apéritif aux premiers conviés… neuf personnes pour l'heure. Une jeune femme, d'une beauté remarquable, éclipsait les autres. Très grande, elle captait tous les regards masculins. Bouche bée, l'inspecteur Le Fur, qui aurait voulu partager le cruel destin des mantes mâles, s'approcha de son supérieur.

— Tu sais qui c'est ? réussit-il à articuler.

— Elle s'appelle Laurence Manet-Devoz. Une toute jeune retraitée du mannequinat.

— C'est dingue ! soupira le gros bourdon. Depuis des mois, les cris des jumeaux, la fatigue, le stress, le boulot… bref… mon horloge interne s'est arrêtée à 6h30. Je la vois et hop ! V'là Popol qui sonne l'angélus !

— Poète, va ! Je te conseille d'aller lui demander l'heure exacte… Je suis certain qu'elle sera ravie de te renseigner ! Tu pourras ainsi régler tes pendules !

— Tu crois ? demande Le Fur, plein d'espoir.

— Pourquoi pas… Tous les goûts sont dans la nature… Avec un brin de chance elle milite pour « Nos amies les bêtes » ! Et puis d'ailleurs, Colette m'a chargé de ne te surveiller qu'à table !

L'évocation de sa femme fit reculer l'inspecteur d'au moins trois fuseaux horaires…

— Tu es dur avec moi ! gémit-il.

— Dieu m'en préserve !

Guirec Dubacq interrompit leur conversation intime en offrant à chacun des policiers un verre de sangria. Visiblement intrigué par la véritable raison de leur présence en ces lieux, il chercha à débusquer le renard.

— Je connais un peu le commissaire Walter Trigot. Vous êtes de ses amis peut-être ?

— Non, pas vraiment, répondit Quentin. Mais nous travaillons sur la même affaire.

— Ah, bon ? Paco, en effet, m'a vaguement parlé d'une enquête mais il n'a pas été très explicite.

Le commissaire Le Gwen, sans divulguer toutefois certains détails, résuma brièvement ce que les quotidiens avaient en fait publié le matin même. « L'affaire du Coiffeur », baptisée ainsi par un journaliste, ne semblait pas alarmer outre mesure la population perrosienne plus occupée à accueillir ses estivants. La découverte du corps de Mathieu Péan suscitait plus l'indignation qu'une véritable émotion. Ce n'était pas un fils du pays et les journalistes, faute d'informations de la police, n'avaient pas fait le lien avec les autres morts de la région. Ainsi, l'expression de « *serial killer* » n'avait-elle pas été évoquée.

— Vous pensez, commenta Guirec Dubacq, que ce pauvre inspecteur des Impôts a été assassiné par un Perrosien ?

— Nous n'avons pour l'instant aucune piste tangible.

Tout en parlant, Quentin observait un manège sur la terrasse. Le beau jeune homme que le commissaire avait aperçu la veille chez Paco Malloc'h venait de sortir de la maison et tentait de capter l'attention du fils de l'écrivain en conversation avec une femme d'un certain âge. Puis, Paco aperçut l'adolescent et le suivit à l'autre bout de la terrasse. Le jardinier, de façon naturelle, sortit alors une enveloppe qu'il s'empressa de fourrer dans sa poche. Sur les lèvres du jeune homme, Quentin put lire un « merci beaucoup ». « Qu'est-ce que c'est ce trafic ? » songea le commissaire. « De la drogue ? De l'argent ? »

Les derniers invités venaient d'arriver, accueillis cette fois par la maîtresse de maison. Claire Dubacq, dans son pantalon blanc au tissu vaporeux, avait beaucoup de chic. Ses cheveux blonds, retenus en chignon, lui donnaient un port de danseuse classique. Un collier de perles soulignait la grâce de son cou. Quentin admirait son profil de médaille, mais quand la jeune femme se retourna vers lui, un détail, aux yeux du commissaire, choqua l'harmonie de l'ensemble : la dureté de ses traits.

Elle regarda subrepticement l'heure à sa montre-bracelet et sembla impatiente. Mimant un sourire à ses invités, elle recula jusqu'à la desserte, se saisit d'un téléphone portable et composa un numéro d'un doigt nerveux. Il était manifeste que son interlocuteur prenait un savon maison.

Ce coup de fil souligna à Quentin une absence. Où diable était passée Marie Demelle ? Elle aurait dû être déjà là... À l'instar de Claire Dubacq, le commissaire composa le numéro de la jeune femme sur son portable. Au bout de quelques secondes un répondeur se déclencha. Marie n'était pas chez elle. Sans doute n'allait-elle plus tarder...

Lorsqu'il la vit apparaître, moulée dans un fourreau rouge, Quentin eut pour elle un sourire attendri. Elle avait l'air d'une petite fille qui aurait troqué son jean contre la robe style « femme fatale » de sa mère. Il la trouva ravissante et le lui dit. Elle était suivie du bibliothécaire qu'il avait aperçu tantôt. Pâle, les traits tirés, celui-ci semblait perdu dans ses pensées. Pourtant, lorsque Marie s'adressa à lui, il sortit de sa léthargie et lui répondit en lui accordant toute son attention. Fine mouche, le commissaire se demanda si, entre ces deux-là, il n'y avait pas anguille sous roche. Pourtant, Marie Demelle paraissait chercher quelqu'un des yeux. Son regard s'arrêta un instant sur un homme brun attablé auprès du mannequin qui riait aux éclats en l'écoutant. Très vite, elle détourna les yeux du couple.

Élisabeth Messager rejoignit le petit groupe. Elle vint se placer près de son mari mais Quentin remarqua aussitôt le mouvement de recul, pourtant discret, de celui-ci. La femme du bibliothécaire arborait un air aussi lugubre que son époux. Elle faisait mine de participer aux banalités échangées mais ne s'intéressait qu'aux va-et-vient de la maîtresse de maison. Depuis l'incident de la robe, il était clair que cette dernière boudait le premier membre de son fan-club.

Chagrinée, Élisabeth ne comprenait pas l'attitude de son amie et se triturait l'esprit afin de se retrouver en odeur de sainteté. Quel péché capital avait-elle commis, après tout ? Certes, elle n'avait pas dévoilé son plan lorsque, quinze jours auparavant, Claire lui avait montré la robe qu'elle comptait porter ce soir. Élisabeth désirait seulement lui faire une surprise, lui prouver son attachement sans borne, son admiration… lui démontrer qu'elles étaient comme des sœurs ! Elle s'était donné assez de mal pour cela ! Courir les magasins de tissus, trouver une couturière compétente et, le plus difficile, dessiner un patron de mémoire ! Le regard méprisant de Claire l'avait glacée. Même cet après-midi, quand Élisabeth était venue garder les enfants après être passée chez le coiffeur, Claire ne l'avait pas complimentée sur sa nouvelle teinture ni sur son chignon…

— Élisabeth ! Vous venez vous asseoir avec nous ? La voix de Marie Demelle tira la femme de sa torpeur.

Des deux immenses barbecues s'exhalait une fumée odorante. Pourtant personne n'avait encore disposé les brochettes sur les grilles même si les braises incandescentes demandaient leur tribut.

L'ordonnance de la soirée devait être troublée par un quelconque contretemps mais nul n'aurait su dire lequel. Afin de faire patienter ses convives, Guirec Dubacq resservit la sangria. Lorsque la sonnette de la porte de service tinta, Claire Dubacq courut presque de l'autre côté de la maison, affichant un air à la fois furieux et soulagé. Quelques minutes plus tard, le trublion de ce désordre mondain fit son apparition.

Quentin Le Gwen ne s'attendait pas du tout à revoir si vite, et dans cette maison, Geneviève Lagatu, la nouvelle patronne de *La Flibustière*, traiteur à ses heures perdues. C'était d'ailleurs sa seconde fonction qui l'amenait ici. Elle portait sur chaque main un plateau de canapés. Se doutant qu'il lui faudrait parcourir plusieurs allers-retours, Quentin Le Gwen s'approcha d'elle et lui proposa son aide.

— Ah ! Vous êtes là ! Contente de voir une figure réjouie ! Un petit coup de main, c'est pas de refus !

Puis, comme il suivait la femme au rythme d'un adjudant-chef en campagne, celle-ci tourna la tête vers lui.

— Je ne suis pas sûre que votre petite sauterie se terminera en franche rigolade ! Je n'avais eu votre hôtesse qu'au téléphone. Mais là ! Le sandwich au museau ! Tout ça pour une demi-heure de retard !

Du coffre ouvert de son break, Geneviève Lagatu sortit un troisième plateau qu'elle tendit sans façon au policier. Elle-même se chargea des deux derniers.

Quand ils revinrent sur la terrasse, tous les invités, agglutinés près de la desserte, avaient déjà pillé les premiers plats, illustrant ainsi le vieil adage qu'il y a autant de poux sur la tête d'un chauve que de gens civilisés autour d'un buffet !

— Au moins ça fait plaisir ! sourit Geneviève à l'adresse de Quentin.

Puis, saluant à la ronde quelques connaissances, elle ajouta :

— Bon, c'est pas tout, mais faut que je me sauve pour ouvrir mon bistrot ! C'est samedi soir ! En espérant que j'aurai du monde... Je vous laisse. Finalement vous êtes en bonne compagnie. Le Saint-Esprit veille sur vous ! fit-elle avec un clin d'œil qu'elle voulait rendre coquin.

Dès que Geneviève Lagatu eut tourné les talons, Claire Dubacq, tendit au commissaire une assiette de canapés.

— Tenez ! Avant qu'il n'en reste plus... Cette femme est odieusement vulgaire mais elle a un don certain pour associer les saveurs. Auparavant, elle faisait partie des meilleurs traiteurs de la région. Quelle idée lui a pris de plier boutique pour cet infâme bouge ! Et encore... À côté de sa cousine, c'est Bernadette Soubirous !

Les jeunes enfants de Claire Dubacq avaient suivi à la lettre la leçon de savoir-vivre inculquée par leur mère : « On ne touche pas aux canapés ! On les laisse aux grandes personnes ! »

Or, la petite Camille avait une faim de louveteau. La politesse nourrit peut-être son homme, mais sûrement pas sa fillette.

Ne se sentant plus observée par l'œil impérieux de sa mère, Camille coupa elle-même une tranche de pain et voulut la faire griller sur le barbecue.

Un hurlement de douleur accompagna son geste. Paco Malloc'h et Émilie Le Naour, proches de l'enfant, furent les premiers à réagir.

— Ce n'est pas très grave ! rassura la voisine de Marie à haute voix.

Paco Malloc'h, quant à lui, s'adressa à la fillette éplorée :

— Montre ton poignet, Camille... Tu verras, ce ne sera rien. Juste une toute petite brûlure. Ne t'inquiète pas, le feu purifie tout.

— Du beurre ! Vite, du beurre ! hurla alors Élisabeth Messager, trouvant dans cet incident inespéré l'occasion de se rendre utile et, par là même, de se racheter de sa bourde. Ses cris ravivèrent ceux de l'enfant qui crut sa blessure plus effroyable qu'on avait bien voulu le lui dire. Finalement, Guirec emporta sa fille dans les bras et l'emmena à la maison.

Les brochettes étaient cuites et l'on passa enfin à table. Les places n'étant pas attribuées, chacun s'assit comme il le voulait. Marie remarqua, avec un peu de dépit, que ce mufle de Simon Arnicol s'était installé de l'autre côté et avait gardé place libre pour la somptueuse Laurence Manet-Devoz, ravie de cette attention. D'ailleurs, l'ancien mannequin n'était entouré que d'hommes. Aucune autre femme, songea Marie, n'aimerait jouer le rôle de faire-valoir auprès de la femelle dominante ! La nature humaine n'est que la copie policée du monde animal...

— Je peux ?

— Heu... non, désolée, bégaya Marie, prise de court. C'est la place d'Antoine Messager. Il est parti chercher de la moutarde et il revient.

La jeune femme n'était pas très fière d'elle mais aurait supporté encore moins l'idée de dîner à côté de cette larve gluante. L'image manquait certes de charité, mais c'est ainsi qu'elle voyait désormais le jeune Jean-Yves Le Naour depuis qu'il s'était promu son blanchisseur attitré.

Mais il insistait et, ce faisant, son regard délavé coulait sur le décolleté de Marie. Il suça sa phrase comme un bonbon.

— Cela m'étonnerait… Sa femme lui a demandé de lui garder deux places.

— Tu dois faire erreur ! répliqua Marie avec humeur. D'ailleurs le voilà ! ajouta-t-elle en agrippant le bras du bibliothécaire qui passait à point nommé derrière elle. Antoine, vous venez vous asseoir ?

— Jean-Yves. Viens ici ! ordonna alors la mère de l'adolescent qui surveillait depuis un moment son manège. On ne s'impose pas quand on ne veut pas de vous ! ajouta-t-elle, cette fois, à l'adresse de Marie.

L'écrivain rougit sous l'acerbité de la remarque mais refusa néanmoins de se dédire. Elle se tut.

C'est ainsi que Marie dîna, entourée de Quentin Le Gwen et d'Antoine Messager, visiblement ravi. Elle voulut pourtant se justifier auprès de ce dernier.

— Votre femme désirait peut-être se placer auprès de vous ? Je suis désolée… mais si vous pouviez rester là ne serait-ce que cinq minutes… Je n'arrive pas à supporter ce garçon ! Le temps qu'il s'installe auprès de sa mère…

— J'espère avoir le droit de rester avec vous plus de cinq minutes ! répondit-il, souriant. Votre avis sur ce jeune homme ne m'étonne pas… Je ne lui confierais pas ma fille si j'avais la chance d'en avoir une…

— Ah bon ? fit Marie, rassurée malgré tout de partager avec quelqu'un ce sentiment de répulsion qu'elle avait du mal à juguler. Pourtant, Simon Arnicol et Paco Malloc'h s'accordent tous deux à dire que ce n'est pas un méchant bougre !

— Méchant, non… malsain, sûrement ! répondit le bibliothécaire après avoir bu une gorgée de vin. Sans vouloir devenir l'échotier de tous les ragots, je vous signalerai tout de même qu'il a été renvoyé du collège pour un motif peu glorieux.

— C'est-à-dire ?

— D'après la fille de ma voisine qui était dans sa classe, il y a deux ans, il se serait introduit dans les vestiaires des filles, juste après le cours de sport, et aurait obligé une petite retardataire à lui donner ses sous-vêtements.

— Je vois… répondit Marie. Un culottophile éclairé… S'il désirait changer de collection, j'aurais des claques à lui revendre.

Élisabeth Messager était encore debout et cherchait où s'installer. Confuse d'avoir abusé de la situation, Marie se poussa près de Quentin et héla la femme du bibliothécaire afin de lui indiquer la place libre. Antoine Messager intercepta aussitôt son geste.

— Non… Ne faites pas cela, s'il vous plaît. Je ne supporterai pas l'idée de manger ce soir à côté d'elle.

Ahurie, Marie se retourna vers lui.

— Je ne voudrais pas être la cause d'un malentendu entre votre femme et vous, Antoine ! Je préférerais encore aller m'asseoir à côté de l'apprenti-psychopathe ou, pire, de Simon Arnicol !

— Tiens ! Je vous croyais amis, fit-il, étonné.

— Moi aussi, murmura Marie. Mais quand on trahit ma confiance, c'est fini…

— Idem.

Après cette réplique sobre, un silence s'installa entre eux. Marie ne désirait pas provoquer les confidences de cet homme pourtant sympathique. Une sorte de pudeur la retenait. Elle, qui passait de l'échec de son mariage au néant sentimental, ne se voyait pas jouer les conseillères matrimoniales. Le couple des Messager battait de l'aile. Un événement grave avait dû se produire pour provoquer un tel changement dans l'attitude d'ordinaire bonhomme du bibliothécaire. Ou alors, pensait-elle, le tissu conjugal, à force de s'effilocher, finit par craquer. L'usure.

— Je vais m'en aller… avoua-t-il enfin, à mi-voix. Pas tout de suite. J'ai encore quelques affaires à régler. Et puis, tant que ma mère vivra, je suis coincé ici. Mais, hélas, en ce qui la concerne, ce n'est plus à présent qu'une question de semaines, voire de jours…

Émue par cette révélation pour le moins étonnante, Marie posa un instant une main compatissante sur celle de son voisin.

— Mais où irez-vous ? Et votre travail ?

— Je fais partie d'une association qui s'occupe de l'envoi de livres et de manuels scolaires à Madagascar. Les écoles et les rares bibliothèques sont si démunies là-bas qu'un malgache, lorsqu'il a résolu le problème majeur de se nourrir, n'a guère les moyens d'accéder à la culture. J'ai l'intention de m'installer dans ce pays et d'offrir mes rares compétences.

— Et Élisabeth ? ne put s'empêcher d'intervenir Marie.

Antoine haussa les épaules, dans un geste qui marquait plus la lassitude que la colère.

— Je la préviendrai ce soir, quand nous rentrerons. De toute façon, c'est fini, je lui laisserai tout : meubles, voiture, maison. Je n'ai besoin que d'une chose : ma liberté.

Ce n'est pas tant le sort d'Élisabeth qui bouleversa Marie Demelle à ce moment-là que le fait de comprendre l'abandon dont elle-même avait été victime dans son couple. Elle s'écria alors :

— Vous avez bien réfléchi, Antoine ? Qu'a-t-elle fait pour mériter ça ? Depuis longtemps… vous connaissiez son caractère, heu… disons spécial ! Vous l'avez épousée ! Pourquoi maintenant ?

— Je ne désire pas m'étendre sur le sujet, répondit Antoine, très calme à présent qu'il avait arrêté sa décision. Tout ce que je peux vous dire c'est qu'elle a fondé notre vie de couple sur un énorme mensonge et qu'elle a cultivé chez moi un sentiment de culpabilité qui n'avait pas lieu d'être. Voilà.

Tout en mangeant, le commissaire Le Gwen observait les convives, tour à tour. Il essayait de se mettre dans la peau de Maurice Malloc'h. Un soir comme celui-ci, l'écrivain avait dû noter chez quelqu'un un comportement inhabituel, voire anormal. Inconsciemment, il l'avait traduit dans le premier chapitre de son livre. Mais qui ? Quoi ? Excepté Élisabeth Messager, perdue dans ses pensées, tous, autour de la table, conversaient de sujets graves sans doute, à l'instar de Marie et de son voisin, ou riaient à gorge déployée, comme Le Fur, immergé dans le parfum capiteux de la belle Laurence Manet-Devoz. Paco Malloc'h, Guirec Dubacq et Émilie Le Naour s'entretenaient de botanique.

La maîtresse de maison recevait les hommages d'un militaire en retraite, Jean-Yves Le Naour chantonnait entre deux bouchées voraces, tandis que l'autre jeune homme de la soirée, Jean-Nicolas Dubacq, à la droite de Quentin, discutait de poésie contemporaine avec sa voisine immédiate, professeur de physique nucléaire. Celle-ci semblait émerveillée par l'érudition et l'intelligence de l'adolescent.

« Il m'épie, me surveille. Il est venu pour moi. Gabriel, Raphaël, Michel… Chut ! Un instant s'il vous plaît. Vous me parlez tous les trois ensemble. Mes oreilles bourdonnent… Ce corps n'est pas parfait : vous le savez, pourtant ! Je sais… oui ! Je sais, Gabriel ! Mais il faut bien que je m'intéresse à ce que disent ces humains ! Et c'est difficile, même pour moi, de suivre deux conversations à la fois ! Non, Michel… je ne peux pas leur dévoiler à présent ma face divine… Ils ne sont pas prêts… Ni moi, non plus. L'œuvre n'est pas accomplie. Oui… oui, je sais. Je dois aller plus vite… Ce sera fait. Dites-le à mon père et à mon fils ! Et cessez de me commander ! C'est moi qui vous ai créés ! Sinon, je vous déclasse au rang de « brûlants » ! Vous garderez notre trône avec les autres séraphins ! Oui, Raphaël… Oui, je me calme ! Pardonnez-moi, mais je me suis énervé. Un instant, je reviens à vous. Mon enveloppe charnelle doit répondre… On vient de me poser une question… Attendez… »

— Tout à fait, Commissaire. Demain, dimanche, il y aura peut-être beaucoup de monde. Mais c'est une chouette balade à faire. Je crois qu'il vaudrait mieux réserver votre place malgré tout.

Voilà, c'est dit… Mais je dois faire très attention. Tu le sais, toi, Michel, ma vigilante armure ! Je suis extrêmement tracassé. Cette femme m'a reconnu. Je dois la faire taire... au plus vite... oui... ce soir... Non, ne vous inquiétez pas... Je les réunirai tous au cénacle... Il me faut juste un peu de temps. Non ? Je n'en ai plus ? Que dit le Père ? Et le Fils ? D'accord... Oui... je vous écoute... Non, je n'ai pas encore trouvé Barthélémy... Jude, non plus. C'est si difficile ! Un instant... »

— Vous trouvez ? C'est très gentil de votre part. Rien ne saurait me faire plus plaisir !

...Voilà... Vous pouvez revenir... Mais ne me parlez pas tous les trois en même temps. J'ai si mal à la tête ! Peur aussi. Elle va révéler mon identité au représentant de Pilate. Je l'ai lu dans son regard... Elle se moquait de moi... Je déteste qu'on se moque de moi... Oui, je sais Raphaël, ce n'est que ma carcasse terrestre... Mais, j'y suis tout de même habitué ! »

— Comment ? Je n'ai pas entendu ta question. Il y a un tel bruit ! Ah... oui ! Je suis tout à fait d'accord. C'est le genre peut-être le plus noble mais, sûrement, le plus difficile.

«...Il vaut mieux vous en aller maintenant. Je suis assailli de tous côtés. Revenez quand je serai seul... C'est promis... ce soir... Non, bien sûr... elle ne mérite pas cette grâce... Elle sera déjà contente quand elle aura quitté ce monde ! Il ne faut rien exagérer... »

La conversation, à l'instant encore générale, languissait déjà, faute d'avis sur la question ou d'un minimum d'intérêt. Elle était partie d'un sujet banal, à savoir : les chansons à textes et, au lieu d'en rester là, avait dévié - on ne sait comment - sur l'écriture poétique, ce dont tout le monde, ou presque, se fichait impérialement ! Chacun, après avoir glougloutée son trémolo personnel, n'avait plus rien à dire, content de soi et donc des autres. Seuls, restaient en lice Claire Dubacq et Jean-Nicolas, son beau-fils. De cette joute oratoire, fusaient de part et d'autre des traits enflammés et le tournoi chevaleresque virait au règlement de comptes. Les verres étaient pleins et personne, par conséquent, ne faisait cas d'eux.

— Si tu es honnête envers toi-même, Jean-Nicolas, tu ne peux pas nier que l'écriture poétique n'est qu'une contorsion de l'esprit pour tenter de s'embrasser le nombril ! Je - moi - moi - je ! Et que je m'introspecte, et que je m'introspecte ! Excuse-moi d'être vulgaire, mais cette flatulence du Moi finira bien par péter un jour ! Il y a autant de faux poètes que de vrais penseurs !

— Puisque tu files si bien les métaphores, que penses-tu des borborygmes des diaristes qui torchent leur passionnante journée dans un journal intime ? L'écriture poétique actuelle a au moins le mérite de laisser s'exprimer ceux qui n'ont pas accès à la culture parce qu'elle a aboli grammaire et syntaxe ! C'est la dure pureté du mot !

— Poète, va ! lâcha Claire Dubacq avec mépris.

La tension entre les deux belligérants était devenue presque palpable et Guirec, d'un jeu de mots, tenta de calmer sa femme et son fils. Paco Malloc'h le seconda en lançant le premier sujet qui lui vint à l'esprit, à savoir le renouveau politique ! Quelqu'un lui fit remarquer alors que c'était là un bel exemple d'antinomie et la question souleva autant d'enthousiasme qu'un marchand de glaces en tournée au Groenland.

Après avoir surpris Claire Dubacq bâiller dans ses mains, Émilie Le Naour se leva et fit des émules. Comme les verres étaient vides et qu'on ne les remplissait plus, les quelques retardataires suivirent le mouvement.

Élisabeth Messager proposa à la maîtresse de maison de rester l'aider à tout débarrasser, mais cette dernière, trop fatiguée pour répondre, lui fit comprendre d'une mimique, qu'elle pouvait commencer par elle-même.

Sur le parking privé de la propriété, ce fut un petit embouteillage. Prudente, Marie-Demelle s'était garée dans la rue. Elle regagnait sa voiture lorsqu'elle entendit la belle Laurence demander à Simon Arnicol s'il pouvait la raccompagner chez elle. Elle était venue à pied et n'osait pas revenir seule dans la nuit. Galant, le marin lui ouvrit sa portière et la referma sur le mannequin.

— « Pauvre nunuche, pensa Marie en passant devant eux. Si elle fait semblant d'avoir peur du loup, elle va être servie ! »

Elle introduisait sa clef dans la portière lorsqu'une voix, dans son dos, l'appela. C'était Simon.

— On n'a pas eu beaucoup l'occasion de se parler ce soir, Marie.

La jeune femme faillit s'étrangler devant le culot de cet homme.

— Vous étiez très occupé, je crois…

— Cela vous dirait de venir prendre un dernier verre quelque part ? Il n'est pas encore très tard. *La Flibustière* ne doit pas être fermé à cette heure…

Marie regarda la silhouette de Laurence Manet-Devoz se découper dans l'habitacle de la voiture de Simon.

— Vous oubliez que vous êtes déjà attendu… Je n'ai aucune vocation pour tenir les chandelles !

Le marin plissa des yeux et eut un sourire malicieux.

Puis il ronronna comme un gros chat :

— Oh… Oh ! Me feriez-vous l'honneur d'être jalouse ? Moi aussi, je vais vous faire un compliment. Vous étiez ravissante ce soir. Merci !

— Merci ?

Tel un poisson rouge en apnée, Marie ouvrit la bouche et la referma aussitôt. Que répondre devant une telle suffisance ? Elle perdait pied devant ce fat qui lui souriait bêtement.

Aussi haussa-t-elle les épaules et se précipita-t-elle dans sa voiture. Elle démarra sur les chapeaux de roues, abandonnant là Simon à son merveilleux sort…

*

— Eh bien ! lança Élisabeth excédée. Qu'attends-tu pour couper le moteur ? Et puis, ce n'est pas plus compliqué de rentrer la voiture au garage que de la laisser dans la rue !

La jeune femme claquait déjà sa portière, désireuse de tirer ainsi un trait sur cette détestable soirée. Elle n'avait plus qu'une seule envie : prendre son somnifère et dormir !

Élisabeth se retourna, surprise d'entendre encore le moteur tourner.

— Ben, alors ! Qu'est-ce que tu fabriques ? Tu te dépêches, oui !

— Non, répondit calmement Antoine Messager.

— Comment, non ? fit sa femme, éberluée.

— Non… Je ne rentre pas avec toi : Ni ce soir ni jamais. Je n'ai fait que te déposer. J'ai préparé mes affaires. Elles sont dans le coffre. J'ai réservé un hôtel. Je m'y rends de ce pas.

Élisabeth, perplexe, revint près de la voiture.

— Qu'est-ce qui te prend ? Tu as bu ! C'est ça. Tu as bu ?

— Oui. Ce soir, j'ai bu deux verres à table. Mais je ne suis pas ivre. Gai, encore moins… N'en parlons pas. Tu trouveras l'explication sur la table de la salle à manger. Si tu n'as rien de mieux à faire, peut-être y jetteras-tu un coup d'œil… Bonne nuit, Élisabeth. Je t'appellerai lundi, quand j'aurai contacté un avocat pour le divorce.

La voiture démarra et s'enfonça dans la nuit. Lorsqu'elle disparut au coin de la rue, Élisabeth, toujours immobile, recouvra un peu ses esprits et s'avança machinalement vers l'entrée. Elle dut s'y reprendre à plusieurs fois pour ouvrir la porte, tant ses mains tremblaient.

Quand le corridor fut allumé, elle se dirigea aussitôt vers la salle à manger. Il n'y avait rien d'autre sur la table de bois ciré qu'une feuille. Elle la prit. Dès qu'elle lut les premières lignes, elle comprit et se laissa tomber sur une chaise.

— Merde ! Et Merde ! Où il l'a trouvé, ce fichu machin ! Bon Dieu… Mais pourquoi je l'ai conservé !

Élisabeth avait la bouche si sèche qu'elle se releva et marcha comme une automate vers la cuisine où elle but à même le robinet.

C'est seulement alors qu'elle commença à réaliser les conséquences non pas de ses actes, mais de la découverte d'Antoine. Qu'allait-elle devenir s'il persistait dans sa décision de divorcer ? Il fallait à tout prix empêcher cela… Sans enfant — et pour cause — un mari était-il tenu de verser une pension alimentaire à son ancienne femme ? Elle n'en savait rien… Et que penserait Claire ? À cette évocation, des larmes perlèrent aux yeux d'Élisabeth. À cheval sur ses principes catholiques, son amie n'accepterait pas ce divorce. Elle la bouderait, comme ce soir, ou pire, cesserait totalement de la fréquenter… Non ! Impossible ! Elle devait trouver un moyen de faire revenir Antoine. Même si elle obtenait, ne serait-ce que la moitié de son salaire, ce serait bien insuffisant de tenter de suivre le dernier wagon du train de vie de Claire… Demander pardon à Antoine ? Il paraissait si déterminé ce soir !

Anéantie, Élisabeth restait là, appuyée contre l'évier. Du robinet, l'eau coulait goutte à goutte.

Agir, oui… Mais que faire ? Elle défit alors les épingles qui ordonnaient son nouveau chignon. Elle lui paraissait à présent lointaine, cette matinée heureuse où elle s'était fait coiffer ! À la shampouineuse, elle avait montré un portrait de Claire, cliché qu'Élisabeth avait pris de son amie au cours d'une promenade. Elle désirait la copie conforme du chignon. Plutôt réussi, d'ailleurs… Mais saurait-elle le refaire demain ? Elle en doutait. Toutes ces choses : les séances chez le coiffeur, les sorties au cinéma, les expositions qui avaient enthousiasmé Claire… Oui, tout cela avait un prix ! Allait-on lui gâcher sa vie pour ce misérable détail ? Elle-même l'avait presque oublié. C'est dire ! Pourtant, c'était elle la victime !

D'accord… Après l'accident d'Antoine, elle aurait pu avertir son mari de ses résultats d'examens gynécologiques… Peut-être, alors qu'il se morfondait sur son propre sort, qu'il se sentait coupable vis-à-vis d'elle, aurait-elle dû lui avouer qu'elle aussi était irrémédiablement stérile… Bah ! Quelle importance au fond ! Le résultat revenait au même ! Et puis, une femme a droit à ses pudeurs… Ce n'est pas si facile d'étaler ces choses, même au sein d'un couple. Tiens ! C'était un bon argument à resservir à Antoine… Oui, elle lui parlerait de cette pudeur qui la muselait à l'époque. Pas de quoi fouetter un chat, après tout…

Un peu remise en confiance, Élisabeth chercha dans le placard une bouteille d'alcool fort. N'importe quoi ferait l'affaire. Elle ne buvait presque jamais mais, ce soir, elle avait besoin de se remonter le moral et de trouver le sommeil rapidement. Le fond de cherry ferait l'affaire. Ça ne devait pas être plus mauvais qu'autre chose…

Elle eut du mal à dévisser la capsule métallique agglutinée au goulot par le sucre de la liqueur. C'était la mère d'Antoine qui leur avait rapporté cette bouteille d'Angleterre, trois ans auparavant. Le seul voyage de sa vie ! Et encore… un circuit de quatre jours en car ! Quelle aventure trépidante !

Élisabeth allait se servir quand elle suspendit son geste… La voilà l'idée géniale ! Comment n'y avait-elle pas songé plus tôt ! La mère d'Antoine ! Au moins une fois dans son existence, la vieille lui serait utile à quelque chose… Demain dimanche, elle irait à l'hôpital, lui offrirait un magnifique bouquet ou une boîte de chocolats… Elle lui raconterait ses malheurs, enfin, une partie… et lui demanderait d'intervenir auprès de son fils. Élisabeth n'aurait pas beaucoup à se forcer pour fondre en larmes… Sa belle-mère qui ne jurait que par son fils serait anéantie… Et Antoine, ce grand dadais, ne pouvait rien refuser à sa mère ! Peut-être serait-il judicieux de semer le doute dans l'esprit de la vieille ? Pourquoi ne pas forcer la dose et lui suggérer qu'elle pensait qu'il y avait une autre femme dans la vie d'Antoine ?

Après tout, une pensée n'est pas un mensonge… Et, à la limite, la chose pourrait être plausible…

Forte de cette résolution, Élisabeth but une bonne rasade et revissa la bouteille. Cependant, un détail vint la perturber. À propos de sa mère, Antoine ne lui avait-il pas parlé de coma ? Elle essaya alors de se remémorer les bribes de conversation avec Antoine. Sur ce sujet, Élisabeth n'écoutait son mari que d'une oreille distraite. Nom d'une pipe ! Elle aurait dû cette fois-là lui prêter un peu plus d'attention !

Tout en regagnant sa chambre, Élisabeth réfléchissait. La phrase d'Antoine n'était-elle pas : « L'équipe médicale craint qu'elle ne sombre dans le coma… » ? Mon Dieu ! Faites qu'elle tienne encore, trois jours au moins ! Si jamais elle était inconsciente, son plan s'écroulait et elle n'aurait plus de prise sur Antoine !

*

Le commissaire Le Gwen et son lieutenant venaient de regagner *l'hôtel du Phare*.

Dans la voiture, Michel Le Fur se crut obligé de répéter les histoires drôles qui couraient sur les blondes et que Laurence Manet-Devoz avait racontées tout au long du repas.

Bon public, le moustachu en riait encore. Évidemment, l'ancien mannequin avait les cheveux plutôt bruns…

Alors qu'ils poussaient la porte de la pension de famille, Le Fur s'agrippa à son patron.

— Attends une seconde ! J'en ai encore une autre ! Tu sais pourquoi les blondes ont le plus souvent les yeux bleus ?

— Non, soupira Quentin. Et si tu savais comme je m'en fous !

— Eh bien, répondit Le Fur, du rire plein les yeux, c'est parce qu'elles ont de l'eau dans la tête !

— La prochaine fois que tu verras ta rigolote, demande-lui si elle ne connaît pas une bonne vanne sur les blondes belges, histoire d'intellectualiser un peu le débat !

À l'accueil, le patron du Phare n'était pas encore couché. Il profitait du repos de ses vacanciers pour lire, enfin au calme, le journal. Quentin n'avait pas envie de dormir. Mais l'idée de bavarder un moment encore avec Le Fur et d'entendre, de ce fait, la quatorzième histoire de blondes l'épuisait d'avance.

Il demanda à l'hôtelier si, par hasard, il n'aurait pas une bible à lui prêter. Sa chambre en était dépourvue.

— Si, Monsieur. J'en garde une dans ce bureau. Vous savez, ce n'est plus une lecture courante, même dans les hôtels ! La voici.

Après avoir poussé Le Fur dans sa chambre, Quentin Le Gwen regagna la sienne. Il prit une douche et se mit au lit. Il chercha le verset de la Cène dans les Évangiles. Il voulait comparer les Saintes Écritures avec le pastiche de Maurice Malloc'h. Dans le premier chapitre du roman de l'écrivain, une phrase l'avait frappé.

Quentin ne se rappelait plus laquelle mais il se souvenait vaguement qu'elle ne collait pas avec le reste, comme si — maladresse d'auteur — elle avait été plaquée dans le discours d'un des marins présents au restaurant. En relisant le texte sacré, peut-être trouverait-il la phrase qui avait inspiré Malloc'h ?

Voilà… C'était cela. Jude interroge Jésus et lui pose cette question : « Seigneur, comment se peut-il que tu doives te manifester à nous et non pas au monde ? »

Quentin ne se souvenait plus exactement de la retranscription de Malloc'h.

Il se leva et alla chercher dans son sac la copie du manuscrit de l'écrivain.

Voyons… Premier chapitre. La scène au restaurant. Ah ! Ça y est… Emmanuel Hinry, alias Jésus, sème le trouble auprès de ses camarades en leur annonçant qu'il sera mort le lendemain. Thaddée - transcription de Jude - l'interpelle alors : *« Pourquoi tu te découvres à nous ? Pourquoi pas au monde, tant que tu y es ? »*

Quentin Le Gwen reposa le manuscrit. La voilà, la phrase qui l'avait troublé ! Elle arrivait dans la conversation comme un cheveu dans la soupe… Un marin aurait-il l'idée d'apostropher son patron en lui disant cela ? Hors d'un contexte précis, ces notes ne signifiaient rien.

Le commissaire reprit la Bible et relut le passage qui précédait la réflexion de Jude. Jésus venait d'annoncer sa mort physique à ses apôtres mais les consolait en leur promettant qu'il réapparaîtrait devant eux sous la forme du Saint-Esprit. D'où la question de Jude, logique dans le texte sacré… Quentin n'était pas certain de comprendre toutes les subtilités de ce passage mais il supposait que l'apôtre aurait aimé que Jésus dévoile au monde entier sa divinité…

Quelle idée Maurice Malloc'h avait-il eu de reprendre ces mots, vides de sens ici ? L'armateur, et pour cause, n'allait pas prévenir ses marins qu'il reviendrait sous la forme du Saint-Esprit ! C'eût été d'un ridicule achevé !

Assis en tailleur sur le lit, Quentin réfléchissait. Une impression de déjà-vu le taraudait.

Qui donc, récemment, avait encore parlé du Saint-Esprit ? Louis, son copain curé à qui il avait téléphoné pour demander des renseignements sur la Cène ? Non… À moins d'une question de sa part, il ne parlait jamais de religion avec lui… Et puis, la Pentecôte était passée depuis longtemps… Ah ! Oui ! C'était à *La Flibustière* ! Les histoires de Geneviève Lagatu et de Marie-Madeleine Moreau… Un client déguisé en autruche. Un autre zinzin qui voulait consoler l'ancienne patronne en lui dévoilant qu'il était en fait l'Esprit Saint !

Quentin hocha la tête en souriant. Des cinglés partout !

Il imaginait déjà la scène… C'était plutôt le Simple d'esprit qui s'imaginait sans doute séduire la peu farouche Marie-Madeleine en descendant sur elle sous la forme de langue de feu ! Tu parles !

Ce fut comme une décharge d'adrénaline, aussi soudaine que violente. Quentin bondit sur ses pieds.

— Bon Dieu ! Mais que je suis con ! J'ai de la peau de limace en guise de méninges ! Pourvu qu'il ne soit pas trop tard !

Tout en s'habillant à la hâte; Quentin soliloquait, furieux contre lui-même.

Trente secondes lui suffirent pour débouler dans la chambre de son lieutenant, créant un charivari à l'étage du paisible hôtel.

Le commissaire illumina la pièce et se rua sur son inspecteur déjà endormi.

Secoué comme un prunier, celui-ci pâteusa :

— Non mais, t'es pas malade !

— Tu as dix secondes pour sauter dans ton pantalon ! Et prends ton arme !

*

Il avait dépassé *La Flibustière*. Un coup d'œil rapide sur le parking attenant lui avait permis de constater la présence de quelques retardataires au bar.

Il ne devait pas se faire remarquer. Aussi gara-t-il sa voiture plus loin, dans un chemin et refit à pied le trajet jusqu'au bistrot solitaire. Les feux de deux noctambules balayèrent la route mais il se cacha dans le fossé.

Quand il fut à proximité de l'établissement, il se faufila derrière le pignon opposé au parking. L'espace réduit entre le mur de la maison et un massif d'hortensias le protégerait des regards.

De sa planque il apercevait le rayon de lumière qui filtrait de la porte ouverte et trouait la nuit. Il n'eut pas longtemps à attendre. Geneviève Lagatu poussait dehors ses derniers clients. Il entendait clairement leurs voix. Celle de la patronne, plus haut perchée, les dominait :

— C'est ça, Dédé. Tu me raconteras ton histoire demain… Maintenant, ouste ! Je ferme ! Gérard ! Tu es mignon… Tu l'emmènes ! D'accord ?

— Un dernier petit pousse-tout ? quémanda alors une voix avivée.

— Sûrement pas ! Tu as assez bu ! Et puis, tu dois laisser là ta voiture. Gérard va te reconduire chez toi. Tu viendras la rechercher demain matin. Et tu évites de pisser sur mes fleurs en sortant ! Elles vont finir par devenir alcooliques…

Il retint sa respiration. Le poivrot était enfin sorti et se tenait à présent debout, devant lui, à portée de main. Il faillit recevoir le jet d'urine. L'homme était intarissable…

— Alors, Dédé ! C'est fini ce gros chagrin !

— J'arrive, Gérard ! Une seconde… Je referme la grille du fauve…

Il attendit là, accroupi, une bonne minute encore. Enfin, le claquement de deux portières… Le bruit du moteur. Les deux hommes quittaient le parking…

À l'intérieur du bistrot c'était le silence. Geneviève Lagatu n'avait pas encore baissé le rideau de fer. Il connaissait le rituel. La patronne ne monterait dans son appartement qu'une fois la serpillière passée. Il risqua un œil. Derrière le comptoir, la petite porte de la cuisine éclairée était ouverte. Seul, un bruit de robinetterie trahissait une présence. La femme remplissait son seau. Il devait faire vite. Elle allait revenir.

Il se faufila dans le bar, les yeux toujours rivés sur la porte derrière le comptoir.

Au fond, à droite, une autre porte qui menait, elle, à l'appartement. Marie-Madeleine ne la verrouillait jamais.

Il espérait que Geneviève suivrait les habitudes de sa cousine.

Opérer dans le bar était trop dangereux. D'ici un quart d'heure, les gendarmes ne manqueraient pas de faire leur ronde.

Surtout, ne heurter ni table ni chaise. Il négocia du regard le trajet et traversa la pièce.

Geneviève Lagatu refermait le robinet quand, doucement, il tourna la poignée de la porte.

Il montait l'escalier dans le noir lorsqu'il entendit la femme baisser le rideau de fer. Son ascension fut plus lente que prévue. Certaines marches grinçaient.

Il parvint enfin au palier. En toute logique, elle n'aurait pas verrouillé la porte de son appartement car le seul moyen d'y pénétrer était de passer par le bar. Ses déductions furent avérées. Forcer la serrure eût été un jeu d'enfant mais aurait alerté la vigilance de Geneviève.

Une fois la porte du minuscule appartement refermée sur lui, il hésita quelques secondes. Il lui fallait repérer les lieux et donc allumer. Il en calcula les risques.

De l'intérieur du bar, la femme ne le remarquerait pas. Il était improbable, également que, de la rue déserte, quelqu'un trouve cela étrange.

La lumière éclaboussa la chambre vieillotte et peu ordonnée. L'appartement ne se composait que de cette pièce et de la salle de bains. Aussitôt, il repéra la grande penderie, l'ouvrit et, sur la pointe des pieds, repartit fermer l'interrupteur.

Il patienta, vaguement écœuré par l'odeur de naphtaline, debout derrière un tas de robes et de manteaux. Craignant d'être ankylosé le moment venu, il ne voulait pas s'accroupir. De sa main gantée, il triturait le bas qu'il avait emporté et réfléchissait à sa fuite. Pas question de repasser par le bar et de soulever le rideau de fer. L'archange Raphaël lui avait conseillé la fenêtre de la salle de bains. La pièce d'eau donnait sur l'arrière de la maison. Ce n'est pas un saut de trois mètres qui allait le faire reculer. De toute façon, protégé par le Père et le Fils, il ne risquait rien. La deuxième partie de sa divinité avait peut-être flambé sur la croix mais, tant que son œuvre à lui n'était pas accomplie, sa défroque humaine ne le trahirait pas.

Elle montait l'escalier d'un pas lourd. Fatiguée, sans doute… L'excitation le gagna. Il aurait aimé lui faire partager sa joie, la prévenir de l'immense bonheur qui allait l'attendre d'ici peu, même si elle ne pouvait pas, la pauvre, espérer l'insigne privilège de pénétrer dans le Cénacle réservé aux seuls apôtres ! Comme les autres fois, Gabriel le dissuada de parler. La compréhension de ces mystères n'était révélée qu'aux âmes coupées de leur corde d'argent !

En ouvrant sa porte, Geneviève Lagatu n'aspirait qu'à se reposer. Ses jambes lui semblaient de plomb. Le fait de piétiner.

Dès qu'elle mit les pieds dans l'appartement, son premier geste fut d'enlever ses chaussures. Puis, elle s'assit sur le lit qu'elle n'avait même pas pris le temps de refaire, le matin même, et se massa les mollets avec volupté.

Une douche bien chaude achèverait de la décontracter et de la débarrasser des miasmes de tabac froid dont ses cheveux et ses vêtements étaient imprégnés. Lorsqu'elle se contentait de donner un coup de main à Marie-Mad de temps à autre, elle ne mesurait pas à quel point ce désagrément tournerait au cauchemar olfactif quotidien.

Geneviève chercha des yeux sa robe de chambre. Elle se leva et se dirigeait vers la penderie quand elle se souvint de l'avoir laissée dans la salle de bains. Elle passa donc directement dans la pièce d'eau. Elle ouvrit le robinet de la douche et commença à se déshabiller.

Le bruit de l'eau couvrit celui du téléphone dans la chambre. Elle n'entendit pas le timbre.

Lui, si. Le premier coup de la sonnerie le fit tressaillir.

Gabriel l'avertissait d'ailleurs d'un danger. Qui donc pouvait appeler cette femme à une heure du matin ? Et pourquoi ?

L'excitation le rendait nerveux. Il savait qu'il devait agir maintenant au plus vite…

La porte de la penderie couina quand il en amorça l'ouverture de l'intérieur.

Il suspendit son geste un court instant mais se rassura. Rien ne bougeait dans la pièce à côté. À pas de loup, il se posta derrière la porte entrebâillée de la salle de bains.

*

Quentin coupa le téléphone main-libre de sa voiture.

— Elle ne répond pas… Vacherie de vacherie !

— À cette heure-ci, elle doit pioncer, comme moi il y a quelques poignées de moules de ça. Tu t'inquiètes pour rien !

— Peut-être, mais je préfère la déranger dans un roupillon plutôt que de la laisser sombrer dans le sommeil éternel.

— Si tu roules aussi vite, répliqua Le Fur apeuré, c'est nous qui aurons affaire au Pater ! Et puis, d'ailleurs, j'ai pas bien pigé ton raisonnement. La fatigue !

Ils arrivaient sur le port de plaisance. Quentin ralentit un peu son allure pour s'engager dans la rue Ernest-Renan.

— On sera chez elle dans trois petites minutes... marmonna Quentin. C'est pas compliqué tout de même ! rugit-il aussitôt après à l'adresse de son passager. J'ai aidé Geneviève Lagatu à porter ses plateaux. En partant, elle a jeté un coup d'œil sur notre assemblée et nous a souhaité - assez fort pour que tout le monde l'entende - une bonne soirée. Elle a ajouté, amusée, que le Saint-Esprit était avec nous ! Le Saint-Esprit ! Tu comprends maintenant, empoté ! Ce cinglé se prend pour lui ! Un jour, il n'a pas pu s'empêcher de divulguer sa pseudo-identité devant Marie-Madeleine Moreau ! Il l'a regretté par la suite et c'est pour ça qu'elle est morte !

— P'têt bien, déglutit Michel Le Fur... Mais roule moins vite, nom de Dieu !

— Si tous les cons avaient leur permis de conduire, tu serais pilote d'essai !

Le commissaire Le Gwen avait néanmoins besoin d'un homme opérationnel le cas échéant. Il obtempéra donc.

Le pauvre inspecteur soupira, soulagé.

— Merci Quentin... J'sais bien que c'est quand on est décoiffé qu'on va voir le coupe-tifs, mais tout de même !

— C'est à tort qu'on a surnommé ce fou « le coiffeur ». Je te rappelle que l'Esprit Saint est descendu sur les apôtres sous forme de langue de feu... Tu piges ?

— D'où le gadget du chalumeau, je suppose? Pour tomber du ciel, cet allumé a besoin de sa panoplie...

— Exact. Bon! Rappelle-la, Michel. Dis-lui qu'on arrive chez elle dans une minute.

*

Geneviève Lagatu fermait le robinet de la douche quand le téléphone sonna à nouveau.

Comme le shampoing lui piquait les yeux, elle chercha à tâtons sa serviette.

— Un instant! J'arrive!

Consciente de la stupidité de sa réflexion - son futur interlocuteur ne pouvait pas l'entendre - elle enfila sa robe de chambre sans prendre le temps de s'essuyer.

Pieds nus, elle courut dans la chambre à la cinquième sonnerie. Un peu essoufflée, elle se précipita sur l'appareil.

On avait déjà raccroché. Geneviève se retourna alors vers la porte de la salle de bains et sursauta. Puis elle cria:

— Qu'est-ce que vous fichez chez moi! Sortez immédiatement!

Les jambes coupées par l'émotion, elle voulut composer le numéro de la police.

En trois enjambées, il atteignit sa proie. Elle sentit aussitôt le nœud coulant sur sa gorge.

Hébétée de frayeur, Geneviève lâcha le combiné et, réflexe désespéré, tenta des deux mains d'arracher la chose de son cou.

Elle eut l'impression qu'elle rentrait dans ses chairs, broyant les cartilages sur son passage. Dans l'enfer de la douleur, elle sortit la langue pour voler à la vie un filet d'air. Ses tempes explosaient. Elle se vit mourir dans la glace. Bave écumante. Visage tordu et violacé. Yeux exorbités. Lui, derrière, il souriait en chantant un cantique.

Crissement de pneus sur le parking. Il laissa tomber à ses pieds la poupée de son et courut dans la salle de bains.

Avant d'enjamber la fenêtre, il ouvrit à nouveau en grand le robinet de la douche. Puis, il se suspendit à la corniche et se laissa tomber.

Alors qu'il se relevait, il entendit, de l'autre côté de la maison, quelqu'un taper sur le rideau de fer. Il se perdit dans la nuit…

VIII

Ce dimanche matin-là, Marie Demelle eut envie d'un petit tour de marché. La journée s'annonçait merveilleuse et le long coup de fil de ses enfants alors qu'elle prenait son petit-déjeuner l'avait rendue à sa gaieté de naguère. Elle avait même tenu à remercier Véronique de vive voix pour toutes les activités qu'elle proposait à ses petits. Valmont, qui n'en revenait pas de ce revirement de situation, avait appelé, perplexe, sa belle-mère au téléphone. « Tiens, Véro, c'est pour toi. Un scoop. » Certes, l'entretien entre les deux femmes avait été bref, mais ce premier pas vers des relations normalisées - sinon affables - n'avait pas coûté beaucoup d'efforts à Marie. La jeune femme s'en étonnait elle-même.

« J'aurais fait la pige à Simon, s'il m'avait entendue… », se surprit-elle à songer.

Pourquoi pensait-elle encore à ce butor ? Elle balaya aussitôt le visage narquois du marin de son esprit. Faire dans sa tête le ménage des hommes volages était à sa portée. Comme le soulignait son proverbe personnel : « Un de perdu, un de perdu… »

Voir du monde. Sourire à des visages détendus, heureux de vivre tout simplement. Programme de la journée ! se dit-elle en sortant son panier du placard.

Elle trouva à se garer non loin de l'Hôtel de Ville et descendit à pied sur la place de l'église. Les cloches de Saint-Jacques sonnaient, appelant les fidèles à l'office dominical. Marie fit la queue, derrière un groupe d'estivants, à l'étal de la poissonnerie qui ouvrait sur la rue. Afin de patienter, elle admira la curieuse architecture de l'église située en contrebas de la place, fort originale par sa couleur rose et le mariage de deux nefs, l'une romane et l'autre gothique. Non loin de l'entrée du porche, un clochard tendait la main au soleil. C'est alors qu'elle distingua dans le mouvement de la foule chamarrée, le visage de Quentin. Il discutait sur le parvis avec trois autres hommes. Marie crut reconnaître la silhouette de Paco Malloc'h, de dos. Elle compta alors le nombre de personnes qui attendaient d'être servies avant elle à la poissonnerie et décida de quitter la file pour aller saluer Quentin et Paco. Elle reviendrait plus tard, quand, l'espérait-elle, il y aurait moins de monde.

Au fur et à mesure qu'elle s'approchait du petit groupe, Marie devinait, à l'expression tendue de Quentin, qu'il se passait quelque chose d'anormal. Paco, dans un mouvement ample des bras, marquait son incompréhension.

Elle ne fut pas longue, quand elle les eut rejoints sur le parvis, à être mise au courant des événements de la nuit. Geneviève Lagatu était morte chez elle, étranglée par un individu qui avait pris la fuite quelques minutes avant que le commissaire et son lieutenant ne réussissent à pénétrer dans son appartement. Trouvant porte close, ils avaient d'abord contourné la maison et, de la fenêtre ouverte à l'étage, avaient perçu le bruit d'eau courante dans la salle de bains. Croyant que la femme prenait sa douche, ils avaient attendu au pied de la fenêtre. Puis, la durée anormale de ces ablutions les avait inquiétés et ils s'étaient décidés à intervenir. Trop tard.

À l'écoute des explications de Quentin, Marie hochait la tête, incrédule encore. Elle n'avait fait qu'apercevoir cette femme la veille, au cours de la soirée, mais la plaignait sincèrement.

Elle demanda alors à Quentin et au commissaire Trigot qui l'accompagnait, ce qu'ils faisaient là, tous deux, sur la place de l'église. Paco Malloc'h devança la réponse de Quentin.

Ces messieurs désirent interroger les personnes invitées hier chez Guirec. Rassurez-vous, Marie. Les hommes seulement ! Ils sont passés chez moi à l'aurore - ajouta-t-il mi-figue, mi-raisin - pour obtenir la liste complète des conviés. Mais je sèche sur deux personnes que je ne connais que de vue. Guirec et Claire n'étaient plus chez eux. Je suppose qu'ils vont venir à la messe.

Il était évident à son ton, que le fils de l'écrivain trouvait absurde le fait qu'on veuille les entendre.

Ennuyé, le commissaire Trigot intervint alors :

— Monsieur Malloc'h, c'est juste une question de routine… Mais mon collègue, il désigna Quentin du menton, semble y tenir.

Paco Malloc'h eut alors cette réflexion d'une logique imparable :

— Enfin ! Commissaire Le Gwen ! Pourquoi vous intéressez-vous à nous et non pas aux clients présents au bistrot hier ? Il s'est peut-être passé quelque chose à *La Flibustière* ? Je ne sais pas... Une dispute ! Qu'a-t-on à voir dans cette histoire ? Ou alors, vous nous cachez des éléments que nous ne connaissons pas ?

Devant le mutisme du commissaire brestois, Paco Malloc'h n'insista pas davantage. Toutefois, il lui demanda s'il pouvait être interrogé simplement dans l'après-midi.

Jour férié ou pas, il devait se rendre avec un collègue de travail chez un client qui n'était disponible que le dimanche. Il passait sur la place chercher ce collègue quand il avait aperçu les deux commissaires.

D'ailleurs, un homme en bottes s'approcha du groupe. Paco fit les présentations.

— François, dit Cesco... Uri spécialiste de camélias.

Après une poignée de mains générale, le nouveau venu s'adressa à Paco et lui demanda :

— Qu'est-ce qu'ils ont ?

Le jardiner fut le seul à comprendre la question qui pouvait passer pour un quiproquo.

— D'après la description que monsieur Bernard m'a faite au téléphone, non seulement il y a la fumagine mais les Captain Rawes sont aussi virosés.

Quentin laissa les deux hommes à leur jargon de métier. Il venait de remarquer les Dubacq précédés de leurs trois jeunes enfants.

La famille s'apprêtait à entrer dans l'église. Seul, Jean-Nicolas manquait à l'appel.

Marie observa Quentin Le Gwen. À l'écouter, Guirec Dubacq paraissait consterné. Le regard abasourdi de Claire passait de son époux au commissaire. Paco Malloc'h tira l'écrivain de sa réflexion.

— Bon, Marie, je ne vais pas tarder. Je comptais passer aujourd'hui tondre votre pelouse. Mais si je dois me rendre au commissariat de Lannion, je ne suis pas certain d'en avoir le temps. Il me faut vérifier mes agendas des deux dernières années. Ils sont marrants, ces flics! Qui peut répondre à ce genre de question? Vous vous rappelez, vous, ce que vous faisiez le 12 février de l'an passé entre 17 et 19 heures?

— Bien sûr que non... Le contraire me paraîtrait d'ailleurs suspect.

— Je ne vous le fais pas dire!

Puis, alors que Quentin Le Gwen revenait vers eux, Paco, en souriant, poussa du coude Marie afin qu'elle jouisse, elle aussi, d'un spectacle singulier. Le lieutenant Le Fur, bouche ouverte, immobile semblait perdu dans la contemplation du mendiant aveugle qui distribuait des mots aussi gentils qu'insolites aux passants lorsque ceux-ci déposaient une piécette dans son chapeau avachi.

Quand je vous parlais des flics, chuchota Paco à l'oreille de Marie, celui-ci est un spécimen aussi rare que le *meconopsis grandis*!

Pourtant, eux aussi, se laissèrent prendre au jeu du SDF à la voix de baryton.

Pour happer la lumière qu'il ne voyait pas, il penchait la tête en arrière, offrait au soleil un large sourire et des yeux blancs comme ceux des statues.

— Merci, ma petite gousse de vanille! dit-il à une vieille dame qui rosit de plaisir en regardant son mari.

L'inspecteur Le Fur, sevré de tendresse depuis qu'il travaillait avec le commissaire, fouilla dans son porte-monnaie et s'approcha de l'aveugle, une pièce à la main.

Quand il se baissa pour la mettre dans le chapeau, le petit mot doux ne se fit pas attendre.

— Grand merci, Mademoiselle !

Déconfit, l'inspecteur s'éloigna en mâchonnant ses moustaches.

Malgré les circonstances, tout le monde éclata de rire et chacun s'y essaya.

— Merci, gentil malabar ! s'entendit prononcer le commissaire Trigot qui déclara par la suite que le soleil tapait trop fort sur la tête du vieux.

Le « Merci, mon père » à l'adresse de Paco fut plus sobre.

Puis, chacun revint à ses préoccupations. Paco Malloc'h s'en alla avec son collègue. Rendez-vous était pris à 18 heures, au commissariat de Lannion, pour le fils de l'écrivain.

Parmi les habitués des soirées autour d'un barbecue restaient deux introuvables : Antoine Messager et Simon Arnicol. Aucun de ces hommes n'était chez lui le matin même.

— En ce qui concerne Simon, déclara Marie d'un air légèrement pincé, il avait mieux à faire que de tuer une patronne de bar cette nuit ! Vous le trouverez chez ce mannequin… Je ne sais plus son nom… En tout cas, il a un alibi en béton !

— Détrompez-vous, Marie. Quand je n'ai pas trouvé l'oiseau au nid, je suis allé voir si le coucou nichait ailleurs. J'ai d'ailleurs été fort bien reçu par Laurence Manet-Devoz et son mari, rentré de Paris dans la nuit… Simon Arnicol, après avoir déposé Laurence à sa porte, est reparti immédiatement.

Un peu déconfite, Marie Demelle ne savait pas trop si cette nouvelle devait la réjouir ou l'inquiéter. Quentin perçut les intermittences de son coeur. D'une voix douce, il lui dit :

— Méfiez-vous des beaux marins, Marie !

La jeune femme riposta aussitôt. Simon Arnicol était maître de sa vie. Peu lui importaient ses aventures ! Au demeurant, il savait se rendre sympathique quand il faisait un effort. Voilà tout.

— Je ne vous parle pas de cela, Marie. Quoique… Mais, comme Marie-Madeleine, vous portez un prénom symbolique. Faites attention à vous !

— Qu'est-ce que vous voulez insinuer ? se rebiffa-t-elle.

Le commissaire paraissait soucieux.

Ils se trouvaient seuls à présent sur le parvis de l'église.

Walter Trigot était parti à la recherche des clients présents la veille au soir à *La Flibustière*. Il ne fallait pas - à juste titre - négliger cette piste. Quant à l'inspecteur Le Fur, il flânait sur le haut de la place, en attendant les ordres de son patron.

Après une longue inspiration, Quentin reprit :

— Nous avons été formés à la même école, Marie. Ne perdez jamais votre sens critique… Vous ne trouvez pas bizarre une chose ? ajouta-t-il d'un ton plus léger. Notre tueur aime les complications ! Pourquoi cherche-t-il si loin - à Morlaix, au Conquet - ses apôtres alors qu'il en tient un sous la main ? Moi, à sa place, j'aurais commencé par Simon, le pêcheur. À moins que…

— Vous plaisantez ! s'insurgea Marie, rubiconde. Simon est un homme très équilibré. En plus, il ne s'appelle pas Judas !

— Vous connaissez beaucoup de parents, vous, qui choisiraient ce délicieux prénom pour leur fils ? D'autre part, vous savez aussi bien que moi qu'un tueur en série organisé donne le change à son entourage. Rappelez-vous ces assassins d'enfants qui, filmés en tant que témoins, vomissaient leur bile contre celui que la police recherchait, eux-mêmes en l'occurrence.

— Bref, vous soupçonnez Simon !

— Pas plus qu'un autre. Je vous demande simplement un brin d'attention. Et, en toute franchise, je trouve que Simon s'intéresse beaucoup à votre personne… N'y voyez aucune offense, Marie. Vous êtes, on ne peut plus charmante. En d'autres circonstances… Mais pouvez-vous certifier qu'il ne tentait pas juste de vous tirer les vers du nez ?

La jeune femme baissa la tête, confuse et humiliée. Cette conversation était loin de lui rendre confiance en elle et en la gent masculine…

— Vous êtes sûr que l'assassin était présent hier ? demanda-t-elle d'une petite voix.

— Sûr et certain. Il ne saurait en être autrement. D'ici à ce soir nous aurons de plus amples renseignements sur les activités de chaque homme ayant assisté à la soirée. Quelques-uns, comme les Dubacq, partagent leur temps entre Perros et Paris. Par de faciles recoupements nous saurons lesquels d'entre eux étaient présents dans la région au moment des cinq crimes.

— Évidemment ! Simon vit ici à demeure ! Une parfaite ligne de mire !

— Il n'est pas le seul, Marie. Antoine Messager et Paco Malloc'h ne quittent pas Perros, eux non plus.

Marie contempla la place éclaboussée de soleil. Les badauds, décontractés, faisaient des emplettes, buvaient un verre à la terrasse du café ou déambulaient, heureux de leurs congés. Rien n'avait changé depuis tout à l'heure, pas même la file devant l'étal du poissonnier. Pourtant, un étau de glace étreignait le coeur de la jeune femme. Ce pays, elle commençait à l'apprendre comme un enfant apprend à lire. Elle répugnait à ce que cette terre, qui l'avait accueillie, fût souillée par un malade mental qu'elle côtoyait forcément.

— Vous avez l'air persuadé, Quentin, qu'il s'agit d'un homme. Pourquoi pas une femme, après tout ?

— Étrangler un adulte demande une certaine force physique, Marie. Et puis, la loi des statistiques n'est pas à négliger… Sur cent tueurs en série, il n'y a pas un pour cent de femmes. Bon… je me sauve. Vous ne sauriez pas, par hasard, où je pourrais trouver Antoine Messager ? Vous sembliez être en très bons termes avec lui, aussi… ajouta-t-il en lui adressant un clin d'œil complice.

— Non, répondit la jeune femme qui avait pourtant une petite idée sur la question. Mais, chose curieuse, elle n'avait plus du tout envie d'aider le commissaire…

*

Quand il poussa la porte de la chambre 412, il s'arrêta, stupéfait.

Puis, très vite, une colère sourde balaya son étonnement. Du seuil, il apostropha sa femme, debout près du lit de souffrance. Il parla toutefois à voix basse afin de ne pas alerter la vieille dame aux yeux clos.

— Tu peux me dire ce que tu fais là ?

Les mots étaient anodins, le ton calme. Pourtant, Élisabeth Messager eut, pour la première fois de sa vie, peur de son mari, cet homme insipide et sans consistance. Quelque chose dans son regard, un éclat acéré qu'elle ne lui avait jamais vu, lui fit perdre sa superbe. Sous son masque impassible, elle devina toute la violence contenue, macérée, dense comme une pâte pétrie dans la haine jour après jour, heure après heure, minute après minute. La violence des faibles…

Elle recula un peu, se rapprocha du chevet de la vieille femme par instinct, comme si elle se mettait sous sa protection tutélaire.

Puis, Élisabeth tourna la tête et se perdit dans la contemplation du visage terreux. Elle chuchota :

— Tu le vois bien… Je suis venue voir ta mère.

Antoine Messager s'avança alors dans la chambre et s'assit de l'autre côté du lit. Il prit la main décharnée de sa mère. La dégradation de son état, depuis la veille, l'alarma. L'animosité d'Antoine à l'égard de sa femme fut donc reléguée au second plan. Il évita de regarder Élisabeth quand il lui demanda :

— Tu es là depuis longtemps ? Tu as vu quelqu'un ? L'infirmière ?

— Oui… Et le médecin doit passer d'ici une heure.

— Elle ne s'est pas réveillée ? ajouta-t-il d'une voix que l'émotion rendit rauque.

— Oh, si, bien sûr… répondit Élisabeth avec ce ton niais si particulier qu'utilisent certains en s'adressant aux malades comme si le fait d'être mourant impliquait celui d'être con. On a bien bavardé toutes les deux. Pas vrai, Madeleine? Ensuite, comme on était très fatigué, on a fait un grand dodo...

Parler rendit à Élisabeth son assurance. Aussi osa-t-elle caresser du bout des doigts le visage étique de sa belle-mère. Sous ce doux contact, la vieille dame ouvrit ses yeux cernés de marques violettes. Elle tourna son regard vers sa belle-fille puis vers son fils à qui elle sourit.

— Ça me fait tellement plaisir de vous voir, tous les deux.

Antoine et Élisabeth se penchèrent en même temps au-dessus du lit afin d'entendre le filet de voix.

— Mon Toine... Il faut être gentil avec ta femme... Promets-moi... Ça me fait de la peine... Tout ça me travaille...

Antoine Messager blêmit. Il porta la main de sa mère jusqu'à ses lèvres et l'embrassa. Ce geste tendre ne suffit pas à combler l'attente anxieuse de la vieille femme.

— Toine, mon petit... Se disputer n'est pas grave... C'est durer qui compte... Moi aussi... J'aurais aimé attendre le bébé de ta sœur... Mais je crois que je deviens fainéante...

— Ne dis pas cela, maman... répondit Antoine en ravalant sa peine. Tu le verras, cet enfant.

— Non, mon fils... Il est écrit que je ne serai jamais grand-mère... C'est pas la faute au vouloir... mais à cette vieille carcasse qui sonne creux...

Élisabeth rappela alors sa présence à la mère et au fils. Elle sanglota et ouvrit son sac à la recherche d'un mouchoir.

— N'aie pas de peine… ma fille… Quelle sale bête je fais! C'est pas par reproche que je parlais du bébé… La vie ne t'a pas épargnée non plus, ma pauvre petite. Antoine… articula-t-elle, d'une voix angoissée. Promets-moi d'être toujours là pour ta femme… C'est idiot d'en vouloir une autre à ton âge… Toine… Dis-moi…

— Je te le jure, céda le fils. Tout ce que tu voudras. Reste calme.

L'arrivée de deux aides-soignantes poussant un chariot métallique mit fin à la conversation. La voix de la plus âgée, claire et joyeuse, donna une note de gaîté à la chambre:

— Bonjour, madame Messager. C'est l'heure des soins! Vos enfants sont venus tôt, ce dimanche. Vous en avez de la chance!

Puis, s'adressant au couple, elle lui demanda de sortir un instant. Antoine et sa femme se levèrent quand la petite tête chenue dodelina de droite et de gauche sur l'oreiller.

— Qu'est-ce qu'il y a, madame Messager? Ils vont revenir. Ne vous inquiétez pas! Le temps de faire la toilette et un lit tout frais.

— Pas la toilette, balbutia la vieille dame. Aujourd'hui, j'ai trop mal partout.

— Comme vous voudrez… madame Messager, concéda l'aide-soignante. On va juste vous rafraîchir un peu alors. Vous n'avez pas utilisé votre pompe à morphine?

— Non… J'ai pas trop compris… J'ai peur de faire une bêtise…

— Mais, c'est impossible, madame Messager. Bon! Leslie et moi, on va vous expliquer tout ça, à nouveau.

Antoine, tandis que sa mère fermait les yeux, docile, réussit à capter le regard de la femme. Celle-ci répondit à sa demande muette par un signe d'impuissance.

Ils se trouvaient à présent tous deux, face à face dans le couloir. Adossé au mur de la chambre, Antoine semblait perdu dans la contemplation de ses chaussures. Mal à l'aise, Élisabeth épiait une réaction de son mari. Seules, les contractures de ses mâchoires animaient le masque de son visage. Elle ignorait la façon de s'y prendre pour rompre la glace. Un seul faux-pas de sa part et son monde s'écroulait. Quand elle avait échafaudé ses plans, la reconquête d'Antoine lui paraissait plus facile.

Elle lorgna sur l'horloge murale du couloir. Elle n'était à l'hôpital que depuis quarante-cinq minutes ! Elle avait pourtant l'impression que sa bonne action avait commencé trois heures plus tôt… Peut-être l'horloge ne fonctionnait pas… Dire qu'il existait des gens qui visitaient les malades de leur plein gré…

Trouver une entrée en matière… Ne pas parler de sa mère au départ. Il risquerait de le prendre mal…

Alors qu'Élisabeth songeait à son discours bien préparé ainsi qu'aux parades éventuelles, l'idée d'une amorce de conversation lui vint à l'esprit. Comment n'y avait-elle pas songé plus tôt ?

— Le commissaire Le Gwen est passé à la maison ce matin. Il voulait te voir… Je lui ai répondu que tu étais sorti… sans préciser… Il faut que tu le contactes. C'est urgent, paraît-il.

— Ah…

Ce manque de curiosité de son mari commença à agacer Élisabeth. Que diable faisait-elle avec un homme pareil ? Aussi fade d'esprit que de physique... Mais il lui fallait ravaler sa rancœur. Elle avait encore besoin de lui... Peut-être qu'un jour elle aurait la chance de rencontrer un homme riche et intelligent comme le mari de Claire... À ce moment-là, elle laisserait choir Antoine, sans l'ombre d'un remords.

Elle avait fort mal dormi cette nuit, s'était laissé porter par ses rêveries. Guirec lui présentait l'un de ses amis...

Un homme mûr, veuf de préférence, et surtout déjà pourvu de grands enfants... Il tombait amoureux d'elle... éperdument... Elle confierait son émoi et ses scrupules à Claire... oserait lui confesser des choses intimes... Son mari ne la touchait plus depuis des années - c'est du moins ce qu'elle dirait - Antoine ne pouvant pas prouver le contraire... Quelle était la position de l'Église catholique sur cette question ? Claire lui répondrait, la conseillerait... Élisabeth avait lu dans *Voici et Gala* des cas similaires. Le pape avait déjà défait des liens matrimoniaux pour des motifs semblables. Claire suivrait l'avis du pape et lui donnerait l'absolution...

En attendant le Roi charmant, il lui fallait ménager son joker...

— Tu pourrais peut-être téléphoner à Le Gwen ? J'avoue que sa visite matinale m'a inquiétée...

— À ta place, répondit Antoine d'une voix morne, je m'inquiéterais de choses plus importantes...

« Nous y voilà... songea Élisabeth. Passons tout doucement en seconde... »

— Tu fais allusion à cette vieille histoire ? demanda-t-elle d'une petite voix.

Pour la première fois depuis qu'ils patientaient dans le couloir, Antoine regarda sa femme.

— Vieille histoire ? Tu te fous de moi, oui ? D'ailleurs, inutile d'en parler. Ma décision est prise… Depuis quinze ans, tu m'avilis… tu me traites comme le dernier des larbins. Et ce mensonge ! C'est abject. Jamais je ne te pardonnerai… Sais-tu ce que tu es, Élisabeth ? Une manipulatrice… Oui… c'est ça… Oh, sans grande envergure, mais quand même… Faire peser sur moi le poids de la culpabilité alors que tu étais, toi aussi, stérile. Espèce de… dégueulasse !

Une infirmière qui passait à ce moment-là dans le couloir se retourna et toisa Antoine. D'un signe de tête elle lui désigna l'écriteau « silence » et poursuivit son chemin.

Le bibliothécaire se tut, soucieux peut-être de respecter les lieux ou, tout simplement, parce qu'il n'avait rien à ajouter. Face à lui, Élisabeth pleurait, les épaules secouées par les spasmes des sanglots. Elle fouilla son sac en sachant pourtant qu'elle n'y trouverait pas de mouchoir.

Antoine tendit le bras pour lui proposer le sien.

— Merci… hoqueta-t-elle.

— Arrête de pleurer… On va finir par nous jeter dehors…

— Qu'est-ce que ça peut faire ? renifla Élisabeth. De toute façon, ma vie est fichue… Je sais bien que tu vas me quitter… que tu ne m'aimes plus… Même si cela ne sert à rien, je te demande pardon… Je n'ai pas voulu cela… Jamais, je n'ai supporté l'idée d'être stérile… Je n'ai pas ta force ! Toutes les nuits je rêve que je dorlote un bébé… Cette nuit, encore… Et au matin, on me l'arrache…

— Tu ne m'as jamais raconté cela, fit-il en s'éclaircissant la voix.

— J'ai mes pudeurs, aussi… Ne te moque pas de moi… mais je crois même que j'avais oublié que jamais je ne pourrais mettre au monde un enfant… Quand je vois toutes ces femmes qui ne connaissent pas leur chance ! Et moi, il faut que je dorme pour retrouver ce bébé… Toujours le même. Je pourrais te le décrire. Il a tes yeux et ma bouche…

— Arrête de pleurer, Élisabeth. Cela ne sert à rien de te mettre dans des états pareils…

Antoine se sentait démuni. Jamais encore Élisabeth ne lui avait paru fragile. Si lui s'était résigné à ne jamais pouvoir procréer, les rêves récurrents de sa femme l'inquiétaient. Sans doute, aurait-elle besoin de l'aide d'un médecin spécialisé afin de parvenir à faire son deuil… Il allait céder à une impulsion quand quelque chose lui revint en mémoire.

— Dis-moi, Élisabeth… Qu'est-ce que tu es allée raconter à ma mère avant que je n'arrive ? Elle était bouleversée… Tu crois vraiment que c'est le moment de lui imposer tes états d'âme ?

La femme d'Antoine se moucha très fort avant de répondre :

— D'abord, je crois que tu exagères un peu la gravité de son cas. Avec moi, elle a plaisanté… On a parlé de choses et d'autres… Et puis, elle a bien vu que j'étais perdue… Le fait de me réconforter lui donnait de l'importance. Tu comprends ? Si elle se préoccupe des autres, elle tiendra encore un petit bout de temps…

— Mais que lui as-tu dit, au juste ? Élisabeth prit une grande inspiration.

— La vérité… enfin… édulcorée, pour ne pas l'alarmer… Je lui ai avoué que tu voulais me quitter pour une autre femme.

— Quoi! fit Antoine stupéfait. Mais tu es folle?

Élisabeth se remit à pleurer.

— Si tu crois que je ne vois pas clair dans ton jeu… Tu me délaisses parce que tu es amoureux de Marie Demelle… J'ai bien vu la façon dont tu la regardes, va! Depuis qu'elle est là, rien ne va plus entre nous… Je sais bien qu'elle est plus jeune et plus jolie que moi… Mais il n'y a pas que cela qui compte dans la vie. Je la déteste!

Antoine Messager parcourut le bref espace qui le séparait de sa femme et lui ouvrit les bras. Élisabeth se jeta à son cou.

— Zabeth, voyons… c'est ridicule, enfin! Décidément, c'est la journée des surprises… Comment peux-tu penser une chose pareille! Grosse bête, va!

Lovée contre l'épaule de son mari, Élisabeth remarqua sur l'encolure de son veston quelques pellicules. D'une chiquenaude, elle nettoya le tissu, vaguement dégoûtée… La porte de la chambre s'ouvrit sur les aides-soignantes.

— Oh! Pardon… Vous pouvez entrer. Elle vous attend.

*

Il était convenu que le commissaire Le Gwen se rendrait chez Guirec Dubacq peu après la sortie de la messe, le temps, pour la famille, de passer à la pâtisserie acheter les traditionnels gâteaux dominicaux.

Le conseiller culturel fit entrer le policier dans le salon et s'éclipsa aussitôt afin d'aller chercher des glaçons dans la cuisine. Lorsqu'il ouvrit la porte, des effluves de poulet rôti embaumèrent le vaste séjour. Le commissaire Le Gwen mit à profit ces quelques instants de solitude pour examiner le cadre de vie des Dubacq.

Le salon lui rappelait un peu celui de Paco Malloc'h. Tout ici, depuis les tableaux de maîtres jusqu'aux meubles signés, respirait le luxe et le bon goût. Le décor, dans son ensemble empruntait davantage au classicisme. Chez Malloc'h, les soieries tissées apportaient au contraire une touche d'exubérance exotique.

Parallèle à l'une des baies vitrées donnant sur la terrasse, le pan de mur du fond était tapissé de rayonnages en bois précieux, chargés de livres. Une furtive inspection permit au commissaire de constater ce qu'il supputait déjà. La bibliothèque ne servait pas de vitrine, de passeport à une prétention intellectuelle. Ici, les livres, mal rangés, étaient lus. Beaucoup de volumes brochés, des essais philosophiques ou littéraires. Peu de romans. En revanche, une pléthore d'ouvrages sur l'art contemporain ou d'autres de critique picturale. Quentin se rappela alors ce que lui avait appris le commissaire Trigot ! La fortune des Dubacq due au flair artistique du grand-père.

Comme il entendait résonner les pas du maître de maison, le policier regagna son fauteuil. Ouverture de la porte, nouvelles exhalaisons suaves de viande rôtie. Guirec Dubacq apportait un plateau sur lequel étaient disposés un seau à glace et trois verres.

— Puisque nous sommes dimanche, déclara-t-il, je vais, moi aussi, me laisser tenter par un petit whisky. Claire va venir me rejoindre dans un instant. Elle fait déjeuner les petits. Un glaçon ou deux ?

Pendant que Guirec le servait, Quentin tentait de se faire une idée sommaire de cette famille recomposée.

Le sacro-saint dimanche... la messe... le poulet, les gâteaux, l'apéritif dominical. Ces petites choses anodines qui structurent une vie bourgeoise comme tant d'autres en France.

Même l'adolescent mal dans sa peau est compris dans la panoplie... Des petites histoires qui tissent une histoire, somme toute, banale.

Après quelques banalités d'usage, Guirec Dubacq voulut rapidement en venir au fait. Bien sûr, il était déjà au courant du meurtre de Geneviève Lagatu. Les sorties de messe continuaient depuis la nuit des temps à déverser leur lot de hérauts. Cependant, l'homme ne comprenait pas très bien la raison pour laquelle le commissaire Le Gwen désirait l'entretenir à ce sujet. Certes, la mort de cette patronne de bar était une affaire fort tragique, mais qu'avait-il à y voir ?

Tout en guettant la première réaction de son interlocuteur, Quentin, sans ambages, lui fit part de ses déductions.

Le tueur en série, recherché à présent dans toute la région, participait, de l'avis du commissaire, à la soirée de la veille.

Guirec Dubacq, après avoir écouté le commissaire, ne masqua ni sa stupeur ni sa consternation. Très pâle, il but d'un trait son verre d'alcool.

Oublieux de l'éthique mondaine, et dominicale, il se resservit derechef un autre whisky, en négligeant son hôte.

— Vous vous rendez compte de ce que vous venez m'annoncer ? Vous suspectez un de mes amis… Moi, peut-être ? Que suis-je censé faire ? Prendre un avocat ? Je n'ai pas l'habitude de ce genre de situation… Vous pouvez, je l'espère, vous en douter…

— Nous n'en sommes pas là pour l'instant. Mais naturellement, vous pouvez contacter un homme de loi et attendre sa venue. Je ne vous accuse pas personnellement, mais j'aimerais que vous répondiez à quelques questions concernant votre emploi du temps et celui de votre famille. La routine en somme.

— Mais je n'ai rien à cacher ! glapit-il.

— Je n'en doute pas, Monsieur, rétorqua Quentin, conciliant.

Après avoir écouté ce qu'on attendait de lui, le conseiller culturel partit chercher ses anciens agendas. S'il se rappelait être présent à Perros en février, le jour où Marie-Madeleine Moreau avait trouvé la mort, en revanche il était incapable de justifier de ses allées et venues à l'époque où Pierre Aufret et André Petit avaient été assassinés.

Il apprit toutefois à Quentin Le Gwen que lui et sa famille s'installaient en Bretagne durant toutes les vacances scolaires même si ses obligations professionnelles le forçaient bien souvent à reprendre l'avion pour rejoindre Paris.

L'éclipse du conseiller culturel fut brève. Très contrarié, Guirec avait dû en profiter pour prévenir sa femme dans la cuisine car, peu après son départ, Claire vint retrouver Quentin au salon.

Aussitôt, la jeune femme, les traits tendus, attaqua le commissaire de front.

— Qu'est-ce que c'est que cette histoire? Admettez que notre position est fort désagréable! C'est surtout ridicule, d'ailleurs! Nous nous portons garants de tous nos amis.

Quentin Le Gwen lui réitéra le cheminement de sa pensée. Il ne faisait aucun doute à présent que le tueur en série se prenait pour le Saint-Esprit, qu'il assassinait pour d'obscurs mobiles mystiques. Geneviève Lagatu était morte parce qu'elle l'avait reconnu la veille, au cours de la soirée.

Claire Dubacq éclata de rire.

— Je n'ai jamais rien entendu d'aussi stupide! Le Saint-Esprit! Rien que ça! Et vous ne pensez pas, Monsieur, que si nous avions fréquenté ce candidat à la camisole de force, nous l'aurions déjà débusqué depuis belle lurette? Un fou ne passe pas inaperçu…

— Oh que si, Madame! S'il est structuré, il peut très bien donner le change et répondre à ce qu'on attend de lui… Un malade ne révèle pas en public ses fantasmes psychotiques… J'ai enquêté, il y a quelques années sur une affaire de viols. Les victimes avaient un seul point en commun. Toutes étaient au moins octogénaires. La plus âgée, quatre-vingt-treize ans! Je vous passe les détails, mais le coupable était un homme de trente-sept ans, estimé de tous. Père de deux enfants, marié à une femme ravissante et conseiller matrimonial de surcroît.

— Pouah! Mais c'est dégoûtant! Et il y avait une raison à ces perversions?

— Dans la logique du type, oui… Sa mère l'avait abandonné à l'âge de cinq ans. C'est sa grand-mère qui s'est ensuite occupée de lui. Il l'adorait mais elle est décédée quand il avait onze ans. Au lieu d'être simplement malheureux, il a développé une rancœur pathologique vis-à-vis de celle qui l'avait abandonné une seconde fois en mourant. Les douleurs insurmontables prennent racine dans l'enfance...

— De ce côté-là, nous sommes donc à l'abri ! décréta Claire. Guirec a eu une enfance particulièrement choyée. Pas vrai, chéri ? ajouta-t-elle à son mari qui venait de rentrer dans la pièce.

— Si... si. Aucun problème, répondit Guirec d'une voix distraite.

Quentin Le Gwen dévia la conversation sur les participants aux rituelles soirées-barbecues.

Que savaient-ils au juste de chacun d'eux ? Les connaissaient-ils intimement ?

Ironique, Claire Dubacq prit la parole :

— Parce que nous voici plongés en pleine délation, je commencerai par le coupable idéal selon vos théories fumeuses. Les parents biologiques de Paco Malloc'h sont décédés en Espagne dans un accident de voiture. À l'âge de huit ans, je crois, un oncle et une tante l'ont recueilli. Il ne s'entendait pas très bien avec eux, à ce qu'il m'a dit. Toujours est-il qu'il rêvait de la France et qu'à sa majorité il a quitté l'Espagne. Le fait d'être orphelin va-t-il le conduire à l'hôpital psychiatrique pour le restant de ses jours ?

— Ne déformez pas mes propos, s'il vous plaît, Madame.

Tout en répondant sèchement à son hôtesse, le commissaire Le Gwen observait d'un œil le manège de Jean-Nicolas Dubacq. Le jeune homme était rentré dans le salon en même temps que son père pour se diriger aussitôt vers la bibliothèque. Il tenait à la main deux fascicules de feuilles polycopiées et semblait chercher un livre introuvable sur les rayonnages.

Quentin eut l'impression que l'adolescent détenait là un prétexte pour épier la conversation de ses parents qui, du reste, ne prêtaient pas attention à lui : Quand les mains du garçon effleurèrent à nouveau les étagères du bas, l'intuition du commissaire se transforma en certitude.

— Et vos amis, les Messager ?

Guirec Dubacq s'éclaira la voix.

Il fréquentait Antoine Messager depuis sa plus tendre enfance. Même si, à l'époque, ils n'étaient pas intimes, ils faisaient partie de la même bande de copains que Guirec revoyait avec plaisir lorsque ses parents, installés à Paris, revenaient en vacances à Perros.

— Il n'a pas beaucoup changé… ajouta Guirec Dubacq en esquissant un sourire. C'était un enfant très réservé, timoré, même. Il ne participait pas à toutes nos bêtises car il craignait sa mère et la respectait. Un garçon sans histoire qui avait le sens des responsabilités.

Quentin se retourna alors vers Claire.

— Vous côtoyez beaucoup sa femme, si je ne m'abuse…

Les traits fins de la jolie blonde perdirent soudain de leur statisme. Un pli barra son front dépourvu de rides.

— Si vous cherchez à connaître mon opinion sur Élisabeth, abstenez-vous-en, s'il vous plaît ! Nous sommes dimanche, jour du Seigneur. Je sors de la messe où j'ai communié…

— Soyez plus explicite, Madame, répondit Quentin en arborant un léger sourire… Le bon Dieu va se mettre un nuage dans chacune de ses oreilles pour ne pas vous entendre critiquer votre prochain. Il a une certaine expérience en la matière…

— Soit ! fit Claire en se calant dans son fauteuil. Eh bien… je ne peux plus la supporter ! C'est physique… S'il n'y avait pas Antoine, je ne la verrais plus !

La jeune femme se tourna alors vers son mari pour guetter son approbation. Un signe de connivence de Guirec lui permit de poursuivre.

— Je suis peut-être dure, admit-elle. Mais Élisabeth domine son mari qu'elle mène par le bout du nez. En revanche, et c'est curieux, elle n'a aucune personnalité ! Un vrai caméléon. Vous l'avez aperçue hier, Commissaire ? J'ai eu le malheur de lui montrer une robe achetée à Londres il y a quelque temps. Elle s'est fait faire la même… Elle se coiffe comme moi… Elle arrive même à devancer mes propres désirs.

— En somme, Élisabeth Messager vous admire, résuma le commissaire.

La jolie blonde ne releva pas le compliment implicite comme s'il allait de soi. Elle hésitait, cherchait à formuler un sentiment qu'elle avait du mal à analyser.

— Cela va bien plus loin que de l'admiration… J'irais presque jusqu'à parler de désordre mental… Ce mimétisme parvient même à m'effrayer.

Au fond de la pièce, Jean-Nicolas Dubacq venait de se retourner. Il fixa un instant le dos du fauteuil de sa belle-mère d'un sourire méprisant puis, ayant croisé le regard de Quentin, il fit semblant de s'intéresser à nouveau à ses livres.

« Ce garçon ne perd pas une miette de ce qui se dit », songea le commissaire. Pure curiosité ?

À présent qu'il avait donné l'absolution à Claire, la jeune femme ne tarissait pas de griefs contre son « amie ».

— J'ai même été forcée de renoncer à mes cours d'équitation au manège le plus proche de chez nous. Élisabeth ignore encore que je me suis inscrite ailleurs… Il n'y a qu'au golf qu'elle me fiche une paix royale. N'est-ce pas, Guirec ? C'est triste à dire, mais ce sport est tellement onéreux qu'elle n'a pas les moyens de me suivre…

— Je conçois que cette vénération soit agaçante, admit Quentin, pince-sans-rire. Ne serait-il pas plus simple de lui en parler ouvertement ?

Guirec Dubacq prit alors la parole afin d'apporter son secours à son épouse. Sur les instances de Claire, il en avait déjà touché un mot à Antoine. Le malheureux garçon ne pouvait pas grand-chose pour remédier à cet état de fait. Le bibliothécaire craignait, avant tout, de blesser sa femme.

— Il est si gentil ! ponctua Claire. Et si faible… Je ne vous étonnerai pas, Commissaire, en vous dévoilant ma position sur le divorce ! Bien évidemment, je suis contre… Mais si Antoine venait demain me demander conseil à ce propos, je lui suggérerais de se séparer d'Élisabeth. Passe encore qu'elle gâche ma vie par intermittences, mais lui, le pauvre, fait son purgatoire sur terre à cause d'elle !

— Cela a le mérite d'être clair, Madame, dit Quentin. Mais mon intérêt, en l'occurrence, se focalise surtout sur Antoine Messager. Doté d'une telle épouse, ne pourrait-on pas concevoir qu'il cherchât ailleurs que chez lui à affirmer sa personnalité ?

— Que voulez-vous insinuer ? interrogea Guirec. Qu'il trompe sa femme ? Sûrement pas ! Ce n'est pas son genre !

— Je ne pensais pas à ça, éluda le commissaire.

Puis, passant du coq à l'âne, il demanda à ses amis si Antoine était croyant, voire mystique.

Jean-Nicolas Dubacq choisit ce moment pour passer devant eux. Alors qu'il s'apprêtait à sortir de la pièce, il héla son père :

— On déjeune à quelle heure, p'pa ? J'ai le temps de faire un saut chez quelqu'un ?

Quentin s'étonna un peu que cette question d'ordre domestique n'eût pas été posée à Claire. Il semblait évident que le garçon stigmatisait ainsi le sentiment d'insignifiance qu'il portait à sa belle-mère. D'autre part, cette remarque, en réalité peu courtoise devant un étranger, avait le mérite de faire comprendre au commissaire qu'il dérangeait l'ordre familial.

Guirec Dubacq fronça les sourcils en regardant son fils jouer avec un trousseau de clefs.

— J'espère que tu n'as pas l'intention de te servir de la voiture, Jean-Nicolas ! Je te rappelle que la conduite accompagnée ne t'autorise pas à prendre seul le volant ! Ne me refais pas le coup de l'autre jour, sinon…

Ce contentieux à peine voilé entre le père et le fils autorisa le commissaire à porter un regard différent sur Jean-Nicolas. Pour ses dix-sept ans, le beau jeune homme au visage romantique, sans être très grand, avait une carrure d'athlète. La maturité de ses traits fins le faisait apparaître plus âgé qu'il ne l'était. S'il commettait la bêtise de conduire seul, un agent de la circulation ne remarquerait rien d'anormal à son sujet… Il repensa à Mathieu Péan, l'amateur de jogging… Jean-Nicolas était le type de garçon qui pouvait faire tourner la tête aussi bien à un homme qu'à une femme…

Rangeant ses réflexions dans un coin de sa mémoire, le commissaire Le Gwen, une fois le jeune homme sorti, interrogea les époux Dubacq sur leurs emplois du temps respectifs de la veille à l'issue de la soirée. Claire laissa parler son mari. Celui-ci expliqua que sa femme, migraineuse, était montée se coucher sitôt le dernier couple d'invités parti. Guirec en avait profité pour mettre de l'ordre sur la terrasse, débarrasser les tables et morigéner son fils au sujet de son agressivité vis-à-vis de sa belle-mère.

— Au fond, expliqua-t-il, ce n'est pas un garçon méchant…

Quentin Le Gwen remarqua alors sur le visage de Claire une moue dubitative qui échappa à son mari.

— …Jean-Nicolas n'en finit pas de prolonger sa crise d'adolescence, poursuivit son père. Pire que la traversée du désert… Il connaît pourtant Claire depuis longtemps. Jusqu'à, il y a deux ans encore, c'était un garçon doux et docile, gentil avec Claire…

— Que s'est-il passé il y a deux ans ? questionna le commissaire.

— Mais rien ! s'exclama Guirec. Du moins, pas à ma connaissance. Hein, Claire ? Il s'est refermé sur lui comme une huître. On a même l'impression, parfois, que de nous parler lui pèse.

Quentin réfléchissait. Paco Malloc'h avait commencé à rédiger son manuscrit deux ans auparavant, juste après le meurtre du pêcheur finistérien. Se pouvait-il qu'il y eût un rapport entre ce fait et l'état dépressif de l'adolescent ?

Le commissaire resta une demi-heure encore chez les Dubacq, le temps pour lui de compulser en compagnie de Guirec l'agenda de ce dernier et de noter sur son calepin le nom et l'adresse de tous les invités présents, la veille, au barbecue.

*

Marie Demelle revenait d'une longue promenade sur le sentier des Douaniers quand, en ouvrant sa barrière, elle fut hélée par sa voisine.

En cette fin de journée où la lumière mordorée adoucissait les contours et exacerbait les fragrances des jardins, Émilie Le Naour arrosait ses plates-bandes.

Marie s'attendait si peu à ce que la femme l'interpelle qu'elle tourna la tête afin de vérifier que le signe de main ne s'adressait pas à quelqu'un d'autre derrière elle.

La plantureuse femme s'approcha alors de la haie mitoyenne.

— Vous avez fini par le rencontrer ?

— Qui ça ? demanda Marie.

— Le grand manitou de flic d'hier. Il vous cherchait tout à l'heure. On en a profité pour tailler une bavette… Bel homme, ma foi… Sympathique. Un peu curieux peut-être… Vous le connaissez depuis longtemps ?

— Un certain nombre d'années, éluda Marie. Il vous a dit pourquoi il voulait me voir ?

Émilie fit claquer sa langue contre son palais. Son regard pétillait plus que de coutume.

— Allez savoir ! Vous interroger aussi, peut-être... Moi, j'ai eu droit à ma part. Il désirait connaître mon opinion sur un tel et un tel...

— Ah ! fit Marie, laconique.

Puis, tandis que la jeune femme mettait le pied dans son jardin, Émilie Le Naour continua :

— Il s'est surtout attardé sur Simon, je dois dire...

— Simon Arnicol ? ponctua Marie, comme si elle en connaissait un autre.

— Oui, dame ! Y'a pas homme plus gentil ! que je lui ai fait. Vous pensez... Il est né ici. Je vois encore sa mère vendant sa pêche avec son gros ventre. J'étais alors adolescente !

Marie ne doutait pas que, pour le commissaire Le Gwen, être natif de Perros-Guirec n'était pas en soi un gage de bonne conduite... Elle se surprit à penser qu'elle aussi aurait aimé être chauvine si la vie militaire de son père ne l'avait pas déracinée tous les trois ans.

Quoi qu'il en fût, la jeune femme se refusait à engager avec sa voisine une conversation sur Simon. Le marin était le cadet de ses soucis... Aussi se serait-elle giflée lorsque les mots sortirent naturellement, tout à trac, désobéissant à sa volonté :

— Vous auriez dû, Émilie, envoyer le commissaire auprès de ce si joli mannequin. Elle et Simon semblent en très bons termes.

Fine mouche, Émilie Le Naour, dépassa au vol le gros bourdon que se faisait l'effet d'être Marie.

— Vous faites allusion à Laurence ? Ça ! Pour sûr ! Ces deux-là se fréquentent comme le pain et le beurre. Collés ensemble depuis l'enfance. Simon était le témoin au mariage de Lolo. Il est aussi le parrain de sa petite Ninon.

Puis le regard d'Émilie se perdit derrière les épaules de Marie.

— Ah ! Le revoilà. Cette fois-ci, c'est pour vous.

Marie se retourna et fit un signe amical au commissaire Le Gwen. Sans trop savoir pourquoi, elle se sentait le coeur léger.

*

Finalement, Quentin Le Gwen s'était laissé tenter par la soupe de poissons proposée par Marie. Pendant que le commissaire relisait ses notes, la jeune femme mettait le couvert.

— Votre inspecteur se joindra-t-il à nous, Quentin ?

— Ne vous préoccupez pas de lui ! Le jeûne lui fera le plus grand bien...

— Vous êtes un peu dur avec lui... répondit Marie en souriant. Il doit avoir bon caractère.

— Ne vous fiez pas aux apparences, jeune dame ! Le Fur est masochiste. Donc, je le gâte !

Le commissaire négligea d'expliquer à son hôtesse que, lors de leur dernière visite chez les Manet-Devoz, son gros matou d'inspecteur avait failli se trouver mal en humant les effluves d'un ragoût de homard qui mijotait à petit feu. Les vibrisses frémissantes, il n'avait eu de cesse de demander des précisions culinaires à la belle Laurence, tant et si bien que le mannequin n'avait eu d'autre alternative que de les inviter à dîner. Si Quentin avait refusé, Michel Le Fur, en revanche, les yeux mouillés de reconnaissance, avait prononcé un « oui » de jeune mariée.

— Avez-vous établi votre liste de suspects ? demanda Marie.

— Oui... Sur les vingt et une personnes présentes à la soirée d'hier, seules, sept d'entre elles ont pu commettre les cinq meurtres. J'ai relevé une chose curieuse. Tous les crimes ont été commis durant les vacances scolaires, week-ends prolongés ou congés de la zone C. C'est-à-dire que les Parisiens sont logés à la même enseigne que les autochtones, exceptés ceux qui se trouvaient aux sports d'hiver en février dernier, et ils sont légion.

— Qui reste-t-il ? fit Marie en posant les serviettes sur les assiettes.

— Les habitants de Perros évidemment. À savoir Simon Arnicol, Paco Malloc'h et Antoine Messager. À ces noms, nous devons ajouter Guirec Dubacq et Serge Manet-Devoz, le mari de Laurence. Certes, il est rentré fort tard de Paris hier soir, mais, après avoir vu son épouse, il pouvait ressortir de chez lui et tuer Geneviève Lagatu. Encore que... Mais je n'y crois pas. Il était absent à la soirée où la cousine de Marie-Madeleine a formellement reconnu « Le Saint-Esprit ».

— Il en manque deux d'après vos calculs, observa Marie.

— Oui. Les deux adolescents... Jean-Yves, le fils de votre voisine et Jean-Nicolas Dubacq.

La jeune femme posait la soupière sur la table quand elle se retourna, ahurie, vers le commissaire.

— Vous n'y pensez pas ! Je ne peux pas voir en peinture le fils d'Émilie Le Naour mais il avait à peine quinze ans quand le pêcheur finistérien s'est fait tuer.

— La belle affaire ! fit remarquer Le Gwen. On en a vu d'autres… et bien plus jeunes ! Il a pu échapper à l'époque à la vigilance de sa mère, se rendre au Conquet en stop et trouver un prétexte pour se faire embarquer par le marin. Ce n'est pas sorcier, tout de même ! Et qui plus est, il possède, comme tous les autres suspects, un bateau. Celui de son père. Or, si l'on suit à la lettre le manuscrit de Malloc'h, le meurtrier d'André Petit - la deuxième victime, l'ami de Simon Arnicol - a piégé le pêcheur de son canot, aux abords de l'île aux Moines.

Marie haussa les épaules. Après tout, Jean-Yves Le Naour lui importait peu. Ce garçon fétichiste, sournois et déplaisant pouvait cacher d'autres tares encore. Il était loin de posséder une once du charme rebelle de Jean-Nicolas Dubacq.

Suivant le cours de ses pensées, elle servit une louche de bouillon brûlant dans l'assiette de son hôte et lui présenta une assiette de croûtons aillés, accompagnés de rouille.

— À propos, j'ai eu la surprise de recevoir, sur les coups de midi, la visite du fils de Guirec.

Quentin Le Gwen releva la tête du délicieux fumet.

— Ah bon ? J'étais chez eux quand il est sorti, en effet. Que voulait-il ?

— Oh… fit Marie après avoir soufflé sur sa soupe… il désirait que je jette un coup d'œil critique sur ses poèmes. La joute oratoire avec sa belle-mère, hier, a dû le remplir de doute. On est fragile quand on a dix-sept ans…

— Quelle opinion avez-vous de lui, Marie ?

La jeune femme mit un temps avant de répondre.

Le commissaire l'observait. Il était clair qu'elle cherchait à protéger l'adolescent de l'acuité du policier. Les mots ont, eux aussi, leur ombre et leur interprétation peut être équivoque.

— C'est un garçon extrêmement intelligent… Fin et sensible. Sûrement vulnérable… J'ai lu certains de ses poèmes… Intéressants ; dénués de nombrilisme comme le supposait sa belle-mère… Mais si noirs !

Le commissaire appuya son menton sur le dos de ses mains croisées.

— Je donnerais cher pour savoir ce qui traverse l'esprit de ce garçon… Vous a-t-il fait des confidences à propos de sa belle-mère ? Son animosité à son égard me paraît, disons… disproportionnée.

— Je n'en sais pas plus que vous. Jean-Nicolas est si pudique ! Curieux, d'ailleurs pour un adolescent qui écrit de la poésie. Mais je suppose que Claire revêt à ses yeux les oripeaux de toutes les marâtres célèbres… Je la crois dure.

— Moi aussi, concéda Quentin.

Le commissaire raconta alors à Marie sa conversation avec Claire Dubacq au sujet d'Élisabeth Messager.

L'écrivain l'écoutait avec attention. Parfois un sourire affleurait sur ses lèvres.

— Pauvre Élisabeth ! commenta-t-elle quand il eut terminé. Je la trouve sotte et injuste vis-à-vis de son mari mais une telle adoration vis-à-vis de

Claire aurait mérité de la part de cette dernière un brin de considération ! Après tout, elle a beau se plaindre d'être l'objet de harcèlement amical, quand ses intérêts sont en jeu, Claire profite d'Élisabeth. Elle est bien contente de la trouver pour se délester de ses enfants. Que va devenir Élisabeth si tout le monde, à commencer par son mari, la laisse tomber ? Antoine m'a avoué, hier, qu'il la quittait. Il avait même l'intention de dormir à l'hôtel après la soirée.

— Tiens… tiens, commenta Le Gwen. Très intéressant tout ça. Je suis aussi passé chez eux cet après-midi. Ils avaient l'air de très bien s'entendre.

L'ébahissement de Marie divertit Quentin. Après qu'ils eurent tous deux échangé leurs points de vue sur ce couple en apparence si mal assorti, les conclusions du commissaire dérangèrent un peu la jeune femme.

— Admettons que cette dispute, pour une raison que nous ignorons, ait été orchestrée par Antoine. S'il voulait avoir les coudées franches pour tuer Geneviève Lagatu, l'occasion d'agir en toute liberté était idéale, non ? Or, ni l'un ni l'autre ne m'ont avoué qu'Antoine avait découché cette nuit. Celui-là ne paie rien pour attendre… Il a intérêt à ce que l'hôtelier ait regardé sa montre au moment précis où il le bordait !

Marie tenta de tempérer les ardeurs belliqueuses du policier et prit la défense du bibliothécaire.

— Antoine est tout à fait sain d'esprit, Quentin. Si tous les gens timides devaient se transformer la nuit en loups-garous ! Ce n'est pas malin de sa part de vous avoir menti sur ce point. Mais lui aussi est très pudique… Il n'est pas du genre à afficher sa vie privée.

— On s'en tape de la pudeur quand il est question de meurtre, Marie !

Devant la colère soudaine du commissaire, la jeune femme baissa la voix pour calmer le jeu.

— Je connais suffisamment Antoine. C'est un garçon gentil et rêveur. Il n'a pas dû se rendre compte de l'enjeu ni songer qu'il puisse être suspecté.

Même s'il n'en pensait pas moins, Quentin Le Gwen se tut et loua les qualités culinaires de son hôtesse. Puis, très vite, il revint au sujet qui le préoccupait.

— S'il s'agissait de simples crimes crapuleux, Marie, les choses seraient plus aisées. En fait, les raisons qui poussent à tuer sont toutes les mêmes : jalousie, haine, pouvoir, sexe, argent… Mais quand on a affaire à un fou dont le mobile échappe au sens commun… Je me vois mal discuter, avec chacun d'eux, des trois constantes que la médecine a relevées chez les psychopathes, en fouillant leur passé…

— Quelles sont-elles, Quentin ?

— Si vous avez un gosse qui se délecte à martyriser les animaux, joue avec les allumettes et provoque un incendie volontaire, continue enfin à faire pipi au lit sur le tard, vous avez tout intérêt à surveiller l'évolution de votre rejeton…

— Sur qui se portent vos soupçons particulièrement ? demanda alors Marie. Je vous imagine mal les allonger tous sur un divan et jouer à papa Freud…

Le commissaire repoussa son assiette et, après en avoir demandé l'autorisation à son hôtesse, alluma une cigarette.

Marie remarqua alors la tension des muscles de son visage. Quentin lui fit part de son unique certitude.

Quel qu'il fût, l'assassin allait récidiver, et très vite. La mission mystique qu'il s'était dévolue était loin d'être achevée. Il n'aurait de cesse que le jour où il aurait exterminé les douze apôtres. Or, à présent, il se savait acculé. Déterminé, il avait déjà sûrement établi sa liste de victimes, même si l'opportunité de les approcher ne s'était peut-être pas présentée pour toutes. Certes, on ne rencontre pas tous les jours un Jude ou un Thaddée, mais à l'époque du minitel, cette entreprise n'avait rien d'insurmontable. Marie demanda alors au policier si, à part les prénoms, un facteur commun unissait les victimes.

— Si on exclut les femmes… Marie-Madeleine Moreau et sa cousine Geneviève qui ne font pas partie du plan initial de l'assassin, oui… J'ai relu les rapports d'enquête sur le décès de Pierre Aufret, mort que l'on pensait accidentelle à l'époque. Walter Trigot s'est occupé d'André Petit et de Mathieu Péan. Il semblerait, d'après leur entourage, que tous trois étaient particulièrement gentils et serviables.

— Ouf! ponctua Marie. Au moins, Simon Arnicol ne risque pas d'être élu!

Le commissaire esquissa un sourire en contemplant l'air à la fois réjoui et peste de la jeune femme.

— Ce n'est pas aux vieux singes que l'on apprend à faire la grimace… Vous vous êtes laissée prendre à l'hameçon de votre séduisant pêcheur et vous voilà mordue…

— Moi! vitupéra Marie. Plutôt crever! Un mufle pareil… Un goujat…

— Tss… Tss… C'est bien plus grave que je ne le pensais… Faites attention à vous tout de même… ajouta Quentin en serrant une seconde la main de la jeune femme. Je n'ai aucun préjugé contre lui. Cependant, il était l'ami d'André Petit. Et, dans le milieu de la pêche, il a pu aussi avoir l'occasion de rencontrer Pierre Aufret au Conquet.

— Quel têtu vous faites ! s'exclama Marie. Vous n'en démordrez pas, hein ? Je n'éprouve pas une sympathie débordante pour ce type, mais tout de même !

Quentin Le Gwen continuait à sourire, ce qui eut le don d'exaspérer Marie.

— Excusez ma comparaison, Marie… Loin de moi l'idée de vous offenser. Mais vous me rappelez ma vieille tante Noémie qui refusait de sortir de chez elle dès qu'elle entendait parler d'une épidémie de grippe, de coqueluche, de varicelle, de fièvre aphteuse ou de myxomatose. Bref, elle est morte très âgée mais seule… À ne pas vous exposer, il ne vous arrive rien. Ni de mal, ni de bien…

— Charmant tableau ! bougonna la jeune femme. Vous avez le genre d'humour de Simon ! Mais votre vieille tante quand elle était jeune, a peut-être été très malade ! Qui s'en est soucié ?

Quentin n'eut pas le loisir de répondre à Marie. On sonnait à la porte. Machinalement, la jeune femme regarda l'heure à sa montre. 22h30. Qui diable pouvait venir chez elle si tard ? Une autre sonnerie, autoritaire cette fois. Marie Demelle se dirigea vers l'entrée et ouvrit. Aussitôt, les deux hommes pénétrèrent dans le vestibule.

À leur mine, le commissaire Le Gwen comprit qu'il s'était passé quelque chose.

Paco Malloc'h prit la parole tandis que Simon Arnicol restait près de Marie.

— Guirec nous a appelés tout à l'heure, affolé. Jean-Nicolas a disparu. Vous ne l'auriez pas aperçu par hasard ?

— Quoi ? s'exclama Quentin. Mais où ? Quand ?

Marie fit asseoir ses visiteurs et leur servit un verre.

Il n'est pas rentré déjeuner ni dîner. Son portable ne répond pas… Ce n'est pas son habitude… D'après son père, il prévient toujours quand il décide d'aller voir un copain… Avec tous ces événements…

Pressée par le commissaire, Marie Demelle tentait de se rappeler la moindre allusion que lui aurait faite Jean-Nicolas.

D'après les recoupements, elle était la dernière personne à avoir vu le jeune homme.

Tous les quatre, autour de la table, affichaient une mine déconcertée. Mais aucun signe particulier n'avait alerté la jeune femme. Un peu après midi, le fils de Guirec était passé en coup de vent. Il lui avait remis le recueil de poèmes photocopiés qu'elle faisait à présent circuler entre les mains des trois hommes. Jean-Nicolas voulait avoir son avis en tant qu'écrivain.

Quentin Le Gwen tapotait le livret contre le rebord de la table.

— C'est bien ce document qu'il tenait quand je l'ai vu farfouiller dans la bibliothèque de ses parents. Mais je suis certain d'une chose. Jean-Nicolas en avait deux exemplaires…

Il se tourna alors vers Simon Arnicol puis vers Paco Malloc'h.

— Est-il passé chez l'un de vous pour la même raison ?

Les deux hommes hochèrent la tête négativement.

— Peut-être est-il venu chez moi, rectifia Simon. Mais j'étais en mer. Et il n'y avait rien dans ma boîte aux lettres.

— Moi non plus. Je suis parti avec Cesco que vous avez vu à la sortie de l'église ce matin. Après avoir traité les camélias de mon client, je suis rentré. Le temps de me changer et de retourner au commissariat de Lannion, comme prévu.

Quentin se leva et arpenta la pièce.

— Ce garçon est bien quelque part, nom d'une pipe ! Avant de s'éparpiller et de chercher dans tous les sens, réfléchissons… À part Marie, quelle personne serait habilitée à juger de ses poèmes ? Antoine Messager… peut-être… Il est bibliothécaire après tout.

Simon Arnicol intervint alors :

— Non. Guirec l'a appelé tout à l'heure. Il ne l'a pas vu de la journée.

Marie Demelle, un peu étourdie par les déambulations nerveuses du commissaire, tenta de calmer le jeu.

— Je ne pense pas qu'il faille s'alarmer outre mesure, Quentin. Si Jean-Nicolas m'a donné ses poèmes dans l'intention d'avoir mon avis, c'est qu'il n'avait pas projeté de s'éclipser dans la nature ! Et puis, ajouta-t-elle plus bas, Nicolas n'est pas le prénom d'un apôtre.

Paco Malloc'h soupira. Le jardinier se massait la nuque et le cuir chevelu d'un geste las.

— Je crois que j'ai fait une connerie, murmura-t-il. Je me sens responsable de la disparition de ce gosse

Tous les regards convergèrent alors vers lui. Invité à s'expliquer, Paco s'adressa à Quentin :

— Je n'ai pas pu faire autrement chez Guirec, tout à l'heure. J'ai trahi ma parole donnée à Jean-Nic. Guirec était si anxieux ! Même s'il ne m'a pas cru, s'il a presque ri devant mes explications, je ne pense pas être très éloigné de la vérité…

— Si vous commenciez par le début, monsieur Malloc'h ? Tout ceci me semble confus.

— Oui, bien sûr. Vous souvenez-vous du jour où vous êtes passés me voir, vous et votre inspecteur ?

Le commissaire opina du chef puis ajouta :

— Tout à fait. Jean-Nicolas sortait de chez vous. Avait-il l'habitude de vous rendre visite ? Que désirait-il ?

— De l'argent… En fait, une somme relativement importante pour un gamin de son âge. Mille euros.

— Vous les lui avez donnés ? demanda Quentin.

— Oui, avoua Paco. J'ai hésité tout d'abord… Et puis, je me suis laissé attendrir par sa situation délicate. Comme je n'avais pas cette somme chez moi, je la lui ai apportée hier, à la soirée de ses parents.

Le commissaire Le Gwen se rappelait fort bien l'enveloppe glissée dans la main du jeune homme.

Ainsi, ce geste singulier trouvait là son explication.

— Je suppose, ajouta le policier, que vous avez essayé de connaître les raisons de ce besoin d'argent liquide ?

— Bien sûr… Je craignais une histoire de drogue. Si cela avait été le cas, j'aurais refusé de l'aider.

Simon Arnicol intervint alors et esquissa un sourire à l'adresse du jardinier.

— Tu me sembles bien naïf, Paco. Même si le petit se came, il n'irait pas te le dire !

Le fils de Malloc'h, dépité, en convint.

— Il m'a avoué qu'il avait mis une fille enceinte. Il voulait assumer son acte et l'aider à avorter.

— Cette histoire me paraît possible, fit Quentin. Il vous a dit comment elle s'appelait ?

— Heu, oui… Un prénom à consonance italienne… Graziella… Non… Claudia… Non… Carla ! C'est ça : Carla.

— On devrait trouver des traces de cette fille dans la correspondance de Jean-Nicolas fit remarquer Marie. Il est peut-être allé la rejoindre pour lui remettre l'argent. Vous ne le pensez pas ?

Les trois hommes admirent cette possibilité… Cependant Paco émit une réserve. Le père du jeune homme n'était-il pas le mieux placé pour connaître son fils ? Or, Guirec ne croyait absolument pas en l'existence de cette fille. Réflexe de pudibonderie catholique ? Paco n'aurait su le dire. Toujours est-il que les certitudes de Guirec avaient ébranlé les convictions de Paco.

Le commissaire Le Gwen se leva.

— Il est tard, mais je voudrais passer chez les Dubacq et jeter un œil à la chambre de Jean-Nicolas. Vous m'accompagnez, monsieur Malloc'h ?

Tandis que les deux hommes partaient, Simon Arnicol, resté seul avec Marie, sembla tout à coup mal à l'aise. Amusée par ce revirement, la jeune femme ne fit rien pour dissiper cette gêne. Au contraire. Sans mot dire, elle se mit à débarrasser la table. Elle enlevait les verres quand son regard se posa sur la fenêtre. Elle poussa un cri de stupeur mêlée d'effroi et laissa tomber sa charge. Dans un bruit de verre brisé, Simon sursauta.

— Qu'est-ce qu'il y a ?

Marie désigna du doigt le carreau.

— J'ai aperçu un visage, balbutia-t-elle d'une voix blanche. Quelqu'un nous espionnait !

Le marin bondit vers la porte qu'il ne prit pas le temps de refermer derrière lui.

Très vite, Marie retrouva son sang-froid et partit dans la cuisine chercher un balai et une pelle. Elle s'était laissé surprendre. Stupide réaction épidermique. Les événements tragiques de ces dernières semaines n'allaient pas la rendre paranoïaque, tout de même ! Accroupie pour ramasser les plus gros morceaux de verre, elle se tracassait pour Jean-Nicolas. L'apparition, derrière le carreau avait été si fugitive qu'elle n'avait pas eu le loisir de reconnaître l'étrange visiteur. Simon ne revenait toujours pas… Peut-être s'agissait-il du fils de Guirec ? Pour une raison quelconque, avait-il besoin d'aide et cherchait-il à l'approcher ? Plus elle y pensait, plus ce scénario lui semblait plausible. Et la sotte qu'elle était avait fait fuir l'adolescent ! Le pauvre avait dû être effrayé par le cri qu'elle avait poussé ! Pourvu que Simon ait réussi à le rattraper…

Le claquement de la porte annonça enfin le retour du marin. La pelle à la main, Marie se retourna vers lui.

— Je lui ai fait passer l'envie de recommencer, grommela l'homme. Vous pouvez être tranquille ! Il ira exercer ailleurs ses talents de voyeur.

— Mais de qui parlez-vous ? Ce n'était pas Jean-Nicolas ? ajouta Marie, gagnée par la déception.

— Oh que non! Je vous le donne en mille... Jean-Yves Le Naour. Le fils d'Émilie. Je l'ai choppé alors qu'il s'enfuyait à toutes jambes au bout de la venelle.

Marie sentit la moutarde lui monter au nez. Cet adolescent vicieux et désagréable allait-il continuer à lui pourrir la vie?

— Que lui avez-vous dit?

— Je l'ai d'abord bousculé un peu en guise d'apéritif... Ensuite, il m'a balancé son plat sans résistance. Figurez-vous qu'il était déjà aux aguets quand Paco et le commissaire nous parlaient. En fait - ne m'en veuillez pas, Marie... si je vous le livre tout cru - il voulait savoir si, après leur départ, j'allais vous basculer dans votre canapé...

— N'importe quoi! bredouilla la jeune femme visiblement gênée.

— Il a peut-être des dons de médium, après tout, surenchérit Simon, pas mécontent de la voir rougir.

Puis, reprenant son sérieux, Simon avoua son inquiétude à propos de Jean-Nicolas.

Si l'adolescent avait décidé de fuguer, comme il avait de l'argent, il était possible qu'il ait pris le train.

Marie acceptait-elle de l'accompagner jusqu'à Lannion?

Peut-être, à la gare, malgré l'heure tardive, un employé de la SNCF l'avait-il aperçu?

En guise de réponse, Marie alla décrocher sa veste de la patère.

*

Tandis que Paco aidait Claire à coucher ses enfants qui, inquiets du sort de leur grand frère, refusaient de regagner leur lit, Guirec Dubacq avait conduit le commissaire dans la chambre de Jean-Nicolas. Avec la permission du père, Quentin Le Gwen fouillait à présent le bureau de l'adolescent dans l'espoir de dénicher des indices sur sa disparition.

Il recherchait notamment des lettres qu'aurait pu recevoir le mineur.

Derrière lui, Guirec, les traits tendus, manifestait, une grande nervosité. Il prenait un bibelot, semblait l'apercevoir pour la première fois et le redéposait pour s'intéresser à un autre objet.

— Je vous certifie que vous faites fausse route, déclara-t-il. C'est moi qui, la plupart du temps, vais prendre le courrier à la boîte aux lettres. Quand je suis absent, Claire s'en occupe. Ma femme et moi sommes formels. Depuis Noël, personne n'a écrit à mon fils.

Quentin, flegmatique, continuait sa fouille. Le bureau contenait de nombreux tiroirs et, comme chez la plupart des adolescents, l'ordre n'était pas la vertu première de Jean-Nicolas.

— Monsieur Dubacq, ne soyez pas si naïf ! Quand un jeune ne veut pas qu'on découvre ses secrets, il se sert de la poste restante ou d'un copain complaisant. Moi aussi, j'ai une fille, un peu plus âgée que votre fils… Et je suis bien placé pour le savoir…

— Je vous répète que je n'ai rien entendu de plus grotesque que cette histoire de petite amie enceinte ! Mon fils ne s'intéresse pas aux filles ! Parfois même, je le déplore…

Quentin se retourna :

— Vous voulez dire qu'il a des tendances homosexuelles ?

— Grand Dieu ! Non ! s'exclama Guirec. Quelle horreur ! Enfin… Je voudrais juste qu'il ait les préoccupations des jeunes de son âge… Sortir avec des camarades… danser… un petit flirt. Oui, pourquoi pas ?

— Au lieu de quoi ? s'enquit Quentin en visitant le dernier tiroir.

Guirec Dubacq résuma en quelques mots les centres d'intérêt de son fils. La lecture d'ouvrages philosophiques ou poétiques. L'écriture. La pêche en mer et les promenades solitaires.

— Les voyages aussi ? demanda le commissaire à brûle-pourpoint.

— Non… Pas à ma connaissance.

— Il semblerait pourtant que si… fit remarquer Le Gwen en extirpant deux cartes IGN et en les mettant sous le nez de Guirec. Votre fils n'aurait-il pas projeté un petit séjour en Italie ?

Alors qu'il prenait connaissance des cartes griffonnées et annotées, Guirec pâlit. Il balbutia :

— Ça alors… Ce n'est pas possible… Comment a-t-il fait ?

D'une démarche soudain lasse, Guirec se détourna du bureau pour aller s'asseoir sur le lit de son fils. Il tenait toujours les cartes sur ses genoux mais son regard, devenu lointain, paraissait ne pas les voir.

— Qu'on s'intéresse à Pise, Florence ou Venise, soit. Mais à la Maremme ! Cette région de Toscane vous dit quelque chose, n'est-ce pas ? Si vous m'expliquiez…

Guirec hocha la tête et déglutit.

— Jean-Nicolas a entouré le village où vivent ses grands-parents, où ma femme… heu… je veux dire, ma première femme est née.

Quentin s'approcha de l'homme qui, le dos voûté, baissait à présent la tête.

Au mouvement de ses épaules, il s'aperçut alors que Guirec pleurait en silence. Il laissa au père de l'adolescent le temps de se reprendre avant d'enfoncer le clou…

— Qu'avez-vous caché à votre fils, Monsieur? demanda-t-il d'une voix douce.

Guirec releva vers lui ses yeux rougis.

— Rien… Enfin, si… Paloma, la mère du petit, faisait ses études à Paris lorsque nous nous sommes rencontrés. C'était une jeune fille merveilleuse, douce, si jolie… Je suis tombé amoureux fou d'elle. De ce type d'amour qui n'arrive qu'une fois dans votre vie… Et encore… Elle est tombée enceinte…

— D'où le scénario inventé par votre fils pour lui-même, l'interrompit Quentin. Comme par hasard, le premier prénom féminin qui est venu à l'esprit de Jean-Nicolas est, lui aussi, d'origine italienne.

Le lien entre son histoire vécue et celle, onirique, de son fils, troubla un instant Guirec Dubacq.

Puis, il reprit le cours de sa narration.

La famille italienne et catholique de Paloma crie au déshonneur.

Guirec répare la faute, avec joie, malgré les réticences de sa fiancée.

— J'aurais dû écouter Paloma. Nous aurions vécu ensemble sans nous marier, sans nous préoccuper des pressions de part et d'autre. Peut-être ne se serait-elle pas sentie écrasée par ma famille. Peut-être l'aurais-je encore à mes côtés...

Ces révélations étonnèrent un peu Quentin... Heureusement, pensa-t-il, Claire n'entendait pas son mari.

— Jean-Nicolas n'ignore pas que sa maman s'est suicidée ?

— Non. Il l'a compris petit à petit. Le jour de ses dix ans, il m'a demandé la vérité. Je la lui ai dite.

— Mais alors, ses grands-parents... poursuivit Quentin... Je ne saisis pas très bien... Pourquoi avez-vous paru si interloqué du fait que Jean-Nicolas essaie de les rencontrer ?

Guirec planta son regard dans celui du commissaire comme s'il attendait la sentence.

— Lorsque Paloma s'est jetée dans la Seine, ils m'ont, à juste titre, maudit. Moi, et l'enfant sans qui leur fille, selon eux, aurait vécu. Sur ce point, j'ai donc menti à Jean-Nicolas. Pour le protéger, je lui ai caché sa famille italienne. Je refusais qu'il puisse être, encore une fois, rejeté par la vie. Je lui ai donc affirmé que sa maman était orpheline, elle aussi. Je n'arrive pas à comprendre de quelle façon il l'a appris...

Quentin se passa la main dans les cheveux, ennuyé.

— Ce n'est pas très compliqué quand on veut, à tout prix, connaître ses origines, je suppose.

La chambre de l'adolescent n'avait plus rien à lui apprendre. En sortant de la pièce, il tapota, un instant, l'épaule de l'homme, toujours assis sur le lit de son fils. Certes, la disparition du mineur allait être signalée à tous les services compétents. Mais un détail tracassait le commissaire. Si Jean-Nicolas avait décidé de partir ce jour-là pour l'Italie, pourquoi n'avait-il pas pris la carte détaillée de la Maremme sur laquelle il avait griffonné le parcours afin de se rendre à la ferme de ses grands-parents ? D'autre part, nulle trace de la somme donnée par Paco dans les affaires de l'adolescent… Jean-Nicolas devait donc l'avoir sur lui… À quoi destinait-il cet argent si ce n'était pour voyager ? Était-il déraisonnable de se demander si les troubles psychologiques du garçon n'étaient pas plus graves qu'on ne le croyait ? Si, du camp des victimes il n'était pas passé dans celui des bourreaux ? Si, enfin, Jean-Nicolas ne se cachait pas tout bonnement pour avoir les coudées libres et poursuivre, dans son âme égarée, son œuvre mortifère ?

Avant de fermer la porte sur Guirec qui désirait rester un moment seul dans l'antre de son fils, le commissaire jeta un dernier coup d'œil sur ce père perdu… Un sentiment de pitié douloureuse l'envahit…

IX

Trois jours s'étaient écoulés depuis la disparition de Jean-Nicolas Dubacq. Le garçon semblait s'être volatilisé sans laisser de trace.

Les recherches auprès des gares routières, ferroviaires et des aéroports les plus proches n'avaient rien donné.

Prévenus par la police italienne de l'arrivée possible du mineur, monsieur et madame Brandiardi, grands-parents du garçon, se tenaient à la disposition des autorités. Pour l'heure, nul étranger, fût-ce pour un motif prétexté, ne s'était présenté au domaine agricole. Les commissaires Le Gwen et Trigot avaient conservé le maigre espoir que le jeune homme, malgré sa fugue - et si tant est qu'on pût évoquer une fugue - aurait pu se rendre chez un ophtalmologiste de Lannion le mardi, à dix-sept heures quinze, heure du rendez-vous qu'il attendait impatiemment depuis cinq mois. En vain. Le garçon n'avait pas non plus téléphoné pour se décommander.

Guirec Dubacq broyait du noir, croyait son fils mort et harcelait à tout moment l'un ou l'autre commissaire.

Il s'était excusé auprès de son ministère et n'avait pas regagné Paris où une mission culturelle, préparée pourtant de longue date, l'attendait.

C'est dans ce climat lourd et délétère que, ce mercredi matin-là, Quentin Le Gwen et Michel Le Fur s'apprêtaient à descendre prendre leur petit-déjeuner à l'hôtel du Phare, quand le téléphone portable du commissaire sonna.

— Allô ? Oui… oui… c'est pas vrai ! Ah merde… Manquait plus que ça… oui.

Plus encore que la conversation monosyllabique de son patron, le teint soudain terreux du commissaire avertit Le Fur, à juste titre, qu'il se passerait ce matin-là de son sacro-saint bol de café au lait dans lequel il avait pour habitude de faire baigner des mouillettes beurrées.

— Et de six… ragea Quentin en éteignant son portable. Bon. On y va maintenant.

— Six quoi ? geignit Le Fur en trottinant derrière son âme damnée. Six brioches ? Six petits pains ? Six croissants ?

— On s'abstient de faire de l'humour quand on n'en a pas ! aboya le cerbère d'un ton rogue. C'est du cadavre que tu vas bouffer ! Et tout de suite encore !

Michel Le Fur eut à peine le temps d'ouvrir sa portière que Quentin démarrait déjà.

— Oh ! Ça va ! râla-t-il. Tu ne t'appuies pas sur une vesse de loup ! Si tu me branchais… d'abord ! Tu sais bien que j'ai l'estomac délicat… Surtout à jeun ! J'aime autant être affranchi. C'est qui l'horizontal ? Pas le gosse, j'espère !

— Non. Un certain Jacques Groênflasher. Ouvrier carrier, d'origine alsacienne… Les hommes de son équipe viennent de le trouver, à 8h30… Le tableau n'est pas très appétissant, paraît-il. Il a été tué à côté, à la Clarté, dans la carrière de granite rose où il travaillait…

— Un rapport avec les autres ?

Le commissaire Le Gwen haussa les épaules.

— Je n'ai eu aucun détail. À part le prénom…

Quand ils arrivèrent à la carrière, une estafette de la gendarmerie, un camion de pompiers et trois voitures banalisées étaient déjà sur place. Le Gwen reconnut parmi elles, le véhicule du commissaire Trigot.

Ce dernier s'entretenait avec le capitaine de la gendarmerie que le chef de chantier avait naturellement alerté sans savoir que l'enquête avait été confiée à la police et non aux militaires.

— Ah ! Vous voici ! déclama le commissaire Trigot pour se faire mousser.

— Je regrette, répondit Le Gwen. Mais vous avez jugé bon de ne me prévenir qu'il y a sept minutes !

Énervé par l'attitude de son confrère, le commissaire Le Gwen se tourna vers le capitaine de gendarmerie, par pure provocation, tandis que Le Fur se dirigeait vers un groupe d'ouvriers, choqués du meurtre de leur collègue.

Quelques minutes plus tard, le commissaire Le Gwen et son lieutenant se dirigeaient au fond de la carrière où le corps recroquevillé et nu du pauvre bougre gisait à l'intérieur de l'énorme pelle mécanique d'une machine-outil. Le médecin légiste était penché sur lui.

Quentin, au lieu d'observer l'homme, regarda d'abord autour de lui. Ces quelques secondes lui étaient toujours nécessaires avant de recevoir la gifle de la mort violente. L'endroit dénudé et silencieux, comme un point de suspension dans l'infini, possédait un charme étrange. Union insolite de la froideur de la pierre et de la douceur rose d'une poussière minérale attendrie encore par le soleil du matin.

Ainsi, les parois saumonées de la falaise déchiquetée par le travail des carriers s'élevaient comme un tombeau naturel pour le malheureux. Une semblable ambiguïté émanait du corps de l'homme. Son visage buriné et ses grosses mains calleuses contrastaient avec la blancheur du torse et des membres. Cette fragilité était rendue plus vive encore par la position fœtale de l'ouvrier.

L'assassin lui avait laissé son slip et ses chaussettes. De multiples plaies ourlées de sang déjà figé ainsi que des contusions souillaient la lividité de sa chair.

Tout autour de la pelleteuse, des cailloux gisaient çà et là.

— Il a été lapidé. C'est ça ? murmura Quentin.

— Oui, sans aucun doute, décréta le médecin. Je ne peux pas, avant l'autopsie, préciser quelle blessure ou choc a causé le décès. Je suis sûr d'une chose cependant. Son meurtrier l'a d'abord assommé… Regardez ici, au niveau de l'occipital. C'est la seule trace de coup sur la partie postérieure du corps. Venez avec moi, je vais vous montrer où l'agression a eu lieu.

Le médecin, suivi de Quentin et du commissaire Trigot, fit le tour de la pelleteuse. Une dizaine de mètres plus loin, il s'arrêta et, du doigt, désigna deux sillons irréguliers sur le sol.

— Ces traces correspondent à l'arête des talons de la victime. L'assassin l'a frappée ici, puis a retourné le corps. Ensuite, il a pris celui-ci par les aisselles et l'a traîné jusqu'à la pelleteuse. À deux mètres de l'engin, les sillons sont à peine visibles. C'est donc là qu'il l'a déshabillé et déchaussé.

— Où sont ses vêtements ? demanda Le Gwen.

— Ils étaient posés à côté du corps, par terre, répondit le commissaire Trigot. Mes hommes viennent de les emporter.

— A-t-il repris conscience avant de mourir, Docteur ?

— D'après la position du corps, je le crains, en effet. En se recroquevillant, l'homme a cherché à parer les coups. En revanche, la brûlure du chalumeau au niveau du sphénoïde, lui a été infligée post-mortem.

Les policiers laissèrent alors le légiste poursuivre ses investigations et se rapprochèrent de la baraque de chantier qui servait de vestiaire et d'abri aux ouvriers carriers.

Tout en marchant, Walter Trigot daigna confier à son homologue brestois le peu de chose qu'il avait appris de la victime.

— Il avait cinquante-deux ans, père de famille. Un homme sans histoire, d'après ses collègues de chantier. Gentil et serviable. Il fait partie de l'équipe depuis trois ans simplement. C'était un matinal. Il avait pris l'habitude d'arriver sur le chantier trois quarts d'heure avant tout le monde. Cette manie a eu raison de lui, je suppose. Quoi qu'il en soit, je ne sais pas quel apôtre il représente pour le fêlé. Il y avait deux Jacques…

— Il s'agit de Jacques le Mineur, affirma alors Le Fur.

Surpris par le ton péremptoire de ce lieutenant qu'il prenait pour quantité négligeable, le commissaire Trigot toisa de sa haute stature ces cent soixante-sept centimètres d'insignifiance.

— Et qu'en savez-vous, je vous prie ?

— Très facile… J'ai discuté avec ses potes tout à l'heure… Jacques Groênflasher a quitté l'Alsace quand les dernières mines de charbon ont fermé et qu'il se retrouvait sans boulot. Il ne voulait pas de retraite anticipée. Alors il s'est expatrié ici. C'est donc Jacques, le Mineur, doublure de l'acteur qui jouait avec JC. D'ailleurs, c'est comme ça qu'il est mort en VO. Jacques Le Majeur, lui, s'est fait rafraîchir la nuque par Hérode. Pas vrai, Quentin ? Dix sur dix en caté ?

L'inspecteur Le Fur n'eut pas le loisir de profiter de ses effets de pavane de dindon de basse-cour. Un policier accourait au-devant de Walter Trigot.

— Regardez, Commissaire ! On a trouvé ce portable au bord de la route.

— Vous avez réussi à le déverrouiller ? À qui appartient-il ?

— À Jean-Nicolas Dubacq.

Cette révélation laissa un goût amer dans la bouche de Quentin.

*

Il ignorait si c'était la soif, la faim, l'odeur écœurante de la pièce confinée, ou encore sa posture inconfortable qui lui causait cette insoutenable nausée et ce poids sur l'estomac. Peut-être le tout.

Dans le renfoncement du mur où on l'avait ligoté, si étroit qu'il ne pouvait se tenir ni vraiment debout, ni vraiment assis, il observait le fou terminer son rituel devant l'autel où brûlaient des cierges. Ses gestes emphatiques, accentués par les effets de manche de sa longue aube blanche, annonçaient à présent la fin du sacrifice.

Pour avoir assisté plusieurs fois à ce simulacre, il savait que le dingo allait maintenant se saisir de la lame effilée posée sur la nappe immaculée de l'autel, qu'il se couperait à l'avant-bras et verserait son sang dans le calice de vermeil avant de le boire.

Une absurdité lui traversa l'esprit. Le calice parvenait à lui comme par magie et il se désaltérait de ce sang. Sa langue lui semblait si épaisse qu'il avait l'impression qu'elle avait doublé de volume et que, si ce cauchemar devait se poursuivre une heure de plus, sa bouche ne parviendrait plus à la contenir.

Il évitait de regarder le vase de fleurs fraîches posé devant lui. Au début, il avait essayé, en se tortillant, de l'atteindre afin de l'agripper entre les pieds. Il imaginait pouvoir porter ce vase jusqu'à sa bouche et se saouler d'eau… Inutile souffrance. L'anneau de fer scellé au mur et qui lui emprisonnait le ventre grâce à une ceinture de cuir résistait à ses dérisoires soubresauts.

Tout d'abord, il n'avait pas compris cette stupide offrande de fleurs. Puis, en se penchant un peu en avant, il avait remarqué que l'alcôve où il était tenu prisonnier, était entourée de pierres de taille cimentées entre elles.

Cette découverte l'avait bouleversé. Pour avoir fréquenté les églises autrefois, il connaissait à présent la signification de ce décor de carton-pâte. Ce dingue l'avait placé dans la niche d'un saint… Et lui, faisait figure de statue…

— *Ite missa est…*

Comme toujours après avoir célébré sa messe, le fou allait venir vers lui. Il s'agenouillerait devant sa niche et, les mains jointes, le regard extatique, prierait.

C'était le seul moment où il pouvait essayer de lui faire entendre raison, l'unique moment où il n'était pas totalement sourd…

— Au nom du Père, du Fils et de moi. Amen.

— À boire, s'il vous plaît… Juste à boire…

L'autre le dévisagea, choqué.

— Tu ne fais que répéter cela! À boire! J'ai soif! Tu ne crois pas que tu exagères? Parfois, je me demande si la deuxième essence de ma Sainte Trinité avait raison de tant t'aimer! Tu étais son préféré, tu sais? Tu n'as pas hâte d'aller le retrouver? Arrête alors de radoter que tu as soif! Ton âme se libérera plus vite de cette absurde enveloppe charnelle!

— N'oubliez pas… Je suis le seul à avoir échappé au martyr… tenta de l'amadouer le malheureux.

Cet argument qu'il invoquait chaque fois tracassait le pauvre égaré. Maintenant, il se rongeait l'ongle du pouce.

— J'y ai pensé toute la nuit. Ce matin, encore, quand j'ai libéré l'âme de Jacques Le Mineur… j'ai une idée!

*

Le commissaire Le Gwen et son lieutenant revenaient vers Ploumanac'h.

Annoncer à Guirec Dubacq que les recherches pour retrouver son fils avaient pris une autre tournure, ne réjouissait pas Quentin. Jean-Nicolas devenait le premier suspect dans cette affaire.

À cette heure d'affluence, la ville déversait son flot d'estivants. Quentin roulait au pas mais ne s'en souciait guère. À dire vrai, ce ralentissement lui permettait de réfléchir au discours qu'il tiendrait à Guirec Dubacq.

Il faisait chaud et Quentin, manches de chemise relevées, baissa sa vitre.

Comme souvent lorsqu'il était tracassé, il s'en prit à son lieutenant préféré.

— Michel, sans vouloir te vexer, tu pues la cocotte. Tu t'imbibes autant d'after-shave que ma grand-mère arrosait son baba ! Avec cette chaleur, c'est incommodant.

— Pas ma faute, rétorqua, Le Fur nullement froissé. C'est Colette… Elle a oublié de m'acheter un nouveau déodorant. Alors, j'ai piqué le sien…

— Ce n'est pas étonnant que l'aveugle, l'autre jour, t'ait remercié en t'appelant « mademoiselle » ! Ces gens-là, en général, ont du nez…

— J'm'en fous. Je pue bon.

La voiture précédente passa au feu vert au rythme endiablé de la papa-mobile. Quentin la suivait quand, en plein carrefour, il pila net.

Insensible au concert de klaxons, il entreprit une manœuvre aussi rapide qu'inconsidérée et fit demi-tour.

— On retourne sur Perros. Et mets ta ceinture !

— Inutile, je suppose, de questionner sa seigneurie sur ce revirement intempestif, comme tu causerais ?

— Mais si, mon gros ! Sache que tu es peut-être le chlingueur flingueur le plus génial de la chrétienté ! Pour obtenir la médaille, il faut toutefois retrouver le clochard qui faisait la manche à la sortie de l'église.

Le Fur connaissait son homme. Il était inutile de lui soutirer la moindre explication quand un coup de vent de force sept venait lui chahuter les méninges.

Les dents serrées, Quentin conduisait aussi vite que le lui permettait une circulation un peu plus fluide dans cette direction. Il n'ouvrit la bouche que pour poser une question jugée aussitôt stupide par son coéquipier.

— Si un enfant se brûlait devant toi accidentellement, quelle est la première phrase qui te viendrait à l'esprit pour le consoler ?

— J'sais pas, moi ! Si c'est une devinette, j'préfère les blagues de Laurence sur les blondes. Elles sont plus rigolotes ! À propos, c'est quoi une femme châtain ?

— Si tu savais comme je m'en fiche ! Il se passe des choses bien plus graves. On n'a pas retrouvé le corps de Jean-Nicolas. Il existe une toute petite chance pour qu'il soit encore vivant.

— Ben oui ! Pourquoi veux-tu qu'il se trucide avant qu'il n'ait accompli tous ses meurtres ?

— Le gosse n'a tué personne… répondit Quentin, sombre.

Étonné, Michel Le Fur se tourna vers son chef.

— Première nouvelle ! Il y a une demi-heure encore, tu admettais qu'il pouvait être le Saint-Esprit !

— C'est ce que le meurtrier veut nous faire croire, pour être plus libre de ses mouvements.

— Et tu le connais peut-être ?

— Oui, j'en suis presque certain. J'ai besoin de la confirmation de l'aveugle.

— Avec ça, on n'est pas fauché ! soupira Le Fur. Et ma devinette ? Tu l'as trouvée ?

— …

— Une blonde en voie de guérison, marmonna pour lui-même le malheureux éconduit.

Dès qu'il trouva à se garer, Quentin, sans attendre son acolyte, dévala la place de l'Église. Comme le SDF ne s'y trouvait pas, le commissaire remonta vers les commerces, entra dans un bar et se renseigna.

Michel Le Fur venait à sa rencontre quand, dans la rue, Quentin l'apostropha, lui ordonnant de regagner la voiture.

Basile, le SDF, avait un emploi du temps de fonctionnaire du bitume. Jusqu'à midi trente, en saison, on pouvait le croiser sur le port, près du bassin de bateaux miniatures. Assis sur un banc, à côté d'une mère de famille, l'infirme interrogeait celle-ci sur sa progéniture et ne manquait pas de s'extasier par la suite sur les qualités exceptionnelles du rejeton en question. La mère, ravie qu'un aveugle soit doté d'un don de double-vue, accordait facilement une piécette à cet homme aimable.

Comme l'avait prédit le patron du café, Quentin reconnut la silhouette qui, à l'aide de sa canne blanche, longeait le bassin.

Michel Le Fur attendit les événements à l'intérieur de la voiture. L'entretien entre le commissaire et l'aveugle fut bref. Au bout de quelques minutes, le lieutenant remarqua Quentin glisser dans la main du SDF un billet de vingt euros. À le voir regagner la voiture d'un air satisfait, Le Fur se dit qu'il aurait peut-être droit, à présent, à une amorce d'explication.

— Michel, préviens le proc et appelle Trigot ! Si mon idée est juste, on va avoir besoin de renfort…

*

Le fou s'approcha si près de lui qu'il pouvait respirer son haleine. Terrorisé, le garçon se fit violence pour ne pas détourner les yeux de ce regard dément.

— Mon petit Jean. Je t'ai dit que j'ai réfléchi… Je dois avouer d'ailleurs que Gabriel m'a soufflé l'idée. Tu ne veux pas la connaître ?

Il fit non de la tête puis tenta un ultime argument.

— Je ne m'appelle pas Jean mais Jean-Nicolas… Je ne peux pas vous être utile… Laissez-moi partir. Pitié… Je ne dirai rien… À boire…

L'autre hurla à son oreille en lui empoignant les cheveux :

— Nicolas n'est qu'une imposture ! L'histoire ne retiendra que Jean ! Et tu es de la race de Jésus ! Tu as le sens du martyre ! Je l'ai su le jour où j'ai vu tes bras couverts de scarifications ! Alors, cesse de geindre !

Au bord du malaise, l'adolescent essaya néanmoins de parlementer. Jamais encore, il n'avait ressenti dans sa chair ni dans son esprit cet impétueux désir de vivre.

Revoir son père et les petits… La mer… Le soleil.

— Saint Jean a échappé au martyr… Même le Saint-Esprit ne peut aller contre cela.

Il dansait à présent. Ou plutôt, mimait des pas grotesques. Dans ses mouvements désordonnés, le dessin de sa chasuble de prêtre semblait prendre vie. Il représentait une croix en flammes sur laquelle se tordait le corps calciné de Jésus. C'était à la fois pathétique et absurde. Il avait l'air content. Et cette joie, plus encore que ses cris, terrorisait le garçon. Ce fêlé avait sûrement trouvé une parade.

Jean-Nicolas comprit qu'il allait mourir lorsque le fou sortit de la pièce pour revenir avec une bassine d'eau chaude et une éponge.

Depuis trois jours, l'adolescent marinait dans ses déjections. Si l'odeur sui generis lui était insupportable, elle ne semblait pas incommoder son bourreau.

Sans détacher pour autant la ceinture de cuir qui le maintenait captif dans sa niche, l'homme lui baissa son pantalon et son slip. Puis, tout en chantonnant un psaume, il se mit à le laver…

Jean-Nicolas n'était même plus sensible à l'humiliation de la situation. L'effroi viscéral de la mort qui s'approchait annihilait toute pudeur. Le fou le purifiait avant de l'immoler…

— Saint Jean est décédé de mort naturelle ! hoqueta-t-il.

— Qui te dit le contraire ? Bien sûr ! J'ai tout prévu… Gabriel m'a rappelé le cas de Marie.

— Marie ? répéta le jeune homme sans comprendre.

— Oui… Tu sais bien… La deuxième partie de notre Sainte Trinité a rappelé sa mère à lui par le procédé de la dormition !

Si Jean-Nicolas, depuis quelques années, refusait de suivre son père et sa belle-mère à l'église, la solide culture religieuse qu'on lui avait inculquée, enfant, l'aidait à suivre le chemin tortueux de la pensée de ce monstre. Il faisait allusion à l'Assomption, à l'enlèvement miraculeux de la Vierge par les anges, alors qu'elle n'était qu'endormie…

— Vous allez me laisser mourir durant mon sommeil. C'est ça ?

— Oui… je ne peux pas tuer ton enveloppe charnelle, mais je vais t'aider à t'en débarrasser au plus vite.

— Je refuse ! cria l'adolescent.

Imperturbable, le fou finissait de le laver. À travers ses larmes, Jean-Nicolas regardait l'immense tableau inachevé de la Cène accroché en face de lui.

Durant sa séquestration, il avait eu le loisir d'étudier la composition peu orthodoxe de la toile. Jésus, au milieu de ses apôtres, avait une tête de vieillard. Parmi les compagnons du Christ, seuls, ceux que le fou avait déjà supprimés, possédaient un visage. Mathieu, Pierre, André, Philippe…

Le matin même, avant de dire sa messe, il avait peint les traits de Jacques Le Mineur…

— Vous allez me faire une piqûre quand je dormirai, hein ?

— Mais pas du tout ! riposta l'autre en se redressant. Serait-ce digne de moi ? J'obtiendrai la dormition de ton esprit… Tu n'as rien bu ni rien mangé depuis trois jours. Cependant, tu peux encore dormir ! Et tu somnoles souvent… Si, si ! Ne me mens pas ! Alors, pour t'aider à partir plus vite, je vais laisser la lumière dans cette pièce aussi longtemps qu'il le faudra. Auparavant, à l'aide d'un scalpel, j'aurai découpé tes paupières…

— Non ! hurla Jean-Nicolas en s'arc-boutant.

— Tss, tss… ne fais pas l'enfant ! Ça va juste picoter un petit peu… Et puis, tu verras, ce procédé qu'on utilisait dans l'Antiquité est très efficace ! Quand on empêche le corps de dormir, l'esprit pallie au manque de sommeil et s'échappe. Ce ne sera pas long. Oh ! Tu viens encore de pisser ! Tu me donnes beaucoup de travail…

Au plus profond de sa détresse, Jean-Nicolas aperçut l'ampoule rouge clignoter au-dessus du tabernacle. Dans cette pièce aux murs épais comme ceux d'un tombeau, dépourvue de fenêtres et insonorisée, cette ampoule prévenait le dément qu'on sonnait à sa porte. Durant ses trois jours de captivité, l'adolescent l'avait vue s'allumer à deux reprises. Le dément quittait alors la pièce pour accueillir ses visiteurs. L'adolescent, qui avait cru à une possible échappatoire, s'était époumoné avec l'énergie du désespoir. Personne ne l'avait entendu.

Il ne pouvait espérer qu'un délai à un supplice promis. Aussi prévint-il malgré tout son bourreau…

Avant que le fou ne sorte, Jean-Nicolas crut au miracle… Il poussait la porte capitonnée mais avait oublié d'enlever sa chasuble…

L'homme s'aperçut à temps de sa bourde…

ÉPILOGUE

Ils venaient de faire enregistrer leurs bagages. À cette heure matinale, seuls, les hommes d'affaires prenaient l'avion pour Paris. La circulation des voyageurs, dans le hall de l'aéroport de Lannion, était donc fluide. Ils avaient une demi-heure devant eux avant l'embarquement.

— Tu crois qu'il va arriver ?

Guirec Dubacq sourit à son fils.

— Il te l'a promis. Donc, il viendra. Et si je t'offrais un jus d'orange ? Qu'en dis-tu ?

Guirec et Jean-Nicolas se dirigèrent vers le bar et s'assirent sur les hauts tabourets.

Du coin de l'œil, le père couvait son fils. Depuis sa libération in extremis, quatre jours auparavant, Jean-Nicolas se remettait peu à peu des affres de sa séquestration. Lorsque le commissaire Le Gwen avait surgi dans la pièce, son premier réflexe avait été d'appeler une ambulance. Bien qu'extrêmement faible, Jean-Nicolas s'y était opposé. Son seul désir était de revoir son père et de rentrer chez lui. Dès lors, l'adolescent avait passé le plus clair de son temps à dormir, boire, manger et se laisser dorloter comme un nouveau-né.

Refusant toute visite, il avait été néanmoins submergé par une joie immense quand, la veille au soir, son père était rentré dans sa chambre en brandissant deux billets d'avion. Une surprise… Père et fils s'envolaient pour l'Italie où Jean-Nicolas connaîtrait enfin ses grands-parents maternels. Si les parents de Paloma n'avaient pas accepté l'idée de reprendre contact avec leur ancien gendre, du moins ils semblaient heureux de voir leur petit-fils. Un premier pas…

Guirec observait le profil amaigri de l'adolescent. Une question le taraudait, mais il n'osait pas la formuler depuis le retour de Jean-Nicolas. Prenant son courage à deux mains, il se lança pourtant :

— Dis-moi… Je voudrais savoir… Que s'est-il passé il y a deux ans pour que tu changes à ce point ? J'ai besoin d'une réponse… Sans ça, moi aussi, je suis perdu.

Guirec pensa que son fils allait, comme d'habitude, se murer dans son silence. Mais, d'une voix claire, le jeune homme annonça :

— J'ai cru que tu étais un assassin… Je veux dire, que tu avais tué ma mère.

— Quoi ! s'exclama Guirec, ahuri.

— Oui… poursuivit Jean-Nicolas. Pousser quelqu'un au suicide est une forme de meurtre. Par hasard, en fouillant dans un tiroir, j'ai retrouvé les lettres que t'adressait Claire, alors que tu étais encore marié avec maman. Je n'aurais pas dû le faire, mais je les ai lues. Édifiant ! « Mon amour », j'en passe et des meilleures.

Guirec saisit son fils par les épaules et, le secouant un peu, l'obligea à le regarder.

— Je ne peux pas nier cette correspondance! Claire m'a toujours aimé! Mais je te jure une chose: jamais je n'ai trompé ta mère!

— Bon… Ne me fais pas de scène ici! Il arrive.

En se retournant, Guirec, encore sous le choc, vit s'approcher Quentin Le Gwen, tout sourire. Sachant qu'il devait s'envoler le lendemain, Jean-Nicolas, la. veille au soir, avait demandé au commissaire de passer à l'aéroport. Lui aussi avait besoin d'explications et, à présent, il pouvait les entendre. Quentin accepta volontiers un café avant de regagner Brest avec son lieutenant. Cinq minutes s'écoulèrent en propos anodins. Puis, du bout des lèvres, Jean-Nicolas demanda pour la première fois ce qu'était devenu son bourreau.

— Il a été interné et n'est pas près de sortir de l'hôpital psychiatrique. Son arrestation a achevé de lui faire perdre totalement pied avec la réalité. Dans sa cellule, il parle aux archanges, m'a dit l'un des médecins.

— J'aimerais comprendre la raison de sa folie… Il avait pourtant l'air normal et gentil quand on le côtoyait…

— Oui, soupira Quentin… J'ai appris depuis son histoire, grâce à mes confrères espagnols. Les parents de Paco Perez ne sont pas morts dans un accident de voiture, comme il le prétendait, mais dans l'incendie qui a ravagé leur maison et le hangar attenant où travaillait son père. La police espagnole a toujours eu des doutes quant à l'origine de cet effroyable sinistre. Elle pensait alors que Paco, seul rescapé des flammes, avait, malgré lui, provoqué l'incendie en jouant avec des allumettes… L'enfant n'avait que six ans au moment du drame. Personne ne pouvait admettre qu'un gosse de cet âge puisse, par simple vice et désir de vengeance, commettre un acte aussi monstrueux. Pourtant, dans son délire, Paco Malloc'h s'est formellement désigné auprès des psychiatres comme l'unique responsable de l'incendie.

— Mais pourquoi ? s'exclama Jean-Nicolas.

— Il paraîtrait que ses parents étaient des gens très durs. Galicien et franquiste de la première heure, son père était charpentier. Déjà âgé à la naissance de Paco, il inculquait à ses quatre enfants la discipline et le respect de la religion à coups de ceinture ou de fouet. Une punition trop sévère pour un délit mineur a suscité l'acte vengeur de l'enfant.

Quentin raconta alors l'arrivée tardive des pompiers dans ce petit village galicien.

Hébété, l'enfant regardait brûler son père à l'intérieur du hangar. Coincé sous deux poutres tombées sur lui, le malheureux tentait de ramper vers la sortie où se tenait son fils.

— Ces poutres, paraît-il, figuraient une croix. Lorsque tu sais, Jean-Nicolas, que le père s'appelait Jésus, prénom usuel en Espagne, tu devines le cheminement de cet enfant confronté à sa culpabilité… Dans la maison, la mère et les trois autres enfants étaient morts étouffés.

Jean-Nicolas baissa la tête.

— Je vois. Même si ce type me fait horreur… Je suppose que sa folie s'est réveillée lorsque son père adoptif est décédé à son tour ?

— Tout à fait. Même s'il avait déjà tué deux marins pour, selon lui, reformer le cercle autour de la figure charismatique de Jésus. Nous ne le saurons jamais, mais on peut penser que Maurice Malloc'h, en pénétrant un jour chez son fils, a découvert la pièce cachée et, du même coup, le pot aux roses. S'il répugnait à dénoncer Paco à la police, il a essayé de nous faire comprendre la situation grâce à son roman.

La voix de l'hôtesse invita les passagers en partance pour Paris à se rendre dans la salle d'embarquement. Guirec et Jean-Nicolas se levèrent, imités par Quentin. Beaucoup de questions se bousculaient encore dans la tête du jeune homme. Une, surtout…

— Comment avez-vous fait pour deviner ?

— Je n'avais aucune preuve… juste une intuition. Le jour du barbecue, chez toi, lorsque ta petite sœur s'est brûlée, j'ai trouvé curieux qu'il la console en lui disant que le feu était purificateur… Et puis, sur le parvis de l'église, Paco a donné l'aumône à un aveugle qui l'a remercié en l'appelant : « Mon père… » Au début, je n'y ai pas prêté attention. Le vieux était un original. Mais une bêtise avec mon lieutenant m'a fait repenser à cette scène. J'ai retrouvé le SDF et je lui ai demandé des explications. Il se souvenait très bien de cet homme qu'il avait pris pour le curé tant, paraît-il, il sentait l'encens et l'odeur des cierges. Or, ce dimanche matin-là, Paco n'était pas entré dans l'église.

— Je crois que, de toute ma vie - excuse-moi, papa - je ne pourrai plus supporter, en effet, les odeurs lourdes de cette pièce. À propos, vous avez retrouvé son carnet de croquis ?

— Oui. D'après ses dessins, Simon Arnicol était le prochain sur sa liste.

— Lui et Marie Demelle sont passés plusieurs fois me voir. Mais j'étais trop fatigué. Vous le leur expliquerez ?

— Ne t'en fais pas, répliqua Quentin en souriant. En ce moment, ils sont très occupés l'un et l'autre... Et puis, Marie s'est remise aussi à écrire d'arrache-pied. Elle a enfin trouvé l'inspiration...

Quentin regarda s'éloigner les silhouettes du père et du fils serrées l'une contre l'autre. Derrière la vitre, il leur souhaita tout bas bonne chance, puis il quitta l'aéroport de sa longue foulée...

FIN

Inscrivez-vous gratuitement,
et sans aucun engagement de votre part,
à notre bulletin d'information
en nous retournant le coupon ci-contre.

Vous serez averti(e) des parutions en exclusivité,
pourrez bénéficier d'offres spéciales,
de cadeaux, etc.

Chaque nouvel inscrit recevra
une petite surprise…

Rejoignez-nous vite !

Et n'hésitez pas à proposer l'inscription
à vos parents et amis…